繁華錦年 予我心安

卷一

蕭靖決驚才絕豔、長相俊美，是當朝女子的夢幻夫君人選。
而對向予安來說，更重要的是，他或許知曉霍家遭滿門抄斬的內幕。
為了掌握證據，報滅門之仇，向予安試圖接近蕭靖決，立志成為他的大丫鬟！
但是，公子，她期望的拉近關係不是往這個方向啊……

何兮 著

運籌帷幄心機公子
× 心思深沉機靈丫鬟

隨書附贈

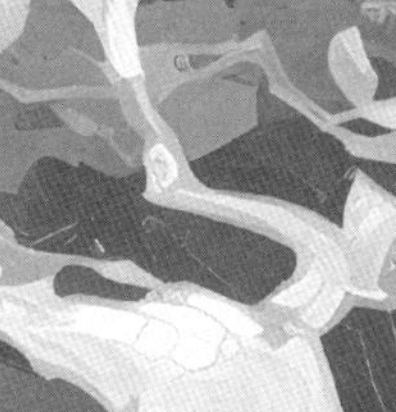

《繁華錦年，予我心安》
典藏明信片一張
一頁繁華，一句心安

向予安：放開我!公子不要名聲，我還是要的。
蕭靖決：親我一下，我就放開妳。
向予安後悔了，能報仇的方法很多，為什麼她不選擇一刀砍死他呢？

目錄

第一章　通房丫鬟的下馬威

向予安進府半個月了，一直都沒有見到蕭靖決或者是蕭元堂。

她是威遠將軍霍驍的獨女，霍家滿門忠烈，軍功赫赫，常年駐守在聊城。半年前，韃靼突襲了聊城，霍驍被指通敵叛國，滿門抄斬。

當時她正和師父一起閉關練武，等她知道消息的時候，霍家已經不復存在了。她母親的奶娘用自己的孫女兒頂替了她的身分，讓她逃過一劫。

霍家一直駐守邊關，皇上卻突然下旨，以至於霍家沒有任何準備。為何皇上會突然對霍家出手？她查了數月，最終將目標鎖定在了蕭家。

因為在霍家滿門遭禍的兩個月之後，蕭元堂終於在諸多競爭者中脫穎而出，入閣成了當朝首輔。而之前蕭元堂還曾經見過她爹，意圖拉攏，卻遭到了霍驍的拒絕。

向予安確定，霍家的滅門肯定與蕭元堂有關！

她化名向予安，潛入蕭府，就是為了查清楚真相，為霍家報仇！

向予安躺在床上睜著眼睛，黑暗裡，一雙眼滿是冷意。

向予安跟著府裡的老嬤嬤學了一個月的規矩，她算著這幾天蕭管家就要安排她去天一閣了，天一閣是蕭靖決的院子。

向予安沒想到，蕭管家還沒安排呢，倒是有人先找上了她。

第二天，向予安正在後院裡學規矩。

秦嬤嬤突然喚道：「歲蓮姑娘，您怎麼過來了？」

向予安回過頭，就看到一個十六七歲的姑娘，相貌秀美，穿著一身粉色衣裙，髮髻上戴著珍珠流蘇簪，從衣著打扮上就能看出來她不是一般的丫鬟。

歲蓮姑娘看了向予安一眼，眼神柔柔弱弱的，卻透著一股打探。

歲蓮姑娘柔聲說道：「我聽說我們院子裡的灑掃丫頭已經選好了，我便過來看看，畢竟日後都是一個院子的姐妹了。」

秦嬤嬤臉上露出了燦爛的笑容，「姑娘若是想見，我讓她去見姑娘便是了，還勞姑娘走這一趟。」

歲蓮姑娘沒有說話，秦嬤嬤討了個沒趣，神色訕訕的。

歲蓮姑娘仔細地盯著向予安看了半晌，秦嬤嬤開口道：「歲蓮姑娘放心，這丫頭最是柔順聽話，規矩也是我親自教的，保證讓她規規矩矩地聽話。」

歲蓮姑娘這才開口說道：「既然是秦嬤嬤親自教導，我自然是信得過的。今日過來也不過是為了認認人，倒叫嬤嬤多想了，像是我容不下人似的。只不過是公子向來嚴苛，我不放心，所以才過來看看。」

秦嬤嬤臉上露出了一個笑容，恭維地說道：「還是姑娘細心體貼，難怪公子偏偏就對姑娘另眼相看。」

歲蓮秀美的臉上露出了幾分自得的模樣。

向予安頓時就明白了，這個歲蓮是蕭靖決的通房。

歲蓮一直在打量著這個向予安，長得倒是乾乾淨淨，眼神也清澈，看著是個本分的。只是不知道以後見到了公子，是否還能保持這樣的心態。

歲蓮溫聲問道：「聽說原本蕭管家定下的人是另外一位，後來不知怎地，才換成了妳。我心中好奇，實在不知道是怎樣人才才能讓蕭管家臨時決定換人，所以才迫不及待地過來見見了。」

向予安露出狐疑的表情，她一臉為難地說道：「不是我不回答，只是姐姐的疑惑我心裡也有，想了好久都沒想明白呢。徐婆說，既然我進了蕭府就讓我好好辦差。蕭管家的想法，哪是我能猜到的？」

歲蓮見她表情真摯，不像作偽，而且看著就不像個聰明人，這讓她放心許多。

歲蓮露出了一個笑容：「想必是妹妹十分出眾，才讓蕭管家臨時換了人。」頓了頓，她又別有深意地說道：「妳既是要到我們天一閣的，日後大家就都是姐妹了。公子的規矩多，妳要警醒些，否則惹怒了公子，可沒人救得了妳。」

向予安低聲應道：「多謝姐姐教誨，我會遵守規矩，恪守本分的。」

歲蓮眼裡便露出了幾分滿意來，她笑著說道：「秦嬤嬤教導出來的人，我自然是放心的。不過妳說得對，最重要的就是謹守本分。」

歲蓮大概是對向予安放了心，轉過頭對著秦嬤嬤說道：「不愧是嬤嬤教導出來的人，過兩日就送過來吧。」

秦嬤嬤笑著應了一聲，「哎，姑娘發話了，自然不敢不從的。」

歲蓮這才放心地走了。

秦嬤嬤意味深長地看了向予安一眼，「妳看到了，到了天一閣可要小心些，那裡的人可沒有一個省油的燈。」

向予安十分認可這話，她不過是個灑掃的丫鬟，這個歲蓮就過來宣示主權了。話裡話外讓她本分規矩，這蕭靖決還真的是個香餑餑。

兩天之後，向予安就搬到了天一閣。

第二章　絆腳石

天一閣雖還在蕭府，可彷彿自成一派。向予安以為蕭府已經夠精緻了，可是到了天一閣才知道，什麼叫講究。

一樹一木，卻透著一股雅致。向予安從小習武，對雅致的東西都了解不多，但不妨礙能看出來，這東西她賠不起。那是一種，她不認識這是什麼樹，但是她就知道這樹貴！

向予安頓時又對蕭靖決有了一個新印象，這人，難養。

向予安被安排在院子的側房，她特意打量過，離著蕭靖決的住所和書房都很遠，也不知道是不是歲蓮特意安排的。

向予安搬進了天一閣三天之後，才第一次見到了蕭靖決。

那一日下午，向予安正在院子裡澆水。院子門就被打開了，她下意識地抬起頭。

只見一個二十來歲的年輕男子走了進來，他墨髮黑衣，身姿挺拔，相貌俊美。一雙深邃黑眸，一副漫不經心的樣子。陽光照在他的身上，竟讓他有了幾分不真實之感。

那是一種彷彿時間靜止的感覺，向予安聽不到任何聲音。但她能感受到自己血液奔騰，還有怦怦的心跳聲。

她緊緊地收攏了五指，是他嗎？害了霍家的人是他嗎？

向予安不過洩露了一絲的殺意，蕭靖決就察覺到了。他抬起頭望了過來，淡淡地說道：「院子裡來新人了？」

歲蓮在蕭靖決進了院子的時候就迎了出來，臉上滿是柔情，「是的公子，您忘了，院子裡缺了個灑掃的丫頭，這是前兩天蕭管家特意送過來的。」

歲蓮心裡有些慌張，什麼時候公子會在意一個丫頭了？更何況還是開口問過。

向予安立刻低下頭，行了一禮，一副怯懦膽小的樣子。

蕭靖決見狀，便收回了目光，不再多言。

歲蓮鬆了一口氣，她急忙吩咐道：「快去讓人準備熱水，讓廚房備了吃食來，一會公子沐浴之後就該用膳了……」

歲蓮忙不迭地說道，將整個院子的人支使得團團轉。

可就算是伺候蕭靖決的機會，也不是人人都有的。蕭靖決神色淡然地走進了正堂，整個院子的氣氛似乎都變得凝重起來。

向予安特意觀察過，院子匆忙卻不慌亂。每個人各司其職，送來的洗澡水和吃食都有人專門檢查。

向予安皺著眉頭，她要成為被蕭靖決信任的人。光是掃院子，她永遠都不可能達成自己的目的。

而現在，她最大的障礙就是……歲蓮。

有歲蓮在，她永遠都不可能接近到蕭靖決。歲蓮將所有丫鬟都防備得死死的，根本不給任何人可乘之機。

向予安心裡暗暗打算要怎麼得到蕭靖決的信任。

一轉眼一個多月過去了，向予安依舊沒有找到接近蕭靖決的機會。

這一日向予安做完活，回到房間裡。

向予安一進門，就看到管熱水的丫鬟萍蘭在抹著眼淚，在小廚房燒火的丫頭九茉正安慰她。

向予安不禁問道：「萍蘭，妳怎麼了？」

萍蘭背過身去，沒有說話，九茉怒氣衝衝地說道：「還不都是歲蓮姐姐，萍蘭姐姐不過是給公子去送了一回水，歲蓮姐姐說話就夾槍帶棍的。說萍蘭姐姐想要攀高枝，還說公子看不上萍蘭姐姐，要不然也不會等到現在，早就將她收了房。還說萍蘭姐姐不過就是痴心妄想，自取其辱！」

向予安：「……」

妹妹，妳真的是在安慰萍蘭嗎？確定不是再插一刀？

果然，萍蘭哭得更凶了，淚珠不要錢似地掉個不停。

向予安眼神一閃，萍蘭下手或許是個好機會。

來了這幾日，向予安知道了，如今蕭靖決沒有定親，整個天一閣都是歲蓮來打理。歲蓮也一直隱隱以天一閣的女主人自居。

歲蓮原本是蕭太夫人身邊的丫鬟。後來蕭太夫人把她送過來服侍蕭靖決，因她是老夫人的人，又是蕭靖決的通房，所以院子裡的丫鬟都不敢得罪她，歲蓮也對院子裡但凡是相貌出眾的丫鬟都防備得緊。

可萍蘭原本也是蕭太夫人身邊的丫鬟，而且蕭太夫人原本屬意的人應該是萍蘭，因為萍蘭的祖母齊嬤嬤是太夫人的陪嫁丫頭。後來不知怎地，蕭靖決要了歲蓮。萍蘭倒成了一個看熱水的丫頭，平日裡歲蓮對她最是防備。

可如果整個院子裡，唯一能對抗歲蓮的只有萍蘭。

向予安想了想，嘆氣道：「誰讓公子信任歲蓮姐姐呢？也是歲蓮姐姐能幹，一直都沒有出過錯。」

九茉一聽，也不情不願地說道：「這倒是，如果歲蓮姐姐不那麼能幹就好了。」

向予安眼神閃了閃，她看向萍蘭，「我看後院的那個花房，歲蓮姐姐寶貝得緊，除了她之外，誰都不讓進去。那裡面是什麼？」

萍蘭愣了一下，九茉心直口快地說道：「哦，那個是我們公子養的花。我們公子最愛花了，特意弄了個暖房來。歲蓮姐姐以前在老夫人身邊的時候就是負責養花的，我們院子裡她養花最好了，自然不肯假給別人了。」

向予安看了一眼已經停止哭泣的萍蘭，若無其事地說道：「那可真是本事，這花可不是好養的。花最嬌貴了，冷著熱著都不行。這花養好了是應該的，養不好可就是大罪一件呢。」

萍蘭摸了摸了眼淚，「好了好了，妳們都不用陪著我，我沒事了。她是什麼性子，以前在老太太的院子裡的時候我就知道了。」頓了頓，她垂下了目光：「我都習慣了。」

向予安輕嘆了一口氣：「姐姐也別傷心，以姐姐的相貌品性，日後一定會有好報的。」

萍蘭衝著向予安輕輕地笑了笑。

入了夜，向予安躺在床上，對面床上的萍蘭悄悄地爬了起來，她輕喚了一聲：「予安？」

向予安呼吸平穩，似乎並沒有聽到，萍蘭這才輕手輕腳地起身走了出去。

就在萍蘭關上房門的一瞬間，向予安立刻睜開了眼睛。她倏地坐了起來，然後開門走了出去。

天一閣到處都是有守衛巡邏的，萍蘭只是想要碰碰運氣，希望暖閣那裡沒有守衛。

第三章　互相作證

萍蘭的運氣不錯，暖閣那確實沒人。等她做完一切，心怦怦地跳個不停。她匆忙地回到房間裡，向予安還安靜地睡在床上，這讓她輕輕地鬆了一口氣。

萍蘭輕手輕腳地躺到了床上，蓋上被子，終於鬆了一口氣。

第二天，蕭靖決難得留在了家裡，並沒有出門。可是院子裡卻出了一件大事，花房裡的花居然死了不少，仔細一檢查居然是水澆多了。

蕭靖決大發雷霆，在他看來這樣的低級錯誤是不可原諒的。

所有的丫鬟都被叫到書房裡，向予安也被叫了過去，不過站在人群裡並不起眼。

蕭靖決坐在椅子裡，神色淡漠。

歲蓮跪在蕭靖決的面前，面色蒼白地為自己解釋：「公子，奴婢昨日晚上檢查過，這些花都是好好的，這一定是有人要害奴婢。」

此言一出，就有丫鬟不願意了。

九茉忍不住說道：「歲蓮姐姐這話說得讓我們可不敢認，這花房一向都是歲蓮姐姐管理的，我們姐妹誰想伸把手都不能夠。如今出了事，卻說是我們姐妹陷害，這倒是甩得好鍋。」

歲蓮臉色一變，她咬牙看向了九茉，「妳給我閉嘴。」頓了頓，她哀泣地看向了蕭靖決：「公子，奴婢知道您最愛惜這些花，奴婢平日裡都是精心侍弄，怎麼會犯這樣的錯誤，公子，您一定要還奴婢一個公道呀。」

蕭靖決淡淡地說道：「不管是不是妳的疏忽，妳負責管理花房，如今花出了問題，就是妳看顧不利。」頓了頓，他又道：「既然犯了錯，那就按規矩處置吧。」

歲蓮渾身一僵，滿臉愕然地看向蕭靖決。她沒想到蕭靖決竟然真的要處置她，竟是半點情面都不給她留！

歲蓮眼睛一紅，淚珠子就掉了下來：「公子，奴婢冤枉。奴婢是冤枉的呀，求公子看在往日的情分上……」

蕭靖決冷冽的眼神射向了她，歲蓮的聲音戛然而止。

蕭靖決看向了一邊的侍衛：「還愣著幹什麼，難道等我親自動手不成?!」

侍衛立刻上前一步，抓起歲蓮就向外走去。

歲蓮辦事不利，一頓板子是逃不掉的。

向予安暗暗心驚，歲蓮好歹也是蕭靖決的通房，不過是幾盆花，他居然要對歲蓮動刑。此人當真是冷酷無情，心狠手辣。

蕭靖決處置了歲蓮，轉過頭打量著眾人。

眾人心裡狐疑，怎麼還不讓他們走？

蕭靖決看了一眼他的貼身小廝樂山，樂山上前了一步，嚴肅地說道：「昨晚院子裡鬧了賊，不知道各位姐姐聽到什麼動靜了沒有？」

此言一出，眾人頓時驚呼了一聲。

萍蘭眼神閃了閃，樂山說的那個賊該不會是她吧？

九茉大著膽子問道：「鬧了賊？可是丟了什麼東西沒有？」

樂山沒有說話，倒是蕭竫泱睨了她一眼，似笑非笑地說道：「這才是最奇怪的事，這賊大張旗鼓地跑到我蕭府裡，什麼都沒偷就走了。也不知道是不是看不上我蕭府的俗物，或者是有什麼別的目的。」

九茉一臉狐疑地問道：「居然連我們府裡的東西都看不上，這賊要麼是不識貨，要麼就是眼界太高。」頓了頓，她一臉義憤填膺地說道：「肯定是他不識貨，我們府裡這麼多的好東西！」

向予安嘴角抽了抽，她忍不住拽了拽九茉，「妳快別說了，妳還盼著那賊偷點什麼東西不成？」

九茉這才不說話了。

樂山又跟著說道：「若是諸位姐姐都沒有聽到動靜，那麼妳們可看到什麼人？」頓了頓，他的眼神一沉，掃過眾人：「昨晚上妳們都在自己的房間嗎？可有人出去過？」

這是懷疑她們了？

萍蘭的手不由得握緊了帕子，臉上帶著幾分緊張之色。她不敢確定昨天向予安是否真的睡著了，若是她看到了什麼……

丫鬟們都是兩人一間房，樂山一個一個盤問過去，都沒有人承認自己昨天出去過了。

很快，樂山就盤問到了向予安。

向予安抬起頭，坦然說道：「我昨天晚上都在房間裡睡覺，沒有出去過。」

「那萍蘭呢？」樂山看向萍蘭。

萍蘭看著向予安一臉鎮定的樣子，心裡也安定了幾分：「我也是，一整晚都在房間裡睡覺。」

「那她沒有出去過？」樂山指著向予安問道。

向予安不閃不避地看著萍蘭，剛剛向予安已經說過自己沒有出去過，只要她肯定了向予安的說法，那麼就等於她也沒有出過門。

萍蘭毫不猶豫地點了點頭：「是的，我沒有看到她出去過。」

向予安信誓旦旦地說道：「我和萍蘭姐姐都是一覺睡到天亮的，我睡得可輕了，萍蘭姐姐若是出去過，我肯定知道。可是昨天晚上我睡得可好了，都沒有起過夜。」

萍蘭心裡鬆了一口氣，向予安證明她沒有出去過，那她就是安全的。

萍蘭的反應在向予安的意料之內，萍蘭不能反咬她一口。如果她說向予安出去過，向予安會不會被當賊不知道，但是向予安如果出去了，萍蘭就沒有了人證。

萍蘭自己心裡最清楚，昨天晚上去花房的人到底是誰。

向予安沒有發現她出去，反而為她作證，她當然要急忙認下來洗脫自己的嫌疑。

萍蘭更不可能想到，其實昨天晚上兩人都做賊去了。若不是向予安幫萍蘭引開巡邏的守衛，她怎麼可能那麼順利地就進到花房裡去。

樂山看了看萍蘭，萍蘭是太夫人身邊的人，一家子都在府裡當差，屬於自己人，她不可能為了向予安這個進府不久的人說謊。

樂山頓時就相信了萍蘭和向予安的話，繼續盤問下去。

萍蘭鬆了一口氣，她有些感激向予安，不禁向她看去。向予安察覺到她的目光，衝著她露出了笑容。不過很快，向予安就笑不出來了，因為她察覺到一道銳利的目光緊緊地盯住了她。向予安只好裝作若無其事，跟著別的丫鬟說話。

最後還是問出了兩個起夜的人，房間裡都有恭桶，可是她們卻離開了房間，立刻被樂山當成了重點懷疑對象。其他人自然是可以離開了。

第四章　他是不是不行？

向予安走出門的時候，聽到蕭靖決淡淡地說道：「昨天晚上巡邏的人，一人去領五十板子，以後不必留在天一閣了。天一閣沒有這麼沒用的人。」

向予安心頭一緊，蕭靖決當真是心狠手辣，對自己的人也毫不手軟。她一定要更加小心才行。

歲蓮領了罰，被送回房間養傷，自然管不了院子裡的事。如此一來，論起資歷，管理院子的事就輪到了萍蘭。

好多丫鬟都跑過來恭喜萍蘭，萍蘭心裡也十分高興。

九茉高興地說道：「萍蘭姐姐可算是熬出頭了，看那個歲蓮還怎麼囂張。」

向予安看著萍蘭笑著說道：「要我說，還是萍蘭姐姐平日裡為人和善，如今她管著院子大家才這麼為萍蘭姐姐高興。」

九茉點了點頭：「可不是，聽說歲蓮受了傷，都沒有人去看她呢。都是她平時眼高於頂，不把人看在眼裡。不過是個通房丫頭，連個侍妾都算不上，就把自己當女主人了。」

向予安笑著說道：「所以說啊，一個好漢三個幫，萍蘭姐姐為人好，大家才不嫉妒的。」

萍蘭的眼神閃了閃，向予安說得對，她雖然管起了院子，可是不能沒有幫手。她一定要有自己的幫手才行，以後就算歲蓮傷好了，也不能再讓她奪權了。

沒過幾天，萍蘭就讓向予安代替了在屋內伺候的丫鬟香芙。香芙原本是跟歲蓮交好，才得以進了屋子。

當然，這也是因為香芙相貌平平。

這次歲蓮出事，滿屋子的丫鬟沒有一個給她求情的，萍蘭充分吸取教訓，待人更加溫和。

沒過兩天就讓向予安代替了香芙，讓向予安負責屋子裡的活。也不過是一些打掃擦灰端茶的差事，可也總算是離蕭靖決近了一步。

這幾日的時間，向予安對蕭靖決也有了一些了解。蕭靖決不在意宅裡內鬥，以他的眼光不會不知道幾個丫鬟各懷心思，可是他從來沒有制止過，任由一群丫鬟鬥來鬥去。

不過有一點，就是不能干擾到天一閣的正常秩序。至於丫鬟們私底下的小心思，他一概不管。

這幾日裡，向予安跟院子裡的幾個丫鬟都混熟了。她為人爽朗大氣，不卑不亢，很多丫鬟都很喜歡她。

這一日，向予安跟九茉正在小廚房裡說話，萍蘭從外面走進來，手裡還端著一碟子糕點。

「這是老太太給公子送的，多出了一碟子，我想著予安愛吃，便給她留了。」萍蘭溫聲說道。

向予安接了過來，她從小就喜歡吃甜食，像是各種點心糕點。她娘總是說，這是她唯一像女孩子的地方。

九茉高興地拿了一塊，一邊咬一邊含糊說道：「萍蘭姐姐人美心善，公子一定會看到萍蘭姐姐的好，到時候將姐姐收了房，也不辜負姐姐的一片痴心了。」

萍蘭臉頰微紅，嗔道：「就妳話多，也敢編排主子的不是了？」

向予安咬著點心跟著說道：「我倒不覺得是九茉胡說八道。我剛才打掃臥室的時候，看到公子在看《仙樂舞典》。我記得萍蘭姐姐從小就學跳舞，這難道不是姐姐的機會嗎？」

萍蘭愣了一下，「這，妳是讓我去獻舞？這能行嗎？」

向予安沒有說話，九茉重重地點了點頭：「這有什麼不行的？我覺得很行啊。這就是姐姐的機會啊，現在不把握機會，還要等到什麼時候？難道要等到歲蓮姐姐傷好之後，再獨占公子嗎？」

萍蘭神色一凜，她抿起唇。最近歲蓮不在，她感受到了大權在握的感覺，她已經不想再回到以前要看歲蓮臉色的日子了。

而且，現在她能接近公子，跟公子說話。

九茉說的對，現在是她的機會，她一定要好好把握住。

入了夜，向予安拉著盛裝打扮過的萍蘭走到了蕭靖決的書房外。

向予安悄悄地說道：「我已經跟守夜的丫頭說好了，今天讓她跟妳換班，由妳守夜。晚上的時候，公子一定會要喝茶，到時候姐姐妳就進去。」

萍蘭心裡有些緊張，她握住了向予安的手，咽了咽口水：「我、我行嗎？」

向予安不解地問道：「姐姐害怕了？公子可是在裡面。」

萍蘭想到蕭靖決俊美的面孔，心中突然充滿了力量。她重重地點了點頭：「為了公子，我什麼都不怕。」

入了夜，蕭靖決一直在書房裡並沒有回房間休息。向予安陪著盛裝打扮的萍蘭來到了書房外。

向予安把茶盤遞給了萍蘭，給她鼓氣：「別怕，想想公子在等著妳。」

萍蘭重重地點了點頭，推開門走了進去。

向予安則留在了門外，幫忙守門。她覺得自己特別慘，慘絕人寰的慘了。他們在屋子裡濃情蜜意，她一個人要在外邊守夜。

窗戶上映出了萍蘭婀娜多姿的身影，看來一切都很順利。

向予安坐在門邊，看著看著，居然看著睡了。

門被推開，腳步聲吵醒了向予安。向予安抬起頭，就看到萍蘭身形微晃，竟是直接倒了下來。

向予安大驚失色地扶住了她，難道蕭靖決這麼變態？

「公子，很、很粗暴？」向予安遲疑地問道。

萍蘭靠著向予安搖了搖頭：「公子他、公子他讓我跳了一夜的舞！」

向予安頓時確認了，蕭靖決確實變態！這麼好好的一個妙齡少女，他居然讓她跳舞跳了一夜，都沒碰她？

向予安不得不考慮到一個可能性，她遲疑地問道：「公子他……是不是不行？」

萍蘭茫然地抬起頭，身後傳來聲音，肯定是蕭靖決聽到了動靜。向予安來不及多想，急忙扶起萍蘭站了起來，回到了房間。

第五章　我不是不行？

萍蘭回去哭了一會就睡著了，實在是跳一晚上的舞太累了。

向予安不禁有些嘀咕，蕭靖決不會真的不行吧？她認真地思考著，要不要把這個消息放出去，先讓蕭靖決顏面掃地，她先出出氣再說？

不過現在萍蘭引誘蕭靖決失敗，那麼她的計畫也要更改了。本來她是想助萍蘭上位，她作為萍蘭的好姐妹再借機接近蕭靖決。

萍蘭的身分比她方便許多，現在萍蘭這條路走不通，她也要做別的打算了。

向予安在擦書房的花瓶，蕭靖決今天沒有出門，而是坐在小榻上看書。他的坐姿端莊，手持著一本書，專注的模樣十分美好。

向予安悄悄地偷瞄著蕭靖決，可惜，好好的一個人，居然不行。

向予安嘆了一口氣。

蕭靖決抬起頭：「去把那本《華山英雄記》拿過來。」

向予安應了一聲，轉過身去拿書。蕭靖決居然喜歡看這種傳奇話本？倒真是人不可貌相。

向予安拿了書放在桌子上，蕭靖決卻突然握住她的手。向予安抬起頭，心裡倒是沒有緊張，畢竟她已經認定了蕭靖決不行。她就是反感，討厭所有蕭家人碰觸她。

蕭靖決漫不經心地說道：「妳識字？」

向予安低聲應道：「是，若是不識字也進不了天一閣吧。」

蕭靖決意味深長地輕笑了一聲，別有深意的目光落在她的臉上：「妳跟我第一次見妳的時候有點不太一樣啊。」

向予安一僵，他們第一次見面都過去一個多月了，他居然還記得。她第一次見到蕭靖決的時候，為了掩飾自己迸發出來的殺氣，低下頭裝作怯懦膽小。沒想到過了這麼久，蕭靖決還記得，還指出了她的怪異之處。

向予安低聲說道：「那是奴婢第一次見到公子，過於緊張了。」

「這麼說現在不緊張了？」蕭靖決依舊沒有鬆開她的手。

向予安遲疑了一下，「怎麼也該比第一次見到公子的時候進步一點吧。」

蕭靖決失笑了一聲，玩味的眼神落在她的臉上，卻一直沒有鬆開她的手。

蕭靖決瞥了她一眼，「妳叫向予安？」

向予安點了點頭：「公子真是好記性。」

向予安發誓，她說這話是真心實意的。

蕭靖決看了她一眼，「識字的女子可不多，妳家裡也是讀書人？」

向予安搖了搖頭：「不是，我家裡是做生意的。我爹特別欽佩讀書識字的人，所以也請了先生教導我。」

「那妳爹倒是十分開明，妳又不是男子，不用科舉出仕。」蕭靖決說道。

向予安十分反感蕭靖決這理所當然的樣子，她淡淡地說道：「我爹說，女子是不能科舉做官，卻也一樣要明理。」

這幾乎是在諷刺蕭靖決了，蕭靖決突然一用力，使得向予安跌坐在他的懷抱裡。

向予安這下是真的急了，就要推開他。沒想到蕭靖決的力氣很大，她很難在不動武的情況下掙脫他。

「公子！」向予安臉色難看地看向蕭靖決，「請公子自重。」

蕭靖決似笑非笑地睨了她一眼，「我不是『不行』？妳又何必這麼緊張呢？」

向予安：「……」

向予安莫名地有點心虛，「聽、聽到了啊？」

蕭靖決冷笑了一聲：「看來妳爹沒有教過妳，不要去惹怒一個男人。」

向予安：「……」

她爹只教過她，要是有男人敢跟她動手動腳，就大嘴巴搧他，不用客氣。可是她的靠山已經不在了，她已經不能這樣隨心所欲了。

向予安垂下目光，突然之間陷入了傷感。

蕭靖決立刻就察覺到了她的情緒變化，他一直都是個敏銳的人。自第一次見面，他就從她的身上感受到了一股莫名的敵意。然後是現在，原本好好的人，一下子變得沉默下來。

蕭靖決從來不會忽略絲毫的異樣和反常，尤其是他身邊的人。

外面突然傳來萍蘭的聲音，向予安急忙站了起來，規規矩矩地站好。蕭靖決竟然覺得有些好笑，剛才還牙尖嘴利，現在卻一副低眉順目的樣子。

第六章　懷疑

萍蘭也是心態良好，休息過後就來見蕭靖決了。她抱著一個大花瓶，裡面插著荷花。

萍蘭笑著說道：「這是老太太一早讓人摘的，老太太說公子喜歡花，便讓人送了過來。」

蕭靖決懶洋洋地點了點頭，「既是祖母的心意，那就放在一邊吧。」

萍蘭見蕭靖決態度如常，心裡也鬆了一口氣。她想把花瓶放在桌子上，可是花瓶太大，她沒看到前面的椅子，向前撲去。

「小心！」向予安驚呼一聲，本能地拉了萍蘭一下，然後單手去抱花瓶。

不過瞬間，向予安就察覺到了不對勁兒。她身為一個丫鬟，身手怎麼能這麼好？

向予安為了以示自己的笨拙，任由自己撞向了一邊的書案。桌子上的東西劈里啪啦地掉了一地，她都顧不上。一使勁兒，連鞋都飛了出去。

向予安自認為，為了當好一個普通姑娘，她真是用心良苦。終於，她抱著花瓶心安理得地摔倒在地。

萍蘭急忙來扶她，向予安站了起來，還安慰萍蘭，「我沒事，妳不用擔心，花瓶也沒事，都好好的。」

萍蘭沒忍住，遲疑地說道：「可是公子有事。」

向予安狐疑地看向蕭靖決，只見她甩出去的那隻繡花鞋恰好落在了蕭靖決手裡的書上。

向予安：「……」

她發誓她不是故意的！還能有比這更尷尬無語的時刻嗎?!

向予安遲疑了一下，猶豫著說道：「公子，我不是故意的。」頓了頓，她舉起花瓶：「但是花瓶是好好的，一點事都沒有。」

蕭靖決站了起來，繡花鞋也掉在地上。他走到向予安身邊，彎下腰撿起剛剛被向予安撞倒的東西。只見蕭靖決拿起了地上的一塊硯臺：「掖州雲墨，是宮中御品，皇上才賜給了我。」

向予安：「……」

那個狗皇帝！賜死她一家的狗皇帝！

蕭靖決慢悠悠地說道：「妳因為一個花瓶，把它弄碎了。」

向予安：「……」

沒想到還真有。

向予安悲憤說道：「公子，我真的不是故意的，請公子責罰！」

她不會被趕出去了吧？向予安萬萬沒想到，自己費盡九牛二虎之力才進了蕭府，如果是因為這個理由被趕出去，她會死不瞑目的！

蕭靖決望著她，冷冷地吐出了三個字：「滾出去！」

向予安二話不說就往外跑，跑了一半，想到自己的繡花鞋，又急匆匆地去穿好了鞋。然後一溜煙兒地跑了出去，頭都不敢回。

蕭靖決看著她倉皇的背影，輕輕地勾起了唇角。不過稍縱即逝，想到剛才發生的事，他不由得皺起了眉頭。

他這個書桌是金絲楠木製成，她剛剛磕到桌子，竟還能好好地站起來。她是銅牆鐵壁嗎？

蕭靖決的眼神裡閃過一抹玩味，他第一次跟這個丫鬟說話，這丫頭就差點把鞋甩在他臉上。轉過頭還打破了他珍貴的雲墨，這麼下去，這丫頭不會拆了他的院子吧？

向予安跑回了房間，滿臉的懊惱。她沒想到自己第一次對上蕭靖決就出了這麼大的醜，她的計畫明明都很順利。

向予安考慮了半晌，最後得出一個結論，蕭靖決剋她。完全忘了自己剛才做的事。

可是讓向予安更在意的是，她剛才有沒有露出破綻。蕭靖決不是一個好糊弄的人，他十分精明，他有沒有懷疑到她？

萍蘭回來的時候，也是一臉無奈。

向予安跟她打聽消息，萍蘭嘆了一口氣：「妳運氣好，公子沒說什麼，公子若是怪罪下來，妳這條小命都不夠賠的。」

向予安深以為然地點了點頭，蕭靖決的通房不過是養死了幾盆花，就被他給打了。憑她今天幹的事，蕭靖決弄死她才是正常的。

向予安明白，蕭靖決還是對她產生了懷疑。沒有處置她，大概是想刺探她的底細。

向予安眉頭緊鎖，蕭靖決太精明了，她還沒有達成自己的目的就被他懷疑了。她要怎麼做才能打消蕭靖決的懷疑呢？

第二天，向予安並沒有當值，而是跟人換了班。蕭靖決早上急匆匆地出了門，他當然關注不到一個丫鬟的事，讓向予安鬆了一口氣。

當天晚上，蕭靖決處理好了公務，帶著一身的疲憊，最後還是進了書房。

蕭靖泱坐在書桌前，看著那張桌子，突然想到了向予安。

恰好萍蘭端著茶走進來，蕭靖泱隨口問道：「昨天那個向予安怎麼沒在？」

萍蘭笑著說道：「予安昨天撞到了桌子，當時她大概是嚇怕了，都不知道疼。等回去之後才發現，胳膊都抬不起來了，我就讓她在房間裡休息了。」

蕭靖泱若有所思地點了點頭，並沒有再提起向予安。

萍蘭心裡有些惴惴不安，蕭靖泱沒有提起那天晚上的事，對他來說那只是一件微不足道的小事。甚至，向予安沒有當值都更讓他上心。

萍蘭一瞬間心裡說不出的滋味。

蕭靖泱自然不會在意一個丫鬟的感受，他轉過頭開始處理起公務。

萍蘭回到房間裡，向予安躺在床上吃核桃。她手勁兒大，幾乎是一搓一個核桃仁。萍蘭一進來，向予安仍下核桃，裝虛弱。

向予安急忙坐起來：「萍蘭姐姐，怎麼樣？公子有說要罰我嗎？」

萍蘭看著向予安，想到今天蕭靖泱問起向予安的樣子，她強笑著說道：「沒有，公子日理萬機，哪裡顧得上妳一個小丫頭。」

萍蘭這是想告訴向予安不要以為蕭靖泱對她另眼相看，不過向予安想到的卻是蕭靖泱並沒有注意到她。

這對向予安來說才是最重要的，她鬆了一口氣。

看來這一關算是過去了，以後她一定更加小心才行。

第七章　慘絕人寰的酷刑

接下來的幾天，蕭靖決都很忙，早出晚歸的。向予安也漸漸放下了防備，於是她手臂上的傷也慢慢好了，能回到屋子裡當差了。

這一日，向予安在書房裡擦桌子，蕭靖決則很有閒情逸致地在寫字。

「妳過來。」蕭靖決喚道。

向予安四處看了看，意識到書房裡只有他們兩個，她只好走了過去。

蕭靖決問道：「妳識字，來看看我寫的字怎麼樣。」

向予安閉眼誇，「公子的字自然是極好的。」

蕭靖決似笑非笑地睨了她一眼，「我叫妳過來是為了聽妳拍馬屁的嗎？外面的那些人，說好話哪個不比妳說得好聽？我還以為妳是個膽大的，倒是我看走了眼。」

向予安難以置信，她沒想到蕭靖決竟也是那種喜歡大膽直言的人！好聽的話不愛聽，非得聽人批評。

向予安於是認認真真地看了字一眼，蕭靖決寫的是四個字，上善若水。她有些意外，她還以為以蕭靖決的性格會寫什麼天道酬勤之類的。

不過蕭靖決寫的字確實很好，當之無愧他從小神童的名號。

向予安想了想，嚴肅地說道：「公子的字確實是不錯，筆鋒十分精準。可惜，就是力道弱了一點。」

蕭靖決有些意外，她沒想到向予安竟然真的懂。他將筆遞給了向予安，「說的倒是有鼻子有眼，妳來試試。」

向予安挑了挑眉頭，也不推拒，當即就接了過來。

她低下頭，認真地在他的字旁邊寫下了相同的四個字。

蕭靖決這下是真的詫異了，此時向予安又讓他覺得意外。他以為她只是一個識字的姑娘，沒想到字寫的竟然也如此好，一看就知道是用心練過的。

蕭靖決側過頭，明明是個相貌清秀的姑娘，可眼神卻透著一股清正。她低下頭，露出潔白的脖頸，即使如此，可是背脊卻挺直。

蕭靖決望著她的側臉，腦海裡竟冒出了一句話，他喃喃地說道：「從此綠鬟視草，紅袖添香，眷屬疑仙，文章華國。」

向予安茫然抬起頭，不解地問道：「公子說什麼？」

蕭靖決見她一臉迷惑，並不知道他這句話的意思，他淡淡地說道：「沒什麼，字寫的倒是不錯。」頓了頓，他漫不經心地問道：「看來妳爹是很認真地培養妳啊，他這麼用心培養妳，妳又怎麼會進府做丫鬟？」

向予安的動作一頓，將筆放在了一邊，淡淡地說道：「家道中落。」

蕭靖決若有所思，卻是突然說道：「看來妳的手臂已經好得差不多了，並沒有影響妳寫字，那我就放心了。」

蕭靖決關心一個丫鬟能不能寫字？向予安一個字都不信，看來他還沒有打消疑慮。也是，撞到金絲楠木的桌子，傷這麼快就好了？

向予安知道，醫術高明的大夫可以透過看一個人的字跡就能判斷寫字之人的身體情況。

向予安坦然地挽起了衣袖，露出胳膊上的淤青。

「那天撞到的是右邊的胳膊，其實我是個左撇子，小時候貪玩，傷到了左手，養傷的時候就練了右手。所以其實我是左右手都能用，只是平時都習慣用右手罷了。」向予安解釋道。

蕭靖決這才注意到，她剛才寫字也是用左手。他不應該錯過這個細節的，可是她低下頭顯露出的溫柔竟讓他恍了神。

竟是為了一個丫鬟？蕭靖決覺得這十分可笑。

蕭靖決瞇了瞇眼，「妳好像什麼事都有很好的理由，到底是什麼事情能難住妳？」

向予安狐疑地看了他一眼，臉上帶著恰到好處的迷惑：「公子，我、我不明白你在說什麼。」

向予安知道蕭靖決在試探，蕭靖決也知道向予安在裝傻。只不過向予安裝得很像，沒有讓蕭靖決抓到把柄罷了。

蕭靖決等著向予安露出破綻，向予安等著蕭靖決放下懷疑，現在就看兩人誰更有耐心。

第二天，向予安聽到萍蘭傳話，不由得瞪大了眼睛。

「讓我去書房抄書？」向予安震驚地說道。

萍蘭的心情有些複雜，她點了點頭：「是啊，是公子今天早上吩咐的，說是妳的字兒寫得好，讓妳去書房多抄點手繪本。」

書房是重地，便是丫鬟打掃也不能多留。這還是蕭靖決第一次開口讓丫鬟去書房抄書，萍蘭心裡覺得酸酸澀澀的。可是她看著向予安懵懂的樣子，卻發不出火來。

向予安忍不住懷疑，她是不是暴露了，所以蕭靖決想出這麼個法子來折磨她。

眾所周知，所有人在啟蒙學習期間，對兩件事最深惡痛絕。其中排名第一的是背誦，排名第二的就是抄寫。

《論語》抄寫十遍，《三字經》抄寫十遍，並且要全文背誦。反正她的先生教導她的時候，讓她抄寫任何東西都是十遍起。讓她曾經一度懷疑，先生對十這個數字情有獨鍾是不是有什麼隱情。

向予安雖然字兒寫得好，但並不代表她愛讀書。她從小習武，讀書寫字對她來說實在是酷刑。

蕭靖決一下子就抓住了她的死穴，當真是老奸巨猾，不好對付得很。

向予安咬著牙說道：「我還以為公子是真的心胸開闊不打算責罰我，沒想到竟是在這等著我呢。」

原本心中不舒服的萍蘭聽到這話，不由得說道：「公子這是在責罰妳？」她能進公子的書房，誰不知道公子在書房待的時間最長。

向予安咬牙切齒：「簡直慘絕人寰，還不如打我二十板子呢！」

萍蘭：「……」

很快，蕭靖決的書房裡就多了一張小書桌。不過蕭靖決說了，只有他在書房的時候，向予安才要過來抄書，其他時間……其他時間繼續幹丫鬟幹的活。

向予安：「……」

向予安對蕭靖決的定義從老奸巨猾又變成了壓榨丫鬟！

第八章　試探

此人不止難養，性情多藝，手段殘忍，而且詭計多端，心狠手辣！總而言之一句話，不是好人。

向予安一邊抄書，一邊抬起頭忍不住瞪著書桌後的蕭靖決。偏偏此人臉皮極厚，對她殺人的目光毫不在意。

「好好寫，若是寫錯了，可是要重新寫的。」蕭靖決慢條斯理地說道。

偏偏就這麼巧，一滴墨汁滴落在了白紙上，向予安看著那張紙欲哭無淚。

大概是看出來向予安的悲憤，蕭靖決勾起了唇角。

向予安死死地瞪著那個墨滴，恨不得能將它變走。外面樂山敲了敲門，喚了一聲：「公子。」

樂山走了進來，蕭靖決看到他，收起臉上的笑意，對著向予安吩咐道：「妳去泡一杯茶來。」

向予安知道這是將她支走，她應了一聲，轉身向外走去。

突然，向予安察覺到身後有一道勁風襲來。她的腳步微微一頓，習武者的本能讓她想要躲開，可是她生生地忍住了。

向予安抬起腳繼續往前走，除了腳步微滯了一下，幾乎沒有任何異常。

一粒碎銀子從向予安的耳邊飛過，打在了門框上。

向予安忍不住後退了一步，回過頭，滿臉的驚恐：「公子？」

樂山盯著向予安半晌，突然露出了一個笑容：「不好意思，予安姑娘，是我一時手滑，驚嚇到妳了吧？」

樂山連忙撿起那銀子，說著就要塞給向予安，「既然這東西驚嚇到了予安姑娘，就賠給姑娘當作賠禮吧。」

向予安臉色難看，她看著樂山，冷哼著說道：「樂爺客氣了，您可是公子身邊的人，我不過是個小丫鬟，哪裡受得起樂爺跟我賠禮？」頓了頓，她毫不客氣地說道：「只是若是我不小心得罪了樂爺，還請樂爺言明便是，到時候我給樂爺沏茶賠罪。也好過樂爺背後放冷箭，讓我死個不明不白的強！」

樂山的臉色一陣青一陣白，這丫頭伶牙俐齒的，一番話說得他面紅耳赤。

向予安說完，也不管他什麼反應，毫不猶豫轉身就走了。

樂山伸出去的手尷尬地收了回來，他看向蕭靖決：「公子，您說的可真對，這可不是一般的丫鬟，這牙尖嘴利的，哪一般了？」

蕭靖決睇了睇眼，眼神閃過一抹笑意，卻是板起臉說道：「平時見你挺機靈的，對上一個丫頭倒是被噎得沒詞兒了，真是沒用。」

樂山撇撇嘴，心裡暗道，他這個小廝被下了面子，不還是沒將公子看在眼裡？他是蕭靖決身邊的人，平日裡的丫鬟見到他哪個不是笑臉相迎。

蕭靖決不知道他心中所想，他問道：「依你之見，她並不會武功？只是個普通女子？」

牙尖嘴利不說，都不將蕭靖決看在眼裡，樂山不知道這樣的丫鬟哪裡普通了。

樂山遲疑了一下，然後說道：「公子應該知道，從身後偷襲，若是習武者一定會有反應。這是習武者的本能反應，有時候身體比頭腦更快做出動作。我剛才猝不及防偷襲，她根本沒有反應的時間。」頓了頓，他說道：「所以要麼她就是不會武功，要麼就是心機深沉之人。公子還要多加小心才是。」

能抑制住本能的，當然稱得上一句心機深沉。可偏偏向予安還在言語上對樂山半分不讓，這哪裡像是一個心思深沉的？

蕭靖決微微頷首，想到向予安的表現，他只覺得玩味。

這還是第一次有人讓他看不明白，以前不管是誰，是丫鬟、或是朝中大臣。只要一眼，他就能看穿對方眼中的欲望。

像萍蘭，很顯然就是想要成為他的女人。那些大臣，為了名或者為了利，掩飾得再好也會露出情緒。可是向予安沒有，她的眼底有對他的興趣，卻並不是愛慕和貪婪。也許是他的仇人派來的？蕭靖決派人去查了，向予安的身分背景很乾淨。

真的如她所說，是個商戶之女，後來當地的官員看中了她家的產業，設計害死了她爹。她最後流落街頭，進了蕭府。

他還特意查了，害死向予安父親的官員與蕭家無關。就算向予安要報仇也找不到他頭上，那麼，她想要的到底是什麼呢？

蕭靖決確實十分小心警惕，可是他哪裡知道，這套身分背景是向予安早就安排好的。她要進蕭府，最重要的一點就得是身家清白。

最近這幾日蕭靖決都十分忙碌，每天早出晚歸的。等蕭靖決終於閒下來，才想到自己那有趣到底小丫鬟。

蕭靖決剛走進花園，就看到向予安正在跟一個小廝說話。他認識那個小廝，是蕭管家的兒子蕭武，如今正跟著蕭管家在家裡當差。

蕭武那小子拿著糕點眼巴巴地看著向予安，那一臉諂媚的表情，比面對他的時候還要殷切幾分。

蕭靖決不由得瞇了瞇眼，他突然想到調查的結果上說，原本蕭管家看上的丫鬟並不是向予安，後來突然換了人。

難道這就是原因？

那丫頭居然衝著蕭武笑成了一朵花，蕭靖決突然之間就覺得不爽。他的丫鬟，被別人用一匣子的點心給收買走了？

這不是丟他這個主子的臉！

第九章　這非人的懲罰

向予安此時也很無奈，她看著面前頗有些趾高氣揚的蕭武，滿腦子只有一個想法。她想一棍子敲死他。

偏偏蕭武還仗著父親是蕭管家以為能夠手到擒來。

「我知道予安姑娘喜歡甜食，這是老爺賞給我的，我特地給予安妹妹留的。」蕭武說著便要握住向予安的手。

向予安側身避，冷淡地說道：「多謝武爺好意，只是我身為低微，不敢讓武爺費心。」

向予安說完，轉身就要離開。

蕭武一個閃身擋在她的面前，冷笑著說道：「我給妳點臉，還真把自己當個人物了。不過是外面買來的丫鬟，也敢在我面前拿喬……」

「公子！」向予安突然看向他的身後喚道。

蕭武一驚，立刻轉過頭，行禮道：「小的見過公子……」

蕭武沒有聽到聲音，不由得抬起頭，哪裡有蕭靖決的影子？再回頭，向予安早就跑了沒影。

蕭武氣得冷哼了一聲，也沒追上去。就算跑了怎麼樣？總歸是在這個府裡，他遲早有得手的機會。

向予安回到天一閣，她滿腦子裡想的是如何成為蕭靖決身邊的大丫鬟。只有得到蕭靖決的信任，才能接觸到蕭靖決的公務，這樣她才能查清楚霍家的事。

看來她還要表現得更好一點才行。

向予安剛回來，就有小丫鬟叫住了她，然後把茶杯塞到了她手裡。「公子叫了茶，妳快送進去吧，我著急去茅房。」那丫鬟說完，轉身就走了。

向予安只好端著茶杯走進了書房，只見蕭靖決臉色難看地坐在椅子裡。

向予安想著要好好表現，便低眉順目地送了茶，就回到了自己的位置上好好地抄書。

蕭靖決突然啪的一聲放下茶杯，冷聲說道：「誰沏的茶？進府的時候沒學過規矩？泡茶的水多少溫度弄不清楚？這大熱的天，還泡這麼熱的茶?!」

向予安想著茶又不是她泡的，這氣也不是衝她。

向予安便道：「公子消消氣，想必是底下的人一時大意了。我這就給公子換一杯，公子大人大量，可千萬不要氣惱！」

向予安覺得底下的丫鬟也不容易，很自然地為對方開脫。

蕭靖決噎了一下，睿智如他，自然明白這是怎麼回事。他剛剛臉色難看地回來，不少丫鬟都看到了，知道他心情不好，所以才讓向予安過來觸霉頭。這丫頭居然還一無所知地為那些人開脫。一時間，他竟不知道該說什麼才好。

「不用了。」蕭靖決冷冷地說道。

向予安不以為意，在她的印象裡，蕭靖決本身就十分難養。

可是做人家丫鬟，要討好公子哪有那麼容易的？向予安想了想，自告奮勇地說道：「公子，天氣熱了，那我去做點涼快的東西，公子等我。」

向予安轉身就走，去了廚房，她讓人取了冰，放上了水，裡面加了葡萄乾等各種食材，終於調成一碗冰涼涼的冰粥。

這是以前她跟父親在南海的時候跟當地人學的，南海氣候炎熱，很多這種解暑的食物。

向予安端著冰粥回到書房裡，「天氣炎熱，公子吃點冰粥解解暑吧。」

蕭靖決抬起頭看了她一眼，她正一臉期待地看著自己，似乎他的評價對她來說非常重要。那簡單直白的情緒，幾乎一眼就能看穿。蕭靖決滿肚子的邪火突然之間就消散了大半。

蕭靖決低下頭喝了一口，淡淡地嗯了一聲，「味道不錯，有心了。」

向予安不禁十分得意，她可真是一個了不起的人呀。只要她想，什麼事不都手到擒來？像蕭靖決這樣難養的人，不還是一樣被她給搞定了？

她可真是棒棒的呢！

「那邊有一桌子點心，我不愛吃，扔了又浪費，就便宜妳了。」蕭靖決若無其事地說道。

向予安喜歡吃甜食，聞言自是喜不自勝。看看，回報這就來了。這麼下去，她成為蕭靖決最信任的丫鬟還不是指日可待的事情？

向予安信心滿滿。

向予安看到那一桌子點心不禁有些詫異，這未免也太多了些吧？向予安勉強吃了一盤子就吃不下去了。

向予安苦著臉看向蕭靖決說道：「公子，這個我可不可以帶回去慢慢享用啊？」

蕭靖決淡淡地說道：「不行，這點心我只給了妳，妳帶回去被別人看到，其他人豈不是要非議我偏心？」頓了頓，他睨了她一眼：「我倒是無所謂，妳……」

向予安急忙拒絕：「我確實有所謂。」

整個天一閣的丫鬟，有一個算一個，都想討好接近蕭靖決。包括她，雖然她的目的和她們不一樣，但是上進的心思是一樣的。

這要是讓別人知道蕭靖決特意給她準備了點心，她維持的好人緣恐怕也毀於一旦了。

向予安滿腹怨言地在那啃著點心，吃到簡直要懷疑人生了。她覺得自己這輩子再也不想吃點心了！

向予安實在是吃不下去了，她苦著臉說道：「公子，我實在吃不下去了。要不、要不叫大家一起過來吃吧？」

蕭靖決瞥了她一眼，冷冷地說道：「妳以為本公子的點心是誰想吃都能吃的嗎？」

向予安不禁一噎，她敏銳地感覺到蕭靖決似乎在生氣。

向予安不由得問道：「可是奴婢惹公子生氣了？」

蕭靖決冷笑了一聲：「妳以為妳是什麼身分？也配讓我生氣？」

倒也不必說的這麼直接。

向予安有些頭疼，她實在不明白蕭靖決到底為什麼突然發怒。

蕭靖決又道：「怎麼？是對我的點心不滿意？不如別人的好吃？」

向予安連忙說道：「公子的點心當然是最好吃的，最好吃的。」

蕭靖決面無表情地說道：「既然好吃那就多吃點，這可是妳的福氣，這待遇可是連歲蓮都沒有過。」

向予安心裡叫苦不迭，正好萍蘭進來送水果，看到這一幕不禁一愣。

蕭靖決淡淡地看了她一眼，萍蘭心裡一凜，連忙低下頭不敢再看。

萍蘭放下了盤子，轉身走出了房間，腦海裡一直都是向予安坐在一邊吃點心的樣子。

以前就連歲蓮都沒有這樣放肆過，公子待予安可真是特別。

第十章　挑撥

樂山從外面走過來，看到萍蘭問道：「萍蘭，書房裡誰在？」

萍蘭回過神來，回道：「是公子和予安在裡面。」

樂山愣了一下：「予安姑娘在裡面啊，那我等一下再進去吧。」

萍蘭不由得皺起了眉頭，樂山是蕭靖決身邊的人，一直不將天一閣的丫鬟看在眼裡，什麼時候會對一個丫鬟這麼客氣了？

「沒關係，你進去吧，他們也沒有在談事。」萍蘭溫聲說道。

樂山笑了笑：「這位予安姑娘可了不起，不禁公子刮目相看，我聽說蕭武還一個勁兒地給她獻殷勤呢。」頓了頓，他看了萍蘭一眼：「萍蘭姑娘，可別怪我多嘴，妳啊還真是太老實，小心讓人後來居上啊。」

萍蘭神色一震，不禁若有所思。

向予安足足吃了一個時辰才將這些糕點全部吃完，吃得太撐的後果就是，動都動不了，難受地趴在了桌子上。

然後一不小心就睡著了。

蕭靖決抬起頭就看到她安然的睡顏，眼中不由得閃過一抹深思。這冰粥不是上京的東西，倒是南方那邊的小吃。可是她怎麼會知道的？從他調查的結果來看，她一直生活在北方。

他知道，自己就算問出口，聰慧如她也會有無數個解釋。比如說她父親行商，走南闖北曾吃到，所以回來說給她聽過。

這一點點的小小破綻，有太多可以解釋的理由，因此她才會毫不在意地暴露出來吧？

那麼，他看到的她，是真實的嗎？還是這些怪異卻有著合理解釋的反常，都只是他想太多？

第一次他看不懂一個人，卻忍不住被她吸引了。今天看到她被人糾纏，心口的那股悶氣，又是他想不明白的另外一件事了。

蕭靖決站起身，拿出一件披風輕輕地蓋到了向予安的身上，然後才又回到書桌邊處理公務。

樂山走了進來，推開門的時候，萍蘭正好看向予安躺在桌子上睡著了，身上還披著一件披風。

蕭靖決什麼時候對丫鬟如此貼心體貼過？她咬著唇，已經紅了眼睛。她想到自己為了公子不顧臉面去獻舞，公子卻不屑一顧。向予安才來了多久，就得到公子的另眼相看！

「我聽說今天公子怒氣衝衝回來，翠姐進去都被公子罵了，可是向予安進去之後，公子就消了氣。」歲蓮從萍蘭的身後走了出來，慢條斯理地說道。

萍蘭愕然地抬起頭看向歲蓮，歲蓮身上的傷居然好了？

歲蓮望著她臉上震驚的表情，冷哼了一聲：「妳還沒搞清楚，現在那個小丫頭已經凌駕於妳我之上了！妳還能如此沉得住氣？」

萍蘭冷冷地說道：「受了那麼重的傷，歲蓮姐姐這麼快就能下床了？不知這算不算沉不住氣？」

歲蓮俏臉一沉，她確實沉不住氣了。萍蘭現在已經完全取代她，開始管理天一閣了。唯一讓她有所安慰的是萍蘭去伺候蕭靖決，蕭靖決並沒有將她收了房。

可是一個向予安又冒了出來，這個時候她哪裡還坐得住了？顧不上傷口未癒，急忙下了床。

今天這事就是她安排的，本來她想讓向予安在蕭靖決生氣的時候再去惹怒他。可是她沒想到，蕭靖決看到向予安之後竟什麼脾氣都沒有。

但這更讓她心驚。

所以她才找上萍蘭，希望能和萍蘭一起聯手。向予安給了她太多的危機感，這種危機感比萍蘭給她的還要多。

以前蕭靖決從來沒有對一個丫鬟如此重視過，不，他從來沒有這樣反常地對待過任何人。

「哼，妳倒是大度，等那丫頭騎在了妳頭頂上，看妳還能不能保持這份大度！」歲蓮嘲弄地說道。

萍蘭沒有回話，轉過身急匆匆地走了。

歲蓮看著她的背影冷冷地勾起了唇角。

向予安回到房間裡，看到萍蘭，獻寶似地掏出了一個油紙包。

「今天公子賞的，我記得妳最愛吃綠豆糕了，特意給妳留的。」向予安開心地說道。

萍蘭看著她一臉期待的目光，心中有些複雜。

她垂下了目光，淡淡地說道：「我剛吃過飯，這會吃不下去，妳吃吧。」

向予安的眼神一閃，萍蘭的情緒不對勁兒。萍蘭是她在天一閣最大的靠山，兩人同住一屋，而且萍蘭又是家生子，現在還管著院子。在她刻意維護下，兩人的關係十分友好和諧。

可是現在萍蘭的態度發生了變化，那到底是出了什麼事？萍蘭現在開始防備她了。

是因為蕭靖決嗎？想到今天她端著熱茶進去，被蕭靖決怒斥的事情，她似乎有些明白了。

向予安又說道：「那我先給姐姐點上薰香，最近蚊子多，免得擾了姐姐。」

「不用了，我一會自己來。」萍蘭拒絕道。

看來是真的對她生出了防備，向予安皺起了眉頭，萍蘭怎麼會對她的態度改變這麼大？

不管是因為什麼，肯定是因為蕭靖泱。

向予安輕嘆了一口氣。

突然，九茉從外面跑了進來。她沒有注意到屋內的緊張氣氛，看著兩人，焦急地說道：「不好了，老爺過來了，把所有人都趕了出去，跟公子說話呢。」

向予安的神色頓時一凜，蕭元堂來了！

第十一章　滾出去！

當今首輔蕭元堂，在他見過霍驍的兩個月之後，霍家獲罪，而他則成功入閣，成為首輔。

向予安的心又開始狂跳了起來，他們會說什麼？會是有關於霍家的事嗎？

可是不管向予安再如何揪心，都無法接近書房，根本聽不到他們在說什麼。

不過半個時辰之後，隨著書房裡傳出來一道茶杯摔碎的聲音之後，蕭元堂怒氣衝衝地離開了天一閣。

向予安看著其他人並不意外的神色，她不禁若有所思。看來蕭元堂和蕭靖泱的父子關係並不融洽？

向予安看向萍蘭，「萍蘭姐姐，我們要不要收拾一下？」

萍蘭望著她眼神閃了閃，低聲說道：「那妳去吧，記得小心些。」

向予安知道現在不是進去的好時候，現在她進去，很有可能撞到槍口。可是……她覺得她應該進去，就在這個時候。

向予安走了進去，萍蘭看著她的背影，臉色倏地一變。

書房裡靜悄悄的，蕭靖泱獨自一人坐在椅子裡，神色漠然，渾身散發著冰冷的氣息。

向予安沒有多看，低下頭撿起地上的碎片。

蕭靖泱抬起頭，目光冰冷地看著她道：「妳倒是膽子大，這個時候還敢進來。」

向予安想了想，淡淡地說道：「奴婢只是盡本分罷了。」

蕭靖泱勾了勾唇角，她這個時候倒是知曉規矩了，平日裡都是我來我去的，現在倒是會自稱奴婢了。

蕭靖決突然問道：「妳爹沒有因為妳是女子而忽略妳，想必他是個好父親吧？」

向予安卻是一愣，她爹其實稱不上是好父親，因為他大部分精力都用在了保家衛國上，她從小能見到他的時間都很少。

就算父女兩人相見，霍驍也不是一個溫情的父親。他只會問她有沒有好好讀書，有沒有好好練功。反正就是一些她根本不想提起的話題。

可是她知道，他做的是很有意義的事情。是他保衛了邊關的安寧，護得一方平安。她雖然沒有得到多少父親的關愛，但她崇拜他、理解他已久。

「他是個好父親。」向予安毫不猶豫地點了點頭：「雖然他不太會做父親，總會挑我的毛病，從來沒有誇獎過我。他從來沒有扶著我走路，可是他教我做人要正直坦蕩。他從不曾因我是女兒而區別對待，依舊對我要求嚴格。正是這些，讓我在走投無路的時候依舊有面對困境的勇氣。」

多少人曾經議論過，堂堂霍大將軍只有一女，後繼無人，百年之後的霍家也將無以為繼。可是他從來沒有這樣認為過，他雖然始終沒有說過，可是她能感受到父親對她的疼愛和重視。

蕭靖決微微一愣，「所以妳進府做了丫鬟，是為了什麼？」

向予安頓了頓，心裡暗道，為了報仇。

「為了不受人欺辱啊，我想過了。我們家遭此大難，就是因為家中無權。」向予安理直氣壯地說道：「所以我要找個大靠山，讓別人再不敢欺負我，再也不用看別人的臉色。」

蕭靖決挑了挑眉頭：「妳想要攀龍附鳳？做我的侍妾？」

向予安毫不猶豫地搖了搖頭，不屑地說道：「我堂堂好女兒家，幹什麼要作踐自己去做侍妾？我爹會氣死的！」頓了頓，她一臉傲然地說道：「我的目標是成為公子身邊的大丫鬟，公子這麼厲害，我就可以狐假虎威了！」

饒是蕭靖決向來聰慧睿智，也被這話震驚了。他想不明白，為什麼連他的侍妾都不願意做，非要做他的大丫鬟？

向予安說道：「做人侍妾還要看當家主母的臉色，做大丫鬟就不同了。除了公子，其他人看在公子的份兒都謙讓我幾分。」

蕭靖決卻突然伸出手，將她一拉，向予安就坐在了他的腿上。

「公子？」向予安驚呼一聲。

蕭靖決低下頭，唇幾乎要碰到她的。

「可是我不想讓妳做我的大丫鬟。」蕭靖決低喃地說道，語氣裡帶著濃濃的曖昧繾綣。

向予安只覺得渾身汗毛都要豎起來了，她沒想到蕭靖決居然會這麼做！

「公子想要強人所難嗎？」向予安冷冷地問道：「公子是主子，我不過是個小小的丫鬟。若是公子若要強求，我也沒有辦法。只是以公子的驕傲，會用這樣的手段來得到一個丫鬟嗎？」

「我這個人向來務實，只要得到了人，什麼手段不在乎。」蕭靖決不甚在意地說道：「更何況不過是個丫鬟，要了就要了。」

向予安咬著牙，冷笑著說道：「我還以為公子心高氣傲，絕不會勉強不願意的女子，如此看來倒是我高估了公子！堂堂蕭靖決也不過如此罷了！」

蕭靖決臉色一變，伸出手捏住她的臉，「妳當妳是個什麼東西，我給妳幾分臉面就得意起來？」

「奴婢不敢。」向予安毫不避諱地望著他的眼睛說道：「我只是不願意而已。」

蕭靖泱一把推開了向予安，向予安摔倒在地。

蕭靖泱抄起手邊的茶杯扔到地上，裡面的熱水濺到了向予安的臉上。

「滾出去！」蕭靖泱冷冷地說道。

向予安隨手抹了一把臉，站起身就走了出去。

第十二章　歲蓮發難

向予安走出書房，萍蘭連忙過來問她：「怎麼了？發生了什麼事？」

向予安低聲說道：「我沒事的，就是公子發了脾氣而已。」

萍蘭莫名地鬆了一口氣，每次蕭元堂來蕭靖決都會發一場脾氣，看來向予安是撞到了槍口上。

不過，這是不是也說明向予安對蕭靖決來說並不是很特別。

向予安失寵了，蕭靖決對她的針對幾乎是不加掩飾。整個天一閣的人都知道，向予安惹怒了蕭靖決，以至於現在蕭靖決看到向予安就要發脾氣。

之前一段時間，向予安著實出了大風頭，以為她要成為第二個歲蓮。如今她這一失寵，不少丫鬟都幸災樂禍，還說不少的風涼話。

而歲蓮也毫不掩飾地針對向予安。比如說讓她一個人去挑水，讓她去幹重活。再比如說，外面大太陽，還讓她站在太陽底下晒書。都是一些能讓人受苦，卻又說不出來的手段。

蕭靖決見到過幾次，連問都沒問過，歲蓮因此更加變本加厲。

這一日，歲蓮又找由頭讓向予安在外面晒了半天，蕭靖決回來之後又讓她進到書房研磨。

就算向予安身體好也有些吃不消了，被太陽晒得臉色泛紅。

向予安沒精打采地研著墨，她舔了舔乾裂的嘴唇，只能咬牙堅挺。

蕭靖決漫不經心地說道：「給人當丫鬟就是這樣，一個小小的通房就能踩在妳頭上，何必呢？」

向予安抿了抿唇，沒有說話。

蕭靖決抬起頭看了她一眼，俊美的面孔上滿是冷意：「現在如果後悔了，我還能給妳一個機會。」

向予安冷淡地說道：「多謝公子好意，公子大可以將這個好機會留給別的丫鬟。」

蕭靖決勾起唇角，露出了一抹意味深長的笑容：「妳這麼想，可惜別人不會這麼想。」

向予安沒有笑，她知道蕭靖決說的是對的，歲蓮已經在開始對付她了。

向予安在書房裡待了足足兩個時辰才出來，等她去領飯的時候，就碰到了歲蓮。

歲蓮看到向予安冷嘲著說道：「喲，居然捨得出來了？這有的人可不簡單，一看到公子就邁不開腿，賴在書房裡不出來。我還以為是攀上了高枝兒，公子能多看一眼，還不是要出來吃飯？」

向予安就當沒聽到，上前拿起自己的那份飯。歲蓮見她並沒有回嘴，有氣發不出更是生氣。

歲蓮一把打上了向予安的手，「怎麼？妳眼睛是出氣兒的啊？看不到人啊？」

向予安淡淡地說道：「我的眼睛能看到人，去撞人的眼睛才是才出氣兒的，歲蓮姐姐最明白這個道理才是。」

歲蓮怒聲說道：「好啊，真是好！剛來沒幾天，進了公子的書房就以為自己身分不同了起來，我告訴妳，差得遠了。別白日做夢了！」

向予安抬起頭直視著歲蓮的眼睛：「什麼白日夢？我從來不做夢，不如姐姐解釋給我聽聽？」

歲蓮望著向予安冷冷地說道：「公子為人溫和，待妳寬厚，就自認為自己有幾分不同，生出了不該有的心思！」

向予安淡淡地說道：「多謝歲蓮姐姐教誨，我記住了，定謹遵丫鬟本分，多跟歲蓮姐姐看齊就是了。」

九茉最沉不住氣，聞言忍不住輕笑出來。整個天一閣裡，最不守本分的就是歲蓮了吧，只有她爬上了蕭靖決的床。向予安這麼說，這不正是往歲蓮的心窩子插刀嗎？

歲蓮果然氣得臉色都變了，「好啊，今天我就教教妳什麼是丫鬟的本分！」

「歲蓮！」萍蘭此時急忙走了出來，她暗暗地瞪了向予安一眼，轉過頭拉住歲蓮的手說道：「好了，大家都是一個院子的，都是自家姐妹，何必傷了和氣呢？」

歲蓮一把甩開她的手，不客氣地說道：「妳少在這給我裝好人，別以為我不知道妳懷的是什麼心思！到了天一閣的第一天，妳就懷著跟她一樣的心思吧？我聽說有人夜探公子，公子都不要她，還是趁早歇了心思！我要是她，只怕是羞得都待不下去。」

萍蘭也沉了臉，不悅地說道：「我不知道妳在說什麼，是老夫人派我過來伺候公子的，除了老夫人和公子，誰都不能讓我走。」

歲蓮臉色頓時一變，確實她不敢把萍蘭怎麼樣。

歲蓮轉過身一腳踹開了地上的食盒，向予安的晚飯就這麼沒了。其她丫鬟就只看著這一幕，沒有人敢為向予安說話，也沒有人去安慰她。

向予安閉了閉眼，過了良久，才輕輕地吐出了一口氣。

在歲蓮的示意下，向予安的日子過得更加艱難。

第十三章　聯手陷害

這天歲蓮讓向予安擦小走廊的地，人來人往的地面，要向予安用抹布蹲在地上擦。向予安擦得腰酸背痛，她第一次意識到幹活可比練武辛苦多了。

蕭靖決回來的時候，就看到她愁眉苦臉的樣子。他走到她的面前，向予安抬起頭，對上蕭靖決冷漠的眼神。

「誰讓妳幹這個的？我讓妳抄的書抄好了嗎？」蕭靖決冷冷地問道：「跟我回書房抄書去。」

萍蘭急忙接過了向予安手裡的抹布，「快去啊。」

向予安跟著走進了書房裡，蕭靖決背著她，張開了手。這是要服侍他更衣的意思，向予安有些遲疑。這活一般不是她幹的。

蕭靖決等了半天見她沒有反應，轉過頭皺眉催促：「愣著幹什麼？難道還要我親自動手不成？」

「我、我去叫萍蘭。」向予安說道。

蕭靖決的臉色就是一沉：「妳是覺得我支使不動妳是吧？妳哪來那麼大的臉？我就一定非妳不可了？少廢話，趕緊過來。」

向予安遲疑片刻還是上前了，她的手有些顫抖，動作生疏地為蕭靖決解開了衣帶。

蕭靖決低頭看著她的表情，她很緊張，他一眼就能看出來。

他突然覺得有些好笑，性子倔強的姑娘，堵著氣，此時卻有一種柔弱之感，讓人想要保護她。

剛剛信誓旦旦說不是非她不可的人，突然一把將向予安緊緊地抱住了。

向予安一驚，幾乎要抑制不住想要把他摔出去，或者給他一拳的衝動。

蕭靖決雙手緊緊地箍住了她的腰身，他的氣息緊緊包裹著她。這讓向予安十分慌張，她用力地要推開他。蕭靖決趁機握住了她的手，向予安頓時使了個巧勁兒，轉身離開他的懷抱。

蕭靖決也沒有再攔著她，他若無其事地說道：「跟了我有什麼不好？我可以讓所有欺辱妳的人跪在妳的腳下。」

向予安冷冷地望著蕭靖決說道：「我以為公子是不屑強迫女人的，看來我也高估了公子的心氣兒。我不會用這樣的方式去報復誰，我寧願去刷一輩子的地板！」

向予安說完，轉身便走了出去。

蕭靖決看著她的背影不由得瞇了瞇眼，剛才她掙脫他的時候，用的身法是不是過於敏捷了？

向予安怒氣衝衝地衝出了書房，歲蓮和萍蘭從一邊走了出來。她看著向予安的背影，眼神裡閃過了一抹嫉恨之色。

向予安當真不能再留了。

當初在秦嬤嬤面前低眉順目的小丫頭，現在卻成了她最大的威脅。她以為蕭靖決並沒有將向予安看在眼裡，所以她才變本加厲地對付向予安，現在看來她還是想錯了。

她自然是懊悔的，是她識人不清把人弄進了天一閣。

現在想想，為什麼她以前看著向予安就覺得怪異。因為這個丫頭，低著頭站在那裡，卻挺直背脊，沒有絲毫卑微之感。她做著丫鬟的活計，卻透著一股坦然若之的安寧。

是因為她身上沒有丫鬟該有的謙卑。

這樣的人絕對不能留下來。

歲蓮看了萍蘭一眼：「這下妳該死心了吧？公子就是對她另眼相看，妳如果再猶豫下去，以後妳見到這小丫頭就該行禮了。」

萍蘭抿了抿唇，眼神鬱鬱：「那人也是妳點頭才進了院子的，現在卻要讓我做那個惡人。」

歲蓮點了點頭：「好，那就由我來，有妳這句話就行。」

萍蘭眼神閃了閃沒有說話，算是默認了歲蓮的話。

歲蓮來找萍蘭，不過就是擔心她會護著向予安，到時候場面鬧得不好看罷了。

最近的天氣很熱，院子裡的花都蔫蔫兒的，人的火氣也大了起來。

歲蓮就來找碴了，「妳站著幹什麼？我們天一閣不養閒人，妳就去冰窖，把冰給姐妹們分了，這大熱的天，也讓姐妹們鬆快鬆快，沒半點眼力見兒！」

讓她一個人去搬冰，冰窖本就冰冷，就算是大夏天，也不是個輕鬆的活兒。若是寒氣入體，對女子的影響是很大的。

這已經是明晃晃的惡意了。

萍蘭跟著說道：「我們院子裡什麼時候缺搬冰的人了？予安，昨天公子說要給大小姐送首飾，我這忙不開，妳去送吧。」

向予安點了點頭，應了一聲。

蕭家大小姐蕭雪致是蕭靖決一母同胞的親姐姐，蕭靖決對這個姐姐十分維護疼愛。

果然，歲蓮聽到是給大小姐送東西，頓時不敢再攔。

蕭靖決確實是給蕭雪致買了首飾，向予安拿著東西便往蕭雪致的煙雨閣走。

蕭雪致的煙雨閣在蕭府後院最偏僻的位置裡，因為蕭雪致身體不好，又喜歡幽靜。蕭靖決還特意在煙雨閣外種上了一大片的竹林，需要繞過這片竹林才能進到煙雨閣。

這位置偏遠都是些沒人住的院子，向予安剛走到後院，就看蕭武從拐角處走了出來，身後還跟著好幾個人。

向予安頓時皺起了眉頭，難道這是歲蓮和萍蘭聯手陷害她？

第十四章　意外

蕭武嘴角露出了一個得意的笑容：「看來我跟予安姑娘很有緣分，這都能碰到了。」

向予安自然沒把蕭武和他的幾個手下看在眼裡，可是如果她跟他們動手，就會暴露自己會武功的事實。她連在蕭靖決面前都沒有露餡，若是為了這麼個東西就暴露自己，她也太冤了。

而且她現在根本沒有辦法解釋為什麼自己會武功，那麼她好不容易掙下來的大好局面就毀於一旦了。為了蕭武這麼個東西，實在太不值得了。

向予安冷冷地說道：「我勸你最好讓開，公子讓我給大小姐送東西，大小姐也是知道的。我若是遲遲不到，大小姐等不到我，我倒是無所謂，不過是個小丫鬟，就是不知道你能不能擔待得起！」

蕭靖決對蕭雪致十分重視疼愛，因為在小的時候，蕭雪致為了救蕭靖決而在數九寒冬時落了水。從此蕭雪致就患了體弱的毛病，這麼多年來精心調養也依舊羸弱不易。蕭靖決因此十分愧疚，對這個姐姐也是萬分重視。不說別的，蕭元堂敢去天一閣跟蕭靖決發脾氣，都不敢對這個女兒說一句重話。

由此就能知道蕭靖決對蕭雪致的重視，她就在賭，蕭武會忌憚蕭雪致。

蕭武露出了一個滿不在乎的笑容：「不著急，等妳成了我的人，再去送也不急。」

向予安退後了一步，冷冷地看著他道：「這裡離煙雨閣可不遠，若是我大聲呼救，驚動了大小姐，你在大小姐的院子外做這樣的事，就不怕公子治罪嗎？」

蕭武不甚在意地說道：「所以好妹妹，我們就得換個地方。」

向予安心裡頓時一驚，這麼多人，她如果不動武，就要被他們帶走了。可如果兩人共處一室，被人看到，她的名聲就毀了，到時候蕭武會名正言順地請蕭靖決把她許配給他。

向予安瞇了瞇眼，心裡已經動了殺意。

向予安突然就笑了，「你何必這麼著急？」頓了頓，她說道：「大小姐的差事才最重要，不如你先讓人把首飾給大小姐送過去，耽誤了大小姐的事，誰都擔待不起。」

蕭武想了想，也覺得有道理，便上前一步要去接過向予安手裡的東西。

蕭武根本沒想到向予安會動手，在他看來向予安只是一個有些機靈的丫鬟罷了。所以當他剛走到向予安面前，向予安頓時伸手抓住了他的脖頸，拿著簪子抵住了他的脖子的時候，蕭武都沒回過神來。

「別動！」向予安冷冷地說道：「你們都別過來，不然我就殺了他！」

蕭武這次反應過來，他的脖子感受到了簪子尖銳的力度，整個人都不好了。

「你們別過來！」蕭武說著咬牙說道：「小蹄子，我告訴妳，妳別亂來，如果傷了我，妳也別想活！我爹一定不會放過妳的！」

向予安冷笑著說道：「我不怕，反正有你給我當墊背，我也不算虧，怎麼也比落在你的手裡強！」

向予安一邊說，一邊後退，她要走到人多的地方去。

蕭武一步一步地後退，他想要掙脫，可是向予安的力氣居然很大。

「你最好不要動，免得自己刮破了脖子可怨不得我。」向予安冷冷地說道。

蕭武頓時嚇得不敢動了。

蕭武帶來的幾個幫手更是不敢動，如果蕭武真的死了，第一個倒楣的是向予安，接下來就是他們了。他們不過是來幫蕭武把一個小丫鬟弄到手，可不想死。

向予安很快就走回了正院，巡邏的家丁頓時看到他們，立刻圍了過來。

這次向予安毫不猶豫地鬆開了手，蕭武急忙跑到了家丁的身後，指著向予安大聲地說道：「這個人弄壞了大小姐的首飾，還想讓我幫她遮掩，她挾持我想要脫罪，你們快點把她抓起來。」

家丁們面面相覷，他們也不傻，剛剛向予安看到他們可是主動放手的，可一點都不像是要逃跑的樣子。不過看在蕭管家的份兒上，他們還是上前圍住了向予安。

向予安正色地說道：「我是天一閣的人，便是犯了錯，也得是由公子處置。」

家丁們頓時就猶豫了，他們還真不好處置天一閣的人。

蕭武怒聲說道：「她凶得很，快把她抓起來，免得她再發瘋傷人。」

最後家丁們還是把向予安抓了起來，關在柴房裡，然後派人去了天一閣。

歲蓮和萍蘭兩人聽說向予安挾持了蕭武，此時被關在柴房裡的時候，兩人都震驚了。

她們都沒想到向予安居然有這麼大的本事，都這樣了還能從蕭武的手裡逃脫。

也不知道是不是蕭武太無能，還是向予安太有本事。蕭武帶了這麼多人都沒能成好事，反而被挾持，這讓她們都非常被動。

她們的如意算盤很簡單，蕭武看上了向予安，這事不算是祕密，好多人都看到蕭武過來找向予安，所以兩人想要擠走向予安的時候，第一個想到的就是蕭武。

所以兩人做了一場戲，向予安也確實上當了。一切都很順利，沒想到最後被挾持的人居然是蕭武。

第十五章　救美

歲蓮毫不猶豫地說道：「向予安雖然是我天一閣的人，可她既然犯了錯傷了人，那就該怎麼處置就怎麼處置。」

來人的家丁遲疑地說道：「這事要不要稟明公子？」

歲蓮笑著從衣袖裡掏出一塊銀錠子，塞到了家丁的手裡。

「公子日理萬機，哪有功夫操心一個丫鬟的事？她確實是奉命去給大小姐送首飾，這東西既交到了她手上，她沒護好，也是實情，既然犯了錯就應該責罰，否則如何服眾呢？你說是不是？」歲蓮含笑著問道。

家丁想到歲蓮可是蕭靖決唯一的通房，又塞了銀子，心裡那點遲疑就消散了不少。

「而且，何必為了一個丫鬟就跟蕭管家過不去呢？」歲蓮又跟著說道。

這下家丁就完全被說服了，他點了點頭：「多謝歲蓮姑娘指點，我知道該怎麼做了。」

家丁被歲蓮說服了，歲蓮是蕭靖決的通房，蕭武是蕭管家的兒子，這兩個人在府裡也是有幾分臉面的。一個小丫鬟罷了，何必跟這樣兩個人過不去呢？

家丁頓時就有了決定。

此時柴房裡的向予安也在暗暗思索著自己的處境，其實送給蕭雪致的東西是她故意打壞的。打壞了主子的東西，蕭靖決就不可能不過問。那麼歲蓮和萍蘭就不可能悄無聲息地壓下這件事，她們兩個想做把柄就不能夠了。

可是這並不代表她就安全了，歲蓮和萍蘭可都是家生子，再加上一個蕭管家，她沒自信蕭靖決會站在她這邊為她作主。

可是向予安低估了歲蓮的膽大妄為，和要除掉她的決心。

幾個家丁走了進來，向予安抬起頭，警惕地盯著他們。

家丁說道：「主子說了，既然是犯了錯就按家規處置，免得被人說我們蕭府不成體統。那就帶走吧，別浪費時間了。」

向予安被拽了起來，拉了出去。

天一閣裡，萍蘭有些心不在焉。她知道歲蓮做的事，但是她並不打算阻攔。蕭靖決對向予安的另眼相看也刺痛了她的心。而且，她不確定她去花房的那天晚上，向予安是否真的什麼沒看到。

這正好是一個除掉向予安的機會。

萍蘭說服了自己，就有小丫鬟過來稟報，「萍蘭姐姐，公子回來了，問予安呢。」

萍蘭頓時站了起來，意外道：「公子怎麼會這個時候回來？」

這個時候蕭靖決應該在衙門裡才是，他公務繁忙，今日怎麼會突然回來了？

小丫鬟忍不住說道：「前幾日，老爺不是才來過……」

萍蘭頓時了然，她不由得拍了拍頭。她把這事給忘了，父子倆有了爭執，蕭靖決當起甩手掌櫃也不是不可能。

可是今日蕭靖決回來得卻不是時候。

萍蘭沉默了一下，然後說道：「走，我們去見公子。」

蕭靖決早就等得不耐煩，他想要見自己院子的人，居然還要等這麼久。腳步聲響起，他還以為是向予安。

「怎麼是妳？」蕭靖決不悅地問道：「向予安呢？」

萍蘭露出又焦急又委屈的樣子：「今日歲蓮讓予安去煙雨閣送東西，剛剛家丁過來稟告，說是予安打壞了送給大小姐的首飾。歲蓮便讓家丁對予安家法處置，現在予安應該在柴房裡呢。」

蕭靖決臉色頓時一沉，怒聲說道：「我天一閣的人，什麼時候輪到她來處置了？」

他壓根忘了，歲蓮也是天一閣的人。

就算萍蘭知道蕭靖決對向予安的偏愛，可是聽到他這麼毫不掩飾的維護，心頭還是一酸。

蕭靖決什麼時候這樣在乎過一個丫鬟了？

他甚至沒有注意到，向予安損壞了大小姐的首飾。

蕭靖決轉身就走，萍蘭咬了咬唇，急忙跟了上去。

此時的向予安已經被抓到了刑室，歲蓮說了她辦砸了差事，就要按規矩處置。丫鬟做錯了事，怎麼能不罰呢？

向予安被按在板凳上的時候，抬起頭，冷冷地看著圍過來的家丁們。

向予安看著他們說道：「我是天一閣的人，就算要動手也得是公子親自下令。更何況這件事還牽扯到了大小姐，你們擔待得起嗎？」

家丁冷笑了一聲：「妳犯下如此大錯，還想見公子？公子是連見都不願見妳了。來人，給我動手！」

第一個板子落了下來，向予安緊緊地扣住了身下的板凳。她不能在這個時候暴露，再等一等。

第五下板子落下來的時候，向予安聽到了那聲夢寐以求的：「住手！」

向予安抬起頭，她看到蕭靖決從外面走了進來。就像第一次見他的時候，他站在門前，表情冷凝。

蕭靖決看著向予安臉色蒼白地躺在椅子上，此時向予安臉上的表情被他當作了無助求援。

蕭靖決渾身散發出一股森然的冷意：「是誰幹的？」

幾個家丁面面相覷，他們當然看出來蕭靖決的怒意，頓時嚇得跪倒在地。

向予安蒼白著臉，她抬起頭看向蕭靖決，竟露出了如釋重負的笑容：「公子……」

蕭靖決看著她，心頭倏地揪緊了。

蕭靖決抱起了向予安，轉身就要走，頓了頓，他冷聲說道：「今天打過她的人，全部帶去天一閣！」

蕭靖決說完抱著向予安便大步地走了出去。

向予安伸出手捂住自己的臉，她是希望蕭靖決來救她，但她希望的絕不是這種方式啊！

她幾乎可以想到那些下人會怎麼說了，這麼一來，她恐怕不能低調了呢。不過，這是不是說明，蕭靖決已經開始信任她了呢？

第十六章　不了解蕭靖決

蕭靖決直接把向予安抱回了她的房間，總算不是蕭靖決的房間，一切還有轉圜的餘地。

向予安在心裡安慰自己。

蕭靖決在屋內打量了一番，便皺起了眉頭：「回頭讓人給妳換個屋子，這屋子怎麼住人？」

向予安不由得說道：「我們做丫鬟的住這樣的房間已經很好了！」

蕭靖決平靜地看了她一眼：「妳跟我倒是厲害了起來，被幾個家丁欺負成這個樣子。」

向予安張了張嘴，撇嘴說道：「他們也是按規矩辦事的啊。」頓了頓，她咕噥著說道：「那定下規矩的又是誰？動不動就要打人板子。」

蕭靖決瞪了她一眼，轉過頭喚道：「樂山，去請大夫。」

從蕭靖決把向予安抱回來的時候，樂山就處於一臉震驚的樣子。他從小服侍蕭靖決，還從來沒見過公子這個樣子。

看來不止是他拿向予安沒有辦法，連公子對向予安都格外偏愛。

樂山的思緒有些飄遠，蕭靖決沒有得到回應，不耐地喚了一句：「樂山?!」

樂山打了個激靈，連忙應道：「是，小的這就去！」

蕭靖決小心翼翼地將向予安放在了床上，萍蘭聽到蕭靖決回來了，還去了她的房間，急忙跑了過來。

萍蘭看到屋內的情景，眼神閃了閃：「公子，您還是先回去吧，奴婢會好好照顧予安的，這裡哪是公子待的地方呀？」

蕭靖決眉頭微蹙，語氣有點沉，「這個時候妳管我？她受傷都能待，我為什麼不能？」頓了頓，他用毋庸置疑的語氣說道：「妳把我屋旁邊的那個房間收拾出來，過兩天讓她搬過去。」

就算知道蕭靖決對向予安另眼相看，萍蘭還是沒有忍住握緊了拳頭。可是她不能有任何反駁，只是強笑了一下：「是，公子。公子這是要抬予安做大丫鬟？這可是她的福氣呢。」

至少沒說要將她開了臉，萍蘭安慰自己。

外面傳來喧囂聲，萍蘭出去一看，是那幾個家丁被帶了過來。她急忙回來稟告給蕭靖決，蕭靖決不甚在意地說道：「讓他們候著，等大夫診治之後再說。」

萍蘭眼神閃了閃，低聲應了一句。

等樂山帶著大夫回來的時候，就看到門外跪著一群家丁，樂山已經不奇怪了，倒是大夫多看了幾眼。

大夫心裡嘀咕，看來公子是十分重視這受傷的姑娘了，他一會可一定要小心行事才是。

眾所周知，大夫一直都是個高危職業，動不動就要給人陪葬的。

大夫嘆了一口氣，憂心忡忡地走了進去。

大夫幾乎是膽戰心驚地給向予安把了脈，手都抖了。蕭靖決怎麼可能會為了一個丫鬟如此大動干戈，還將他請了過來。這說明蕭靖決很重視這個丫鬟啊，大夫覺得自己的小命十分危險。

向予安關切地問道：「大夫，你怎麼了？身體不舒服嗎？」

蕭靖決聽到了，臉色一沉：「你這請的是什麼大夫啊？」

大夫站了起來，「公子，這位姑娘的身體很好，那板子打的是重了些，不過都是皮外傷，只要上了藥，靜養幾日便好。」

大夫心裡稍定，總算不用陪葬了。

蕭靖決微微頷首，樂山便帶著大夫下去拿診費了。

蕭靖決轉過頭對著萍蘭吩咐道：「去讓外面的人進來。」

萍蘭知道，這是要給向予安出氣，她應了一聲，轉身走了出去。

很快，家丁們就都進來了。家丁們也都是個人精，進門就給向予安跪下。

「予安姑娘，今天的事是個誤會，請予安姑娘大人大量！」家丁們哀求地說道。為首的那個家丁最機靈，急忙說道：「我們也都是奉命行事，是歲蓮姑娘讓小的按規矩處置的，小的也是逼不得已啊！」

蕭靖決冷笑了一聲：「一個小小的丫鬟，就能逼你們去打我院子裡的人，連自己的主子都認不清，這樣的下人，也沒有留下的必要。」

家丁們心裡一陣無語，向予安那不也是個丫鬟嗎？

歲蓮很快就被帶過來，臉上露出了少見的慌張。

「公子，這件事奴婢可以解釋的。」歲蓮一進來便開口說道，頓了頓，她飛快地說道：「都是她損壞了給大小姐的首飾，所以奴婢才讓人按規矩處罰她的。」

蕭靖決看向了向予安：「她說的是真的嗎？」

向予安立刻說道：「大小姐的首飾確實是損壞了，不過卻是事出有因。」

歲蓮連忙說道：「就算事出有因，她也是保管不利！」

當初她就是以這個罪名被蕭靖決打了板子的，就不信向予安能逃得過去！

蕭靖決看了向予安一眼，「妳有什麼話要說。」

向予安轉過頭去，倔強地沒有開口。

歲蓮眼裡閃過了一抹得意之色，「公子，都是她犯錯在先，奴婢不過是按著規矩才處罰她的。」

「那勾結外人，算計天一閣的丫鬟，這妳也是按照規矩辦事的嗎？」向予安冷笑了一聲說道。

「妳血口噴人！」歲蓮當即反駁道：「分明是妳自己不安分，到處招蜂引蝶。蕭武都跟奴婢說了，是妳勾引蕭武在先！」

向予安都要氣笑了，她勾引蕭武？就憑一個蕭武？

可是沒等她說話，蕭靖決卻先開口說道：「她勾引蕭武?!看來妳真的是不見棺材不落淚。」頓了頓，他冷笑了一聲說道：「來人，把蕭武帶進來。」

蕭武確實是被人帶進來的，而且還是拖進來的。

蕭武傷得比向予安還重呢，連站都站不穩了，臉色蒼白，屁股上的傷口還流著血。看樣子是剛行刑完沒有多久，都沒有上過藥。

侍衛拖著蕭武進來之後，直接鬆開手，他就跌在了蕭靖決的面前。

第十七章　發怒

向予安有些詫異地看著蕭武，蕭武明顯是被人用過了刑，他傷得很重，身後的傷簡直是血肉模糊。

向予安不由得看向了蕭靖決，可蕭靖決卻只給了她一個冷淡的眼神。

向予安心頭突然一緊，她知道這件事不能善了了。

蕭靖決乾脆果決地說道：「蕭武，你自己說還是我幫你說？」

蕭武打了個冷顫，他抬起頭，虛弱地說道：「回、回公子的話，一切都是、都是她支使我的。」他說著指向了歲蓮，「她知道我對予安姑娘……心懷愛慕，又一直求而不得。便找到我，跟我說……可、可以給我機會，讓我……讓我得償所願。」

歲蓮怒氣衝衝：「你血口噴人！」

蕭武知道，這次的事總要有一個人背鍋，不是歲蓮的話，就是他了。

蕭武想到這，渾身充滿了力氣，他飛快地說道：「她胡說！她分明是擔心予安姑娘受寵，被公子收房，所以想利用我毀了予安姑娘的名節！」頓了頓，他又說道：「就是她告訴我，予安姑娘會去煙雨閣，要我在路上堵予安姑娘的！」

歲蓮臉色頓時一變。

蕭靖決淡淡地掃了歲蓮一眼：「看來事情已經很明確了，是妳勾結外人算計天一閣的人。」

歲蓮有些慌了，不過是因為幾盆花，蕭靖決就讓人打了她板子，這次會怎麼處罰她？

歲蓮頓時紅了眼睛，含情脈脈地望著蕭靖決：「公子，奴婢認罪。可是是因為奴婢滿心都是公子，才會被嫉妒沖昏了頭腦。奴婢對公子一片痴心，日月可鑑哪。」

向予安輕嘆了一口氣，不禁暗暗搖頭。蕭靖決根本不是可以用私情打動的人，要不然當初他也不會處置歲蓮，根本不給她留一絲臉面了。

歲蓮跟著蕭靖決這麼久了，還不了解蕭靖決，也難怪抓不住蕭靖決的心。

果然，蕭靖決挑了挑眉頭：「這麼說，妳去害人還是被我逼的了？」

歲蓮不禁一噎，她膝行了幾步，抬起頭露出自己秀美的面孔，希望能得到他的幾分憐惜。「公子，奴婢真的知道錯了，求公子給奴婢一個機會。」歲蓮說著就要去抓蕭靖決的衣擺。

蕭靖決側身避開了。

歲蓮的手頓時就一僵，她轉過頭看向向予安，哭著說道：「予安姑娘，都是我的錯，我不該嫉妒妳陷害妳。妳大人有大量，不要跟我計較，我給妳磕頭賠罪，只求妳原諒我，不要讓公子生我的氣。」

歲蓮也算是豁得出去，當即便開始給向予安磕起頭來。

向予安看了蕭靖決一眼，蕭靖決居然沒說話。她不由得瞪大了眼，餘光掃向歲蓮。這是他的通房，理應由他來處理啊。

蕭靖決面不改色，很顯然並不打算為她解圍。

向予安知道蕭靖決這是不打算做人了，她看了歲蓮一眼，認真地說道：「如果今天不是我，換了另外一個人，說不定妳的計畫真的就能實現了。」頓了頓，她搖了搖頭：「我不能原諒妳的惡意。這世上所有傷害別人的人，都應該要付出代價。做錯了事，就應該要悔過，悔過不是為了逃避懲罰。」

歲蓮渾身一僵，眼神裡流露出了怨恨之色。

向予安是不打算原諒她，她不由得看向了蕭靖決。

「公子，奴婢伺候您這麼多年，就得不到您一點憐惜嗎？」歲蓮這次抓住了他的衣擺，倔強地抬起頭帶著最後一絲期盼問道。

蕭靖決看著自己被握住的衣擺，好看的眉頭緊緊地蹙了起來。

「妳沒有謹守本分。」蕭靖決冷淡地說道：「把人帶下去吧，打五十板子，然後將她一家都送去莊子上。」

向予安一共挨了五個板子，蕭靖決轉過頭就還了歲蓮五十板子。這五十大板打下來，歲蓮有沒有命不說，還將她送到莊子上，杜絕了她以後所有的可能性。

這對歲蓮可以說是滅頂的打擊。

樂山應了一聲，轉過頭就讓人把歲蓮拉了出去。

聽著歲蓮不甘心的慘叫，向予安不由得輕輕地打了個寒顫。她是不會原諒歲蓮，可是蕭靖決這麼輕而易舉地處置了歲蓮，她又覺得膽戰心驚。

蕭靖決轉過頭看了蕭武一眼，「至於你……」

蕭武渾身一僵，這怎麼還有他的事？不是都處置了歲蓮嗎？

「公子饒命啊，公子小的再也不敢了，求公子看在小的迷途知返的份兒上，饒了小的這一回吧！」蕭武連忙磕頭，哀求地說道。

歲蓮還是蕭靖決的女人呢，都被這麼無情地處置了，更何況是他？

蕭靖決卻淡淡地說道：「在我這沒有戴罪立功一說，既然做錯了事，就該懲罰。不然豈不是誰都認為我天一閣的丫鬟好欺負！」

蕭武渾身一震，按理說天一閣的人，那都算蕭靖決的人。他膽敢染指天一閣的丫鬟，這簡直就是不把蕭靖決看在眼裡。

蕭靖決轉過頭對著樂山淡淡吩咐道：「我不知道他是哪隻手做的，既然動了心思，那就兩隻手都別要了。」

蕭武愕然地抬起頭，「公子，求公子饒了我……」

他話音未落，蕭管家便從外面腳步匆匆地走了進來。

第十八章　父子較量

「公子息怒，是奴才沒有管教好兒子，讓他做出此等大逆不道之事。求公子看在奴才一輩子在蕭府的苦勞份兒上，饒了他一命。蕭武是個不孝子，可奴才只有他這一個兒子啊！」蕭管家說著也忍不住紅了眼眶。

蕭靖決淡淡地說道：「蕭管家在蕭家一輩子，可是父親該有的打賞和體面也從未虧待過你。做得好給賞賜，做得不好該罰，這是天經地義的道理。蕭管家也是蕭家的老人了，應該知道蕭家的規矩。」

蕭管家表情一僵，他就知道說服不了蕭靖決。好在他早有準備，聽到外面傳來的腳步聲，他心裡鬆了一口氣。

蕭元堂大步地走了進來，看到屋內的情景，眉頭一沉：「這是幹什麼？為了一個丫鬟鬧得如此大動干戈，還有沒有點正經事幹了！」

這是向予安第一次正面看蕭元堂，蕭元堂長得十分不錯，眉宇間和蕭靖決很是相似。他身上帶著一股意氣風發，畢竟以他的年紀就做到了首輔的位置，確實是該志得意滿。

只不過向予安總覺得，他身上的氣勢其實是硬撐出來虛張聲勢的，並沒有太多底氣。

蕭管家看到蕭元堂，臉上露出期盼之色：「求求老爺救救蕭武，蕭武這次只是被人蒙蔽，他是您看著長大的，他是個好孩子。老爺，求求您救救他吧！」

蕭元堂眼神裡帶了幾分動容之色，他嘆了一口氣，轉過頭對著蕭靖決說道：「這次的事我都知道了，既然是個誤會，你就不要再追究了。蕭管家在蕭家待了半輩子，任勞任怨，難道到老了還要讓他白髮人送黑髮人不成？」

蕭管家臉上帶了幾分喜色，就連蕭武都暗暗地鬆了一口氣。

蕭靖泱卻淡淡地說道：「沒有規矩不成方圓，連家都治不好，何以治天下？前年的那位呂大人，就是因為沒有約束好家中下人，遭人彈劾，便被皇上撤了職。父親治家不嚴，何以服眾？」

蕭元堂皺起了眉頭：「不過一點小事，哪有你說的這麼嚴重？」

蕭靖泱突然看了蕭管家一眼，蕭管家渾身一僵，心頭竟有幾分不安之感。

「蕭管家確實在蕭家待了半輩子，至於任勞任怨這事，還真不好說。」蕭靖泱露出了玩味的表情。他向來冷淡疏離，突然露出這樣的表情卻平添了一絲玩世不恭之感，讓人心頭一慌。

蕭元堂是知道自己兒子本事的，他不會無的放矢。

蕭元堂沉聲問道：「你什麼意思？」

蕭靖泱看了樂山一眼：「你來跟老爺說說，我們蕭管家的豐功偉績。」

蕭管家頓時一驚：「公子！」

樂山默默地看了他一眼，語氣平靜地說道：「今年三月，老爺剛剛當上首輔時，蕭管家曾收了江西知府三千兩銀票，用於幫他引薦。一個月之後，他用這三千兩銀票在南大街買了兩個鋪子。」

蕭元堂一臉驚疑：「三千兩就能在南大街買兩個鋪子？」

南大街可以說是上京最繁華的地段了，可謂是一鋪難求。三千兩銀子連一個鋪子都買不下來。

樂山恭敬地說道：「原本店家自然是不願意賣的，可是蕭管家說是為老爺購置鋪子，店家不敢得罪老爺，自然也就肯了。」

這下輪到蕭元堂不說話了，蕭管家是從年輕時就跟著他的，一晃也有二十多年，還賜了他蕭姓。他知道蕭管家會收點底下人的孝敬，也是睜一隻眼閉一隻眼，可是他沒想到蕭管家膽子竟然這麼大。

江西知府的事他還記得，當時江西知州要告老還鄉，本來朝廷是打算另派的。是蕭管家把江西知府帶到他面前，江西知府也許了不少好處，他便順水推舟一把。

但是他沒想到蕭管家的膽子這麼大，居然敢收三千兩！這還只是一件事，背地裡還不知道他到底收過多少錢！

蕭元堂頓時怒不可遏，他冷冷地盯著蕭管家說道：「蕭偉，我自認待你不薄，卻從沒想到根本沒認清楚你！你本事不小，膽子更大！看來我這蕭府是容不下你了！」

蕭管家頓時慌了，他是家生子，一家子都在府裡當差，他憑藉的是蕭元堂的信任。如今蕭元堂發作了他，他以後還有什麼活路？

「老爺，我知道錯了、我知道錯了，我是一時鬼迷心竅……」蕭管家求饒道。

「父親可還要顧念主僕之情？這事包御史早就聽到了消息，上奏摺彈劾父親，是我讓人把奏摺壓了下來。」蕭靖決開口說道，「不過父親也知道，兒子的能力有限，壓個幾天倒是可以，可是時間長了，只怕也是遮掩不住的。」

蕭元堂的眼神閃了閃，他知道蕭靖決這是在逼著他做決定。可是現在他已經沒有別的辦法了，蕭管家是必須要處置的！

蕭元堂冷冷地說道：「蕭管家當了這麼多年管家，是知道蕭家規矩的，一切就按規矩辦吧。」

蕭元堂說完，轉身拂袖而去。他怒氣衝衝地來，本來想保下蕭管家，這下鬧了個不歡而散，自然沒臉待下去。再留下來，看到的就只能是蕭靖決派人處置蕭管家了。蕭管家是他的人，這次的事，他可以說是丟盡了顏面。

蕭管家失魂落魄地跌坐在地上，蕭武也徹底沒了指望。蕭元堂都放棄他們了，蕭靖決肯定是不會放過他們的。

第十九章　這就是下人的命運

蕭靖決看了樂山一眼，樂山便道：「愣著幹什麼？還不快把這兩個敗壞蕭家聲譽的敗類給帶下去！烏煙瘴氣的，怎麼養傷？」

「等一下。」蕭靖決突然開口說道。

眾人都看向他，蕭靖決淡淡地說道：「這次是他們算計傷了妳，我總要給妳一個說法。」

蕭靖決說著，讓人扶著向予安走了出去。向予安眉頭微蹙，她不知道蕭靖決要做什麼。出了門，就看到這次跟著蕭武來堵她的家丁，還有抓她的幾個家丁都在外面。

向予安心裡生出了一股不好的預感。

蕭靖決對上向予安的眼，那雙深邃好看的眸子裡一片沉靜：「身為下人，做錯了事就要罰，這是蕭府的規矩。那就別等了，動手吧。」

蕭靖決一聲令下，二十多個人直接被按在了板凳上。劈里啪啦的板子打到肉裡，發出了一股奇異的聲響。

所有聽著這動靜的人只覺得頭皮發麻，向予安也不例外。她渾身止不住地顫抖，她知道，這頓板子是蕭靖決打給她看的。

她不願意做他的侍妾，只願意當大丫鬟。蕭靖決是用這樣的方式告訴她，做丫鬟就是下人，隨時都可以被人掌控生死。

原本耀武揚威的家丁們發出了淒厲的慘叫聲和求饒聲，二十多個大男人同時哀嚎，那種慘絕人寰的聲音讓向予安臉色發白。

向予安的身形搖搖欲墜，蕭靖泱卻還在她耳邊低聲說道：「這個交代妳滿意嗎？若是還沒有消氣，我可以再加重懲罰些，直到妳消氣為止。」

向予安咬緊了唇，低下頭不去看那些人的慘狀：「他們是蕭家的下人，理應由公子處置，我只是個奴婢，不敢過多置喙。」

蕭靖泱伸手捏住了她的下頜然後轉過她的頭，讓她看向那些被打得已經奄奄一息的家丁。

二十多個人無力地躺在凳子上，剛剛他們還是活生生的人，如今十多個板子打下去，家丁們已經有氣出無氣進，連哀號都沒有了力氣。

血順著板凳流了下來，竟然浸溼了打板子的人的鞋底。

向予安知道，這些人大多都凶多吉少了。

「這就是當下人的命運。」蕭靖泱湊在她的耳邊輕聲說道：「妳和他們不一樣，妳可以有別的選擇。」

向予安忍住顫慄的感覺，緊緊地握住了拳頭。

蕭靖泱抬步走了出去，他並沒有再叮囑讓人好好照顧向予安。經過這件事已經沒人敢再怠慢向予安了，就連萍蘭都不敢。

向予安看著他的背影，她第一次發現原來她從來沒了解過蕭靖泱。

樂山走到向予安的身邊，恭敬地說道：「予安姑娘，房間我會讓人儘快收拾出來，也請姑娘準備好自己的東西，準備搬家。」

向予安苦笑了一下，她看向樂山：「樂山，能不能幫我跟公子說說，我在這裡住得挺好的，並不想換房間。」

樂山看著向予安露出了溫和的笑容：「予安姑娘，妳可知我們公子可從未對任何一個姑娘如此維護過。這是姑娘的福氣呀，還希望姑娘能珍惜這份福氣。」

樂山說完，衝著她微微頷首也轉身走了出去。

萍蘭這個時候走了過來，她扶住向予安，心疼地說道：「予安，還是快回房間，我幫妳上藥吧，大夫說，這個藥膏兩個時辰就要換一次的。」

向予安面不改色地點了點頭：「勞煩萍蘭姐姐了。」

萍蘭心裡七上八下的，歲蓮和蕭武，就連蕭管家都被蕭靖決給處置了，她在一邊看得膽戰心驚，就擔心自己也被牽扯進來。

好在他們都沒有提到她，向予安似乎也沒有發現，這讓她生出了一股僥倖之感。

她現在也看出來了，向予安比當初的歲蓮只怕是還要強上幾分，她不可能與她作對，那就只能緩和她們的關係。

好在向予安對她的態度並無二致，應該是不知道她也算計了她。那麼現在只要維護好她們的關係，她就是安全的。

畢竟，本來她們的關係也很好呀！

「說什麼勞煩？我可是把妳當親妹妹看待的！」萍蘭故意嗔怪地說道：「日後再跟我這麼客氣，我可生氣了。」

向予安閉上眼好像就能看到那片浸溼鞋底的血色，耳邊迴響的都是他們的哀號聲。

她並不是同情他們，卻依舊覺得心驚。

第二十章　不一般的丫鬟

萍蘭輕手輕腳地給向予安上藥，一邊漫不經心地說道：「妹妹這次也是因禍得福，得了公子的青眼。樂山說的對，這麼多年還從來沒見過公子對哪個姑娘如此另眼相看的呢！這可是妹妹的福氣，可要好好把握住才是，日後妹妹的福氣可大著呢。」

向予安回過神來，打起精神跟萍蘭周旋：「什麼福氣？公子不過是為了維護天一閣的臉面，說到底也是公子自己的顏面。」頓了頓，她繼續說道：「而且，公子這麼做，恐怕不是為了我，而是為了蕭管家吧。」

萍蘭聞言一愣，向予安意味深長地看著她道：「前段時間公子可剛跟老爺發生了爭執……」

萍蘭頓時就明白了過來，蕭元堂和蕭靖決剛吵完架，蕭管家就出了事。蕭管家可是蕭元堂的人，看來這是公子的反擊啊。所以，公子並不是對向予安多另眼相看，而是為了達成自己的目的，才借題發揮？

萍蘭的臉色好看了不少，「總歸妹妹也不吃虧就是了。」

向予安扯了扯唇角：「我就是有點狗屎運。剛進府就碰到了姐姐，這次的事又因為公子要發作蕭管家而逃過一劫。」

萍蘭看著她蒼白的面孔，也跟著笑了笑。

看來向予安並沒有懷疑她，還對她一如當初，這讓她鬆了一口氣。向予安說的話也不是沒有道理，蕭靖決可從來不會把一個女子放在眼裡的。

萍蘭真的看不懂蕭靖決對向予安的特別嗎？只是她更願意相信蕭靖決做這一切是事出有因，而不是看上了向予安。哪怕她也覺得這個解釋並不是很說得過去，可是她就想要欺騙自己。

向予安難道就看不明白這次的事是萍蘭跟歲蓮兩人一起聯手陷害她嗎？她當然看得出來，可是她不能在這個時候發作萍蘭。

她剛進府沒多久，就弄走了歲蓮，蕭管家也因她而被趕出了府，已經很多人注意到她了。這個時候她不能再牽連起萍蘭，否則以後她在府裡的日子可就不好過了。

萍蘭在天一閣的人緣可是很好的，她容忍下萍蘭，當作什麼都不知道，也是為了自己以後打算罷了。

書房內只點燃了一盞橘黃的燈，光線昏暗，蕭靖決坐在椅子裡，神色莫辨。

樂山輕手輕腳地走了進來：「公子，事情已經辦妥了。」頓了頓，他又道：「果然如公子所料，老爺沒有管蕭管家，現在他一家子都在我們手裡了，就安置在我們的綠雲山莊。」

蕭靖決微微點了點頭，蕭元堂做事風格他再了解不過。愛面子、好大喜功，卻又志大才疏。蕭管家讓他丟了這麼大的臉，只怕是再也不會提起這個人了。

樂山想了想又說道：「對了，歲蓮屬下也處置了。她被打了五十大板，她一家子的財產都用來買他們的賣身契了，小的便將歲蓮交給了她的家人。」

本來歲蓮一家子在府裡雖是下人，可是過的日子卻比得上一般富戶了，那也是有頭有臉的。現在被趕了出去，還沒了銀子……

關於這一點，樂山都十分欽佩自己。歲蓮的家人這些年也在府裡撈了個盆滿缽滿，可是他說如果不拿出贖身錢，他就將他們一家子發賣出去。

他們可是得罪了蕭靖決的，哪能賣到什麼人家去？於是只好拿出這些年攢下來的銀子給自己贖了身。而他又把歲蓮交給了她的家人，這家人剛因為失去畢生的積蓄而心痛，對於這一切的罪魁禍首自然不會有好臉色。

樂山沒覺得自己是壞人，以前歲蓮的家人仗著歲蓮是蕭靖決的通房，在府裡也沒少耀武揚威。他們若是顧念親情，也許會好好照顧歲蓮。若是他們不願，那麼害死歲蓮的也是她的家人，與蕭家和公子無關。

為了能做到這一點，在行刑的時候，他可是特意叮囑了行刑的人，不要把人打死了。

蕭靖決眉頭輕蹙，「我問這個了嗎？」

樂山一本正經地說道：「小的覺得公子應該會想知道！」頓了頓，他又說道：「小的身為公子身邊的第一小廝，自然要比旁人多些眼力見兒。就要想公子所想，憂公子所憂，公子雖然沒說，但小的也要想到才是！」

樂山說完，不由得挺起胸膛，一臉驕傲的樣子。

蕭靖決冷笑了一聲：「以前倒是沒看出來你這麼機靈，既然如此，那你就跑一趟江南吧。」

樂山呆住了，他不明白，他都這麼機靈了，公子怎麼還要讓他去江南？不對，好像就是因為他機靈，所以公子才讓他去的。

樂山陷入了前後矛盾的迴圈之中，簡直要開始懷疑起自己。

樂山忍不住嘀咕：「真是有了新人就忘了舊人，公子現在只看得到予安姑娘了，自然覺得小的礙眼。」

「你是不想回來了吧？」蕭靖決似笑非笑地問道。

樂山飛快地說道：「沒有的事！」頓了頓，他又正色地說道：「不過這位予安姑娘也如公子猜想的那樣，並沒有供出萍蘭姑娘。如此懂得收斂鋒芒，難怪公子對她刮目相看。」

蕭靖決怎麼會不知道萍蘭也參與其中？也就只有萍蘭自己才會以為她做得足夠隱蔽，沒有人發現。

蕭靖決並沒有處置萍蘭就是想看看向予安會如何選擇，她是會供出萍蘭，還是會就此息事寧人。

現在看來向予安果然如他想的一樣聰慧，這個時候並沒有再攀扯萍蘭，倒是給自己贏得了休養生息的時機。

蕭靖決輕哼了一聲：「你知道就知道，這才是真正聰明人，你這點小機靈可完全不夠看。」

樂山心裡有些不是滋味，覺得自己被公子小瞧了，不由得說道：「不過予安姑娘是不是過於聰明了？當真只是一個商人之女嗎？依小的看，商賈之家只怕是養不出來這樣的姑娘。」

蕭靖決斜睨他道：「那讓你查她的背景，你什麼也沒查到。讓你去試探她，也沒試探出來。你只因為她比你聰明就懷疑她，樂山，我很難不認為你是在嫉妒啊。」

樂山：「……」

樂山遭受到重大的打擊，他好像在公子面前失寵了。

蕭靖決不理會他，只是想著今天發生的事。

第二十一章　生病

自從這次的事情之後，向予安在天一閣的地位水漲船高。不只是在天一閣，就連整個府裡都知道了，蕭靖決為了一個丫鬟處置了蕭管家。

那些家丁大部分都沒有挺過當天晚上，第二天也就都死得差不多了，被蕭府的人扔了出去。

向予安知道這個消息的當晚就發起了高燒，燒得整個人都像著起火一樣。

萍蘭急忙去稟告給了蕭靖決。

蕭靖決皺了皺眉頭：「既然病了就去找大夫，告訴我幹什麼？」

萍蘭心裡鬆了一口氣，看來蕭靖決對向予安確實並沒有很上心。

萍蘭應了一聲，轉身讓人去找大夫。為了顯示自己對向予安的關照，萍蘭甚至親自去給向予安熬藥。

等萍蘭熬完藥回來，就看到房間裡坐著一個挺拔的身影。

蕭靖決看著躺在床上臉色蒼白的向予安，輕嘆了一口氣。

他伸出手撫上她的面孔，「不是很膽大嗎？敢拒絕我，這就被嚇到了？也沒見妳有這麼怕過我。」

「娘……」向予安低聲喚道。

蕭靖決聽到，愣了一下，臉上露出複雜的情緒。

受了傷，被欺負了的孩子，都會想娘吧。

他輕輕地握住了她的手，聲音溫柔：「別怕。」

向予安覺得握住一雙溫柔的手，這雙手並沒有讓她覺得安心，可是卻一直握著她沒有放開。

向予安的病漸漸好起來，不過人卻瘦了一大圈兒，眼神裡也少了以前的靈動，變得沉寂起來。

一轉眼就到了乞巧節，向予安的身上傷也好得差不多了，就被院子裡的姐妹拉出來一起過節。

這一大早上九茉就做了好多兔子小點心分給大家吃，向予安最喜歡吃甜食，吃了好幾個。

九茉一臉羨慕地說道：「聽說今天上京可是有廟會的，可熱鬧了，我真想去看看。」

可是這種節日她們肯定是不能出去的，只能待在府裡。

萍蘭看著她笑道：「好了，知道妳貪玩，吃過晚飯之後准妳出去玩。」

九茉眼睛頓時一亮：「真的嗎？」

萍蘭點了點頭：「今天公子要陪著大小姐出門，不需要人伺候，妳就放心出去玩吧。」

九茉頓時撲了過去，抱住萍蘭一個勁兒地搖：「萍蘭姐姐，妳對我可真是太好了，妳以後就是我的親姐姐！」

萍蘭捂住了她的嘴，小聲地說道：「妳小點聲，想讓別人都聽到呀？」

九茉頓時抿緊了唇，「我不說，我誰都不告訴。」

萍蘭笑著看向了旁邊的向予安，「予安，妳要出去嗎？我也可以給妳假。」

向予安搖搖頭，咬了一口點心：「我不出去，也沒什麼好看的，今天外面一定很多人，我還是留在府裡吃點心吧。」

九茉高興地說道：「那我多給妳做一點！」

萍蘭無奈地搖了搖頭，「這個貪玩的性子可怎麼辦？」

下午的時候蕭靖決就回來了，因為他晚上要陪蕭雪致出門，蕭靖決對蕭雪致的事情一向十分重視。

向予安入府也兩個多月了，卻從來沒見過這位大小姐。因為蕭雪致的身體不好，平日裡都在院子裡靜養很少出門。

向予安看到蕭靖決回來了，便去了書房。

「這次的事多謝公子的維護。」向予安說著便將一杯茶恭敬地放到了桌子上，語氣沉穩。

蕭靖決挑著眉頭看了茶杯一眼，似笑非笑的模樣。

向予安不禁有些臉紅，她這感謝人，可是茶是蕭靖決的，茶杯也是蕭靖決的，嚴格說起來就連泡茶的水都是蕭靖決的。

確實沒什麼誠意。

向予安的臉頰有些微紅：「咳咳，這個月還沒有發工錢。」頓了頓，她又說道：「而且我能買得起的東西想來公子也看不上……」

蕭靖決冷淡地說道：「不要隨便替別人做決定，妳沒有送，怎麼知道別人看不看得上？」頓了頓，他挑了挑眉頭說道：「要感謝人家就要有點誠意，不要嘴上說說。」

向予安不敢置信，堂堂首輔之子，居然在向她一個小丫鬟要東西?!

「看來妳也不是真心想要謝我。」蕭靖決平靜地說道。

向予安急忙說道：「謝自然是真心的，我是真心誠意的。」頓了頓，她說道：「那等我好好準備之後，再送給公子吧。」

蕭靖決點了點頭，勉強地說道：「既然妳這麼強烈要求了，我若是拒絕未免顯得過於不近人情，那就這樣吧。」

向予安：「……」

蕭靖決看她一副憤憤不平卻又不敢發作的樣子，心情舒暢。

「對了，晚上沒有事跟我出去一趟。」蕭靖決淡淡地說道。

向予安不禁愣了一下，「公子不是要陪大小姐出去嗎？」

「怎麼？主子說的話妳還想違背？」蕭靖決反問道。

向予安敢怒不敢言，終於明白了當了人家的丫鬟真是身不由己。

「奴婢不敢！」

蕭靖決彎了彎唇角：「那就準備一下，晚上跟我出去。」

第二十二章　蕭公子不擅長的東西

吃過晚飯之後，向予安就跟著蕭靖決去煙雨閣接蕭雪致。出門的時候，向予安並沒有看到樂山，不禁若有所思。

這是向予安第一次見到蕭雪致，蕭雪致比蕭靖決大兩歲，今年已經二十一歲了。其實她這個年紀已經很大，早就該嫁人生子了。

只不過蕭雪致的身體不好，這些年從來沒有說過要嫁人。有蕭靖決護著她，自然也沒有人敢多言。

蕭雪致長得很美，秀美的面孔再加上眉眼中的溫柔，她安靜地站在那裡，周遭就都變得寧靜了起來。那是一種讓人忍不住呵護的女孩子，甚至大聲說話都怕驚嚇到她，只想好好保護她、疼愛她，是一位會讓人生出保護欲的姑娘。

蕭雪致看蕭靖決的眼神很溫柔，透著純粹的疼愛。

「靖決，你公務繁忙就不要用特意陪我出來了。」蕭雪致柔聲說道。

蕭靖決不甚在意地說道：「就是因為平日裡公務繁忙，都沒有機會好好放鬆一下，正好可以借著陪姐姐出來看廟會偷一偷懶。」

蕭雪致便笑彎了眼睛，「原來是為了自己偷懶，都這麼大的人了，還像小時候一樣貪玩。」

向予安不由得看了蕭雪致一眼，她真的沒想到，蕭靖決這麼精明的人，他姐姐居然這麼……單純無知。

是蕭夫人把所有的腦子都留給蕭靖泱了嗎？

蕭雪致極其敏銳，她注意到了向予安的眼光，不由得問道：「妳剛剛看我，是我說錯了什麼嗎？」

向予安一驚，露出了一個笑容：「回大小姐的話，奴婢只是第一次見到大小姐，心中好奇，冒犯了大小姐。」

蕭雪致抿唇一笑，「多看一眼算什麼冒犯？妳不要跟妳家公子一樣，總是想太多。」頓了頓，她皺了皺小巧的鼻子：「我總擔心靖泱以後會老得快，每日都想那麼多事情。」

蕭靖泱無奈地喚道：「姐姐！」

蕭雪致又彎了彎唇角。

蕭雪致有些好奇地望著向予安：「妳倒是面生，以前沒見過，是新過來伺候的嗎？叫什麼名字？」

向予安恭敬地說道：「奴婢叫向予安。」

蕭雪致笑著回應：「真是個好名字，聽著就是個機靈的。」

蕭靖泱對自己的姐姐很是縱容，便道：「我們該走了，不是要去看廟會嗎？」

蕭雪致輕輕地點了點頭，轉身扶著自己的丫鬟上了馬車。

大概是為了讓蕭雪致玩得開心，蕭靖泱並沒有帶太多的人。

今天的廟會很熱鬧，蕭雪致興致勃勃，可以看得出來她很少出門，以至於看到最常見的糖人都雀躍不已。

向予安心裡覺得詫異，這可是首輔之女啊，以她的身分也就只有公主比她更尊貴了。可是到底是怎麼養成這個性子的？

蕭靖決一直護在蕭雪致的身側，耐著性子陪著她一個攤子一個攤子逛過去。此時的蕭靖決更像一個普通人，他站在蕭雪致身旁時，是最體貼周到的弟弟。

一圈兒逛下來，市井的嘈雜淡化了一切悲傷。向予安的臉上也露出了笑容，連眼中的陰霾都消散不少。

蕭靖決被套圈的商販難住了，丟了十多個圈都沒套中，臉色不禁微紅。

蕭雪致眼睛亮晶晶的，她眉眼彎彎，嘴上卻說道：「這個不好玩，我們還是去換個別的，也不知道有沒有猜燈謎的。」

向予安眼睜睜地看著蕭靖決又套空了一個圈兒，套不中也就算了，偏偏蕭靖決心裡沒點數，對自己的實力根本沒有準確認知。套不中遠的就套個近的嘛，他偏偏要挑戰高難度的。

蕭靖決轉過頭就看到向予安用意味深長的目光看著他。

饒是蕭靖決向來冷靜沉著，此時臉上也有些掛不住了：「妳那是什麼眼神？」

向予安面不改色地說道：「沒什麼。」說著，她自然而然地接過了蕭靖決手裡的圈兒，隨口問道：「你喜歡哪個？我送給你。」

蕭靖決：「？？」

蕭雪致就站在一邊看著向來聰慧的弟弟難得吃癟，也不開口，笑盈盈地看著他們。

向予安隨手仍出去，套中了一個木製的撥浪鼓。

老闆將撥浪鼓拿起來遞給了向予安，向予安道了謝，轉過頭就把撥浪鼓送給了蕭雪致。

蕭雪致呆了呆，卻是本能地接了過來。

「送給我？」

向予安點了點頭，認真地說道：「希望大小姐永遠能保持今天的笑容，像孩子一樣活得無憂無慮。」

蕭雪致頓時眼神一變，十分動容，她輕聲說道：「謝謝妳，我會好好保存的。」

向予安心裡又輕嘆了一聲，她真的不知道蕭雪致是怎麼被養大的，身分尊貴，卻因為一個撥浪鼓就感動到如此地步。

蕭靖決看著兩個姑娘站在一起，蕭雪致溫柔恬靜，向予安靈動聰慧，都是十分出眾的姑娘，卻格外和諧。

蕭靖決嘴角含笑地看著她們，他輕咳了一聲：「妳如今倒是找得好靠山，看到小姐就把我都給忘了。」

向予安帶著幾分安撫小孩子的敷衍語氣道：「好了，再給你套一個硯臺，就當是給公子的謝禮。」

蕭靖決說道：「我不要硯臺，我要後面的那個匕首。」

蕭雪致詫異地看了蕭靖決一眼，再看向予安的時候，目光裡就帶上了若有所思。

蕭靖決從來沒有開口跟人要求過要什麼東西，從小的經歷讓他習慣了任何事情都是靠自己爭取，從來不接受別人的贈予。

第二十三章　驚馬

向予安正打算套圈，聽到要求便嘀咕了一句：「要求還挺多。」匕首可是在最後一排，硯臺比匕首再前一點。

向予安轉過身直接套中了最後的一把匕首。雖然她只套了兩個圈兒，可這準頭讓老闆都有些膽戰心驚了。這是碰到砸場子的？這也是沒辦法的事，出攤做生意，碰到高人也是難免，也就只有自認倒楣了。上京腳下，可不是能隨便得罪人的地方。

可是向予安接過老闆遞過來的匕首後，便將手裡的圈遞給了老闆。

老闆有些詫異地問道：「姑娘不套了？」

向予安不甚在意地說道：「不套了。」

老闆頓時眉開眼笑，點頭哈腰地說道：「謝謝姑娘，謝謝姑娘。」

蕭雪致看到了，不禁暗暗點頭，這是心疼老闆做生意不容易呢。這姑娘，聰慧大方有本事，還有一顆為人著想的心，這就是十分難得了。

向予安問道：「我們走吧？」

蕭靖決看向蕭雪致：「姐姐還想去哪裡玩？」

蕭雪致有些遲疑，她很少出門，就算有好玩的地方也不知道。可是她難得出來，又不想這麼快就回去，一時間竟有些躊躇不語。

向予安想了想，便說道：「出來也逛了許久，不如去吃點東西吧。」

蕭雪致很喜歡向予安，便點了點頭。

向予安帶著蕭雪致和蕭靖決去了一家以前去過的小店，名叫團團圓。店面不大，藏在一條巷子深處，可店裡卻坐滿了客人。

蕭雪致看著這家店名便露出了笑容：「我喜歡這個名字。」

向予安眼神裡閃過了一抹複雜之色，她也喜歡這個名字，以前她經常跟師兄來這裡吃點心。每次師兄練武被爹罵的時候，師兄都會偷偷地跑到這裡來吃點心。她跟師兄都喜歡吃甜食，爹還總說，兩個習武之人卻喜歡這種甜膩膩的東西，總是說他們沒出息。

蕭靖決看到向予安眼神裡流露出的傷痛和懷念，和她平日裡的表現有些不同。他有一種感覺，現在向予安所表現出來的情緒才是真實的。

這讓他心裡有種莫名的不舒服，看來等樂山回來之後，還得讓他再去查一次向予安。

向予安回過神來，笑著說道：「我們進去吧。」

三人走了進去，蕭靖決直接讓人包了二樓。向予安見狀也沒有說什麼，這又不是為了她，蕭靖決這是為了自己姐姐，也輪不到她反對。

幾人坐定，向予安看著幾個丫鬟忙得團團轉。蕭靖決甚至還讓人從府裡帶來了參茶，還有丫鬟特意去叮囑店家蕭雪致的忌口之物。可以說是細緻小心到了極點，向予安看得又嘆息又感慨。

蕭靖決如果對一個人好，真的能做到滴水不漏。

蕭雪致臉色有些微紅：「你看看你，予安都看我笑話了，哪就那麼嬌貴了呢？」

向予安：「……」

大小姐，您倒也不必這麼說。

蕭靖決看著戰戰兢兢的向予安，似笑非笑地說道：「知道怕了？平日裡膽子不是很大嗎？」

向予安露出了一個標準的笑容，恭順地說道：「公子說笑了，奴婢是給人做丫鬟的，從進府之日起就經過了嚴格的訓練，尊敬主子是必須的！」

蕭靖決竟一時間有些語塞。

蕭雪致不由得彎了彎唇角。

這頓飯蕭雪致吃得很開心，臉上卻露出了倦怠之色，蕭靖決便提出回府。蕭雪致一般都不會反駁弟弟的話，於是眾人收拾收拾便打算回府。

幾人浩浩蕩蕩地出了門，向予安一出去，就看到一個熟悉的身影，不禁一愣。

向予安還沒回過神來，意外就發生了。

蕭雪致剛登上馬車，蕭靖決剛轉過身，蕭雪致馬車的馬兒就受驚地跳了起來。馬兒抬起前蹄，在馬兒旁邊的正是還沒回過身來的向予安。

就在此時，一個玄衣青年倏地躍起，坐到馬背之上，拽住了韁繩，馬兒縱身，竟要將馬車掀翻一般。

向予安立刻側身一避，青年也恰好在此時駕馬落地。一切不過在轉瞬之間，慢一瞬快一瞬，向予安都難以避開。

向予安和騎在馬背上的青年四目相對，不過一瞬間，皆是閃過了一抹驚喜。

向予安安全了，可是馬車卻並沒有停下來。馬兒受驚，飛快地向前衝了出去。

蕭靖決大步地走了過來，只看到馬車揚長而去的背影，他臉色鐵青：「所有人都快去找大小姐！」

隨著他的一聲令下，向予安明顯感覺到暗處離開了一些人。她眉頭深鎖，這分明是有人針對蕭雪致而來，馬是有人故意驚的。

第二十四章　英雄救美

向予安走到了蕭靖決的身邊，低聲說道：「公子放心，大小姐不會有事的。」

即使心急如焚，蕭靖決還是看了向予安一眼，他冷笑著說道：「大小姐自然不會有事，有事的是要害她的人！」

蕭靖決語氣裡帶著森然冷意，讓向予安也忍不住遍體生寒。

蕭雪致被突如其來的意外嚇到了，她還以為自己一定活不了了。她唯一不放心的就是自己的弟弟，她如果不在了，弟弟就真的會成為孤家寡人。

可是預想中的痛楚並沒有襲來，馬車依然在行駛，雖然速度太快，她有些不適應，但也漸漸趨於平坦。

她透過車簾，隱約能看到外面坐著的是一個偉岸的身影。馬車的速度太快，讓她覺得很不舒服，她緊緊地盯著前面那個模糊的影子，原本慌亂緊張的心竟也漸漸平靜了下來。

突然，馬車一個急停，蕭雪致整個人向前撲了過去，她驚呼一聲，卻撲進了一個結實的懷抱裡。

蕭雪致閉緊了雙眼，緊緊地抱著面前的人。

「姑娘，妳沒事吧？」一道低沉舒緩的聲音問道。

蕭雪致眨了眨眼，長長的睫毛，竟帶著些許的無辜和懵懂。

蕭雪致這才意識到自己還在人家的懷裡，臉頰上頓時染上了兩朵紅雲：「我、我沒事。」

她抬起頭，對上一張硬朗俊逸的面孔。

她的弟弟長相俊美，但那是一種書卷氣的溫潤如玉。而面前的這個人則不同，他皮膚黝黑，劍眉星目，透著一股英氣。

蕭雪致突然覺得心跳又加速了起來，但她並沒有覺得不舒服，而是一種慌亂無措害羞的感覺。

蕭雪致看了看四周，他們似乎已經出了城，那匹馬已被割破喉嚨，正躺在地上。

青年將她放在地上，沉默了一瞬後說道：「抱歉姑娘，剛才都是為了救姑娘，情急所為，請姑娘見諒。」頓了頓，他又道：「不過姑娘放心，我是不會說出去的，不會有損姑娘清名。」

蕭雪致急忙說道：「我、我不擔心的。」頓了頓，她大著膽子輕聲問道：「多謝你的救命之恩，我還不知恩人名字？也好日後答謝。」

青年回過頭看了一眼，隨口說道：「姑娘不必掛齒，我先告辭了。」

說完，青年腳步匆匆地離開，施展輕功，幾個縱越便不見了蹤影。

很快，蕭靖決的侍衛就尋了過來。

蕭雪致知道他大概不想被人看到，便攔住了侍衛說道：「我有些不舒服，你們先護送我回府吧，請決也該等急了。」

一聽蕭雪致說不舒服，侍衛不敢再耽誤，急忙將她請上了馬車。

在回城的路上，便碰到了來尋蕭雪致的蕭靖決。蕭靖決見蕭雪致並沒有大礙，終於鬆了一口氣，便下令先行回府。

眾人回了府，蕭靖決遇刺的消息已經傳了出去。蕭靖決親自送蕭雪致回煙雨閣，蕭老夫人還親自過來探望孫女兒。

蕭老夫人是蕭靖決的祖母，今年六十來歲，是個身材微胖、眉目慈祥的老太太。

只是蕭靖決姐弟對老太太的態度都是淡淡的。

蕭老太太擦著眼淚說道：「看這是怎麼鬧的，好好地出個門，竟還碰到這樣糟心的事。多虧了佛祖保佑，雪致才沒事，明日我一定要去廟上多送點香火錢。」

蕭靖決冷淡地說道：「多謝祖母的掛念，姐姐有母親和佛祖的庇護，自然是會平平安安逢凶化吉。只不過佛祖庇護了姐姐，可就顧不上旁人了。」

蕭老太太的神色一僵，竟是有幾分不自在。

蕭雪致看著老太太的臉色，含笑地說道：「是啊，祖母，靖決一向最敬重您了，您若是因我累壞了身子，靖決該怪我了。」

蕭老太太拍了拍她的手，「好好，你們都是好孩子，妳可要好好養身體。」

蕭老太太說完，這才扶著丫鬟的手走了。

向予安不禁若有所思，這姐弟倆對蕭老太太看似尊敬，可是話裡話外處處透著機鋒。

不過蕭老太太一走，蕭靖決終於能放心跟蕭雪致說話了。

第二十五章　蕭家隱祕

「姐姐，是誰救了妳？」蕭靖決沉聲問道，「那個人呢？」

蕭雪致想到青年俊朗的面孔，心頭不禁有些悵然若失。

「他應該是路過的，救下我之後就走了。我還說要報答他，他都不肯告訴我姓名。」蕭雪致輕聲說道，語氣裡還有幾分遺憾。

蕭靖決冷笑了一聲：「路過？哪有那麼巧的事？只怕是早有預謀！」

蕭雪致無奈地嘆了一口氣：「你啊，怎麼總是將人想得那麼壞？我看他不像你說的那種人，那人極為正直，我看是你多想了。」頓了頓，她又道：「這次多虧了他，否則我就凶多吉少了。若是日後見著了，可要好好感激他才是。」

向予安神色有些恍惚，她的師兄，葉淮。她爹的嫡傳弟子，一身武藝和一生兵法心得盡傳於他。那性子也跟她爹一樣，刻板正直。

蕭靖決怎麼可能不多想？不過他也不跟蕭雪致辯駁，只點了點頭：「好好，我知道了。他如果沒有別的心思，既然救了妳，我自然會好好答謝的。」

蕭雪致對蕭靖決向來是毫無保留的信任，聞言露出了一個淺淺的笑容。

向予安卻皺起了眉頭，她很擔心蕭靖決不會放過葉淮。

蕭靖決也不好在蕭雪致的住所多留，很快他就帶著向予安離開了。

向予安小心地看了蕭靖決一眼，「看來公子已經知道刺客是誰派來的了？」

蕭靖決不置可否地看著她道：「妳覺得呢？」

向予安連忙傻笑著說道：「我只是個丫鬟，這我怎麼能知道？」

「妳不是一向聰明嗎？」蕭靖決挑著眉頭說道：「反正這裡也沒有外人，妳大膽地說，我不怪妳就是了。」

向予安想了想，小心翼翼地說道：「這次的事，我看只是想要警告。如果真的是刺殺，就不能是驚了馬那麼簡單了。」

蕭靖決臉色陡然一沉，冷冷地說道：「能知道我和姐姐一起出門的，還能清楚我們行蹤的，無外乎是這府裡的人。」

向予安愣了一下，想到剛才兩人對蕭老太太的態度，頓時就明白了些什麼。

「那麼那位救了大小姐的人，應該只是個巧合吧。」向予安說道：「若真的是府裡的人，就不會出手相救了。」

蕭靖決想了想，也覺得她說的有道理，他意味深長地看了向予安一眼：「我就說妳聰明，看來比我想的還聰明。」

向予安心頭微緊，卻露出了有些得意的笑容來：「多謝公子誇獎，我還以為我只是一點小聰明呢。」

如果不是為了葉淮，她何至於要打探蕭靖決的想法？可是，葉淮現在在哪裡？自從爹出事之後，兩人就失散了，卻沒想到會在團團圓相見。

看來她得找機會再去一趟團團圓。

接下來的幾天，向予安一直在找出府的機會。可是府裡的丫鬟沒有主子首肯是不能外出的，而蕭靖決這幾天都很忙，向予安都沒見到他的面兒。

可即使沒見到蕭靖決，向予安也知道，他並沒有閒著。

這幾天，府裡的氣氛都變得緊張凝重了起來，所有人做事都小心翼翼的，就連腳步聲都要輕上幾分。

府裡一直有人被打了板子、發賣了出去，有時候還能聽到哀求的哭喊聲。

這次動手的人可以確定了，是蕭靖決的大哥蕭靖安做的。

蕭靖安是蕭元堂的庶長子，他的生母薛姨娘是蕭元堂的表妹，也是蕭老太太的娘家姪女兒。

當年蕭老太太一直希望蕭元堂娶自己的娘家人，可蕭老太爺不同意，由他作主娶了蕭靖決的母親蕭夫人。

可是在蕭夫人進門之前，蕭元堂搶先一步，納了薛姨娘為良妾，還生下了庶長子。

一個長字就占了先機。

後來蕭夫人進了門，蕭老太太和薛姨娘聯手，蕭元堂還對薛姨娘有情，所以蕭夫人著實吃了不少的虧。

尤其是蕭夫人第一胎生下的還是個女兒，那些年，蕭夫人雖說是正房夫人，卻被薛姨娘生生地壓了一頭。

雖然後來蕭夫人生下了蕭靖決，但那時候蕭靖安已經長大，更是蕭元堂一手啟蒙，父子感情深厚，蕭靖決姐弟倆並不受蕭元堂寵愛。

在這樣的情況下，蕭夫人鬱結不發，積怨成疾，沒幾年就去世了。如此一來姐弟倆的處境更是雪上加霜，還是蕭雪致一直護著蕭靖決，蕭靖決小時候還險些被人推入水，是蕭雪致救了弟弟，才從此落下了寒症。

蕭靖泱漸漸長大之後，展露出了過人的天資，這才受到蕭老太爺的重視，精心培養，姐弟倆的日子才漸漸好過起來。

後來蕭老太爺去世，蕭老太爺將自己的人脈留給了蕭靖泱。蕭靖泱也爭氣，在十二歲那年名震天下，得了皇上的眷顧，如此他才漸漸地掌控了整個蕭家。

這次的事，就是蕭靖安做的。眼看著蕭靖泱越來越強大，就連蕭元堂也要看這個兒子的臉色，蕭靖安坐不住了。

蕭靖安不敢做得太明顯，也沒有這個本事，只敢驚個馬，嚇一嚇人。

其實在回府的路上，蕭靖泱就已經知道了事情的始末。

這些內情並不難打探，向予安隨意地聊起來府裡的人就都知道。向予安知道了之後心中不禁有些五味雜陳，看起來強大到無所不能的蕭靖泱，誰能想到他有這樣悲慘的過去呢？

入了夜，向予安睡不著，便悄悄地走出房間。結果發現書房的燈居然還亮著，蕭靖泱不在，他的書房是禁止任何人禁入的。

向予安不由得走了過去，她剛一走到書房外，就聽到裡面傳來蕭靖泱的聲音。

「是予安吧，進來吧。」

向予安遲疑了片刻，便推開門走了進去。

蕭靖泱正靠在椅子裡，神色漠然，漆黑的眸子裡滿是冷意。他坐在那裡，氣場強大，讓人忽略了他其實也只是個不到二十歲的少年。

第二十六章　救命恩人

向予安走了過去，蕭靖決看到她問道：「這麼晚了，妳怎麼還沒睡？到處亂跑。」

向予安輕聲說道：「公子為何也沒睡？事情是已經解決了嗎？」

蕭靖決突然玩味地看了她一眼，點了點頭：「是啊，已經解決了。」

向予安卻是疑惑地問道：「既然事情已經解決了，公子為何還不高興的樣子？」

蕭靖決微愣了一下，臉色一沉：「我看起來像不高興嗎？」

向予安認真地說道：「我見過公子高興的樣子，和現在是不一樣的。所以我猜，公子現在應該是不高興的吧？」

蕭靖決冷笑了一聲：「看來我還真的沒看錯，妳確實聰慧過人。妳這麼會猜，不如再猜猜，我為什麼不高興？」

向予安不好意思地笑了笑：「公子心思難測，我能猜到其中一分便已是僥倖，哪還能猜這麼多？」

蕭靖決瞇了瞇眼，心頭徒生出一股鬱氣出來，滑不溜手讓人氣惱。

向予安卻又慢吞吞地說道：「不過如果公子一定要讓奴婢猜，那奴婢就大著膽子來猜猜？」

蕭靖決瞥了她一眼：「妳膽子什麼時候小過？」

向予安有些分不清楚蕭靖決這是不是在嘲弄她，不過他這麼說了，那她就猜唄。

向予安裝作蕭靖決高深莫測的樣子，「公子當然是為了大小姐遇刺一事，現在府裡誰不知道？」頓了頓，她又淡淡地說道：「我猜公子心情不好，是因為沒有找到罪魁禍首，所以才心中鬱結吧？」

蕭靖決眼神陰冷地盯著向予安半晌，向予安都要挺不住了，在他緊迫的目光下渾身緊繃。

蕭靖決突然嘲諷地輕笑了一聲：「說妳聰明，卻又犯起了傻。」頓了頓，他懶洋洋地說道：「妳可知道，在回府的路上，我就已經清楚了一切。是誰出的主意，是誰告的密，是誰動的手，我都一清二楚。」

說完他對上了向予安的眼，眼神深邃：「甚至連他們要怎麼逃我都知道了。」

向予安早猜到蕭靖決可能已經完全掌控了蕭家，可是他能做到這個地步，還是讓她覺得有些驚詫。

「蕭靖安那個蠢貨，只有賊心沒有賊膽。我還沒有動手，他就已經迫不及待地說他根本沒想過要這麼做，都是被下面的人蒙蔽。」蕭靖決嘲弄地勾起了唇角：「把人都幫我抓好捆起來了，倒是省了我不少事。」

向予安不由得挑了挑眉頭，出了事主子讓下面的人頂罪是常有的事。可是像蕭靖安這樣吃相難看的也是少見，如此一來以後誰還敢為他效力？

向予安看了蕭靖決一眼，他把事情鬧得這樣大，打也是這樣的主意吧。

向予安輕聲說道：「不管他們謀算什麼，最後都算計不到公子，也不過是一群跳梁小丑罷了。」

向予安說這話還真不是為了討好蕭靖決，完全是真心實意的。就以蕭靖安這點手段，還敢來跟蕭靖決作對，簡直跟找死沒有區別。

蕭靖決臉上卻露出了複雜之色，「是啊，這點手段我自然不看在眼裡。只是蕭老太太和蕭大人都護著那個蠢貨，開口閉口說我們是一家人。」說著，他冷笑了一聲。

向予安抿了抿唇，蕭靖決正在為自己父子情薄而感傷，但她想的卻是另外一件事。

蕭靖決和蕭元堂的關係看來並不親近，那麼當初害了霍家的人，是蕭靖決還是蕭元堂呢？

這件事最終獲利的人是蕭元堂，他很有可能就是因為霍家的事而成了首輔。可是以他的才智，真的能害到霍家嗎？蕭靖決有沒有幫忙？

畢竟就算兩人父子不和，但依舊是一榮俱榮一辱俱辱的關係。

向予安這麼一想，便別有深意地問道：「五根手指尚有長短，公子如此聰慧能幹，能為老爺助力許多。我想，老爺總會看到公子的好處。」

蕭靖決眼神一閃，竟露出了一個譏諷的表情，但他卻沒有說話。

向予安擰緊眉頭，蕭靖決還是不夠相信她，或者說，父子兩人之間還另有隱情？

霍家的事也很蹊蹺，皇上怎麼會突然對霍家出手呢？這次霍家滅門慘禍，來得猝不及防，整個霍家根本沒有任何防備。若不是因為突然出去閉關，只怕連她也難逃一劫。

霍家到底出了什麼事？為何皇上突然對霍家下手？

向予安想不明白這些，但是她覺得，蕭家可能給她答案。

蕭靖決看了她一眼，語氣緩和了許多：「我都忘了，妳有個很疼愛妳的父親。」

向予安心頭頓時一顫，她垂下了目光：「是啊，可惜他死了。」頓了頓，她若無其事地問道：「對了，救了大小姐的那位公子可有消息了嗎？他難道也是大少爺的人？」

蕭靖決意味不明地看了她一眼，卻是回答了她這個問題：「他不是啊，我讓人查過了，他不是蕭靖安的人。真的如姐姐所說，這只是個巧合。」頓了頓，他毫不避諱地問道：「妳對他倒是關切得緊。」

向予安大大方方地點了點頭：「是啊，那日若不是他，說不定那驚馬就要踩到我了。說起來他也算是我的救命恩人呢，我雖不能報答他，卻也想知道自己是被什麼人救了。」

蕭靖泱想到那天發生的事，表情都溫和了許多：「是啊，妳也受驚了。」

向予安心裡暗道，這點事算什麼驚？不過如果能借此機會讓蕭靖泱准她出門也不錯。

第二十七章　有預謀的抓捕

「那公子，我明日能不能出府一趟啊？」向予安有些不好意思地說道：「從進府到現在，我還沒有出去過呢。那天跟著大小姐出門，突然也好想出去逛逛呢。」

蕭靖決見她小臉上滿是興致勃勃的表情，連眼睛都亮了幾分，心頭也敞亮了不少。

「明日不行，明天姐姐說要去慈恩寺還願。我看她跟妳很合得來，明日我有事，妳替我陪她出門，我也能放心些。」蕭靖決說完，頓了頓：「等回來之後再讓妳出府。」

雖然有些差強人意，不過向予安也很滿足了。

她連連點頭：「多謝公子！公子放心，我一定好好照顧大小姐！」

蕭靖決看著她信誓旦旦的樣子，不禁彎了彎唇角。

這次蕭雪致雖然折騰了一圈，可是並沒有受到驚嚇，反而因為心中有事，倒是比以前多了幾分生機。向予安再見到蕭雪致，只覺得這個姑娘似乎眼神裡都有了光一樣。

蕭雪致看到向予安的時候便露出了笑容，含笑著說道：「我還想著這一路會覺得無聊，有妳作伴就好了。」

向予安不禁受寵若驚。

向予安扶著蕭雪致上了馬車，蕭雪致是個溫和卻博學的姑娘，看得出來蕭夫人將她教養得很好。

兩人一路上說說話，竟也覺得十分投緣。

慈恩寺是上京有名的寺廟，香火一直很旺，來往的香客很多。

蕭雪致和向予安下了車，向予安抬起頭目光平靜地看著這座巍峨的古剎。

蕭雪致忍不住問道：「予安，妳不信佛嗎？」

向予安有些詫異，她沒想到蕭雪致竟能看穿她的心思。

這也沒什麼可避諱的，她點了點頭，毫不猶豫地說道：「不信！」

蕭雪致微微錯愕，沒想到向予安承認得如此乾脆。

向予安淡淡地說道：「因為它從不曾庇佑過我的親人，如果真的有神明存在，就不會有那麼多不公平的事情發生了。」

「善哉善哉，女施主又何嘗不知道這也是一種因果呢？」一個和尚走了過來，開口說道：「佛說前世因，今世果。世間一切自有定數，不過都是因果迴圈罷了。」

向予安笑了笑：「上輩子做錯了事，心安理得地過了一輩子，倒要叫下輩子的人去承受報應。我覺得做錯了事就要受到懲罰，越快越好，下輩子太久了，我看不到。」

和尚深深地看了向予安一眼，手持佛珠低下頭，「阿彌陀佛，看來女施主不是我佛的有緣人。也罷，這也是不能強求的。」頓了頓，他看向了蕭雪致：「蕭姑娘這次可是來還願？」

蕭雪致點了點頭，柔聲說道：「有勞大師了。」

蕭雪致回過頭看了向予安一眼，小聲說道：「予安，妳不用跟著我了，這山上的景致也是十分不錯的。難得出來一趟，妳可以多逛逛，我這裡不用妳伺候。」

蕭雪致是個十分體貼的人，即使是對一個下人。

所以向予安一直都覺得十分迷茫，這對姐弟倆，一個不擇手段，極致的惡。一個卻溫柔體貼，極致的善。

向予安點了點頭，轉身便向後山走去。

她不信佛，可是卻十分熟悉這慈恩寺。以前她跟師兄經常來這裡比輕功。

突然，伸出了一隻手拉住了向予安，將頭拽到了牆後。

向予安一驚，剛要開口，就對上了葉淮關切的目光。

葉淮的父親葉英雄是向予安的師父，也是個四海為家的武林高手。

兩人從小一起長大，長大後的葉淮隱瞞身分，給霍驍當一個小兵。

「師兄？」向予安驚呼了一聲，「你怎麼在這？」

葉淮清冷的眼神裡帶著關切，他道：「我看到妳跟蕭雪致和蕭靖決在一起，我就去了蕭府打聽，才知道妳在蕭府。我猜妳看到我一定會想辦法找我，這幾日我一直待在蕭府外。今天看到妳出府，我就跟過來了。」

向予安心裡嘆息了一聲，師兄還是以前的樣子，雖然看著清冷疏離，其實十分細心周到。

「我一直想辦法去找你，可是我出不去，還好師兄想得周到。」向予安嘆息著說道。

「師父出事之後我就一直在找妳，阿寧，妳去蕭府可是為了報仇？」葉淮沉聲說道。

向予安本名霍寧，她跟葉淮青梅竹馬，從小葉淮都是叫她阿寧。

向予安點了點頭，眼睛卻紅了：「別叫我阿寧了，素心替霍寧死了。」

葉淮的拳頭硬了，他咬牙說道：「總有一天，那些害了霍家的人都會遭到報應！老天不開眼，那就我來。」

向予安遲疑了一下，「師兄，出事前你有沒有見過我爹？」

葉淮神色一凜，他搖了搖頭：「事情發生的時候我並不在城內，當時將軍讓我去送信。等我回來要進城的時候是勇叔在城外攔住我，我才知道將軍出了事。」頓了頓，他聲音透了幾分殺意：「我懷疑，是有人出賣了將軍。不止我，出事的時候，將軍的幾個親信都不在上京。等他們回來的時候就都被官兵埋伏抓走了。」

否則光憑著他們幾個親信的人馬，就算是劫法場，也能救出霍驍。霍家也不會這麼快就分崩離析，這是一場有預謀的抓捕。

第二十八章　再遇

向予安心頭一驚，她皺著眉頭說道：「連你都被支走了，那一定是我爹身邊極其親近的人才是。」

葉淮點了點頭：「我也是這麼想。我這段時間一直在調查這件事，可是一直沒有頭緒。」頓了頓，他又問道：「妳呢？妳怎麼會進了蕭府？」

向予安說道：「我知道家裡出了事，就一直追查到底是誰害了我爹。後來我聽說爹出事前蕭元堂見過我爹，而出事之後他就當了首輔，我覺得可能跟蕭元堂有關，就進了蕭府，到了蕭靖泱的身邊，希望能找到證據。」

「這太危險了！」葉淮焦急地說道：「蕭靖泱此人十分精明，妳在他身邊很容易被發現的，妳這是羊入虎口！」

向予安不甚在意地說道：「這點不用擔心，就連爹身邊的人見過我的都不多，上京認識我的人就更少了。我一定要留在蕭家，找到蕭元堂陷害我爹的證據！」頓了頓，她嚴肅地說道：「可是師兄，你不能留在上京了。你以前怎麼也是我爹的侍衛，如果讓人認出來才是麻煩。」

雖然一個侍衛並不重要，但是如果對方真的熟悉霍驍，說不定會知道葉淮的身分。

葉淮皺眉，他當然知道，可是他留在上京一方面是為了報仇，另一方面也是為了找向予安。

「要走，妳跟我一起走。」葉淮說道。

向予安搖了搖頭：「不行，師兄，我得留在蕭府。如果我爹的事跟蕭家有關，蕭家一定有證據。」頓了頓，她冷笑著說道：「蕭元堂不是會裡應外合嗎？那我們就以其人之道！」

葉淮依舊不贊同：「還是太危險了。」

向予安看向他：「可是報仇更重要。」她盯著葉淮的眼，眼睛泛紅：「霍家十九口，除了我之外，全都死了。包括小寶，她才兩歲，我才剛教會她喊我小姑姑，她就死了。我晚上睡不好，一閉上眼腦子裡就都是他們的臉。他們告訴我，他們死得好冤枉。我霍家滿門忠烈，最後只剩下我一個人，就是為了給他們報仇！如果不能給他們報仇，我活著還有什麼意義？」

向予安說著忍不住紅了眼睛，小寶是她堂哥的女兒，娘說小寶長得跟她小時候一樣。

葉淮也難掩淚意，他緊緊地握住了向予安的手：「是我們。報仇這條路太艱難，我不會讓妳一個人。」

他一身本事盡得霍驍真傳，用來報仇，最合適不過。

葉淮眼神凝重專注：「妳一定要小心，一定要小心。對我來說，妳比報仇更重要。」

向予安彎了彎唇角：「你放心，我不會有事的。倒是你，此去江北，才是危機重重，九死一生。」

葉淮道：「我說過，我不會讓妳一個人走這條路。」頓了頓，他低聲喚道：「阿寧，等我回來。」

向予安望著他堅毅的面孔，重重地點了點頭。

向予安說道：「我現在在蕭靖決的身邊，出府不方便，你有信就送到團團圓去。我如果找到機會也會出府去團團圓，跟你交換消息的。」

葉淮重重地點了點頭。

突然，兩人對視一眼，交換了一個目光。

「哥，我沒事的，我在蕭府裡過得很好。」向予安大聲說道，「你就不要再操心了。好了，我要走了，一會大小姐該找我了。」

向予安說著，從旁邊跑了過去。

向予安一邊跑一邊衝著葉淮點了點頭，然後才轉身離開。

葉淮走出拐角處，就看到蕭雪致有些慌張的神色。

葉淮眉頭頓時一沉，警惕地盯著蕭雪致。

蕭雪致慌亂地說道：「我、我不是故意聽你們說話的，我不是有意的。」

葉淮皺著眉頭，沉默地望著她。

他不說話，蕭雪致心裡有些慌亂，她沒有和外人男性相處的經驗。猶豫了半晌，才大著膽子問道：「予安是你的妹妹是嗎？我不會對她不利的，你救過我，你還記得嗎？」

葉淮點了點頭，依舊沒有說話。

蕭雪致心裡七上八下的，正忐忑著，葉淮開口了：「我先告辭了。」

蕭雪致看著那個偉岸的身影正要走遠，她心頭一慌，竟追了上去。

「那個，我還不知道你叫什麼名字？」蕭雪致輕聲問道。

話一出口，她便低下頭，有些羞澀的樣子。

一個閨秀詢問一名男子的名字，這是多失禮的事情，她是知道的，可是她還是想要知道是誰救了她。

葉淮看著蕭雪致，眼神裡閃過了一抹厭惡之色。他知道她是蕭元堂的女兒，是蕭靖決的姐姐，正是這兩個人害了霍家。

他忍住心頭升起的怒意和殺氣，冷冷地說道：「妳不用知道我叫什麼，那日的事也不必再提。」

那日若不是為了救向予安，他根本不會出手。

「那怎麼行？救命之恩呢……」蕭雪致說著有些不自在，臉頰也微紅了起來。

葉淮厭惡地看了她一眼，轉身就走。

蕭雪致情急之下脫口而出：「予安是你妹妹吧？」

一句話，讓葉淮成功停下了腳步，轉過頭看她。

蕭雪致說道：「你放心，我會好好照顧予安，不會讓人欺負她的。」

如果向予安在府裡有這個大小姐的庇護，應該不會有人欺負她。

葉淮沉默了一下，才開口道：「我叫葉淮。」

蕭雪致眼神頓時一亮，在心裡默唸了幾遍這個名字，最後彎了彎唇角。

第二十九章　情竇初開

「我記住了，謝謝你那天救了我。你要不要跟我回府？我會讓我弟弟好好感激你的，以後你也可以和予安在一起呀。」蕭雪致忍不住說道。

她想以後能夠多見到他，這是最好的辦法。

葉淮毫不猶豫地說道：「不必了，只是希望妳不要跟任何人提起見過我。」頓了頓，他說道：「我不想給予安惹麻煩。」

葉淮說完轉身便離開。

蕭雪致看著他離開的背影，眼神有些失望，連向予安都不能留下他嗎？

蕭雪致失落地轉身也打算離開，可是沒注意到腳下的石塊，腳下一滑，竟摔倒在地。

葉淮聽到聲音轉過身來，看到跌倒的蕭雪致。他難以置信，居然有人會蠢成這個樣子，好好地走個路居然也能把自己絆倒？！

蕭雪致疼得皺起了秀氣的眉頭，抬起頭看到葉淮去而復返，抬起頭可憐地看著他。

葉淮冷聲問道：「試試看，還能不能站起來？」

蕭雪致動了動腳踝，似乎察覺到他的不耐，聲音都小了下來：「好像不能走了。」

葉淮不耐地皺起了眉頭，蕭雪致身邊也沒帶個人，他覺得這個大家閨秀真是太魯莽了。

葉淮想了想：「我去給妳叫人。」

蕭雪致拽住了他的衣擺，仰著頭：「你把我自己一個人留在這裡嗎？我有點害怕。」

葉淮滿臉都寫滿了「妳怎麼這麼麻煩」的表情，蕭雪致有些沮喪地咬著唇：「你如果不想理我，那就不麻煩你了。」

葉淮遲疑再三，最終還是沒能袖手旁觀。他受到的教育，讓他沒辦法見死不救。即使這個人是他仇人的女兒，可是，向予安也需要她的照顧。

葉淮低聲說了一句：「得罪了。」便彎下身將她抱了起來。

蕭雪致小小地驚呼一聲，抱住了他的脖頸。這是她第一次與一個男子如此親密，若是被外人知道，這怕是她只能嫁於他了。

這個念頭一冒出來，她竟不排斥，反而心中是說不出的甜蜜。

她耳邊是他有力的心跳聲，她悄悄地靠在他的胸膛上，體會著從未有過的貼心感覺。

葉淮隱隱皺了皺眉頭，終於走了出去，他將蕭雪致放在了涼亭裡的石凳上。

「這裡肯定會有人經過，到時候妳再讓人去叫妳的丫鬟吧。」葉淮冷冷地說道：「妳放心，今天的事我不會說出去，不會有損妳的名聲。」

葉淮說完，轉身便離開了。

蕭雪致看著他離開的背影，不由得露出了一個甜蜜的笑容。他明明救了人，做了好事，卻總是冷冰冰拒人千里之外的樣子。可是卻還記得要顧慮著她的名聲，這明明是個很溫柔的人啊。

蕭雪致看葉淮實在是過於美化了。

很快，蕭雪致的丫鬟蝶香就找了來，看到蕭雪致鬆了一口氣。

「小姐，終於找到您了。您出來身邊也不帶人，若是出了什麼事可怎麼辦？」蝶香擔憂地說道。

蕭雪致想到葉淮英挺的面孔，彎了彎唇角：「嗯，說不定真的會遇到好事呢。」

蝶香不解地望著她。

蕭雪致確實扭傷了腳，不過卻不嚴重，在寺中擦過藥就好了。蕭雪致也沒有聲張，她不希望別人知道她遇到了葉淮的事。

到了蕭府，向予安扶著蕭雪致下了馬車：「奴婢先送小姐回煙雨閣。」

蕭雪致含笑著說道：「都已經回了家，還能出什麼事不成？妳也累了一天，還是趕快回去休息唄。」

蕭雪致對向予安溫和的態度，引來其他丫鬟的側目。

向予安能讓蕭靖決對她另眼相看不算本事，現在居然連大小姐都對她如此好，這可真是本事。

其實向予安也很意外，不過她覺得這大概是因為葉淮是蕭雪致的救命恩人，並沒有多想。

「那奴婢就先回去給公子覆命。」向予安說道。

蕭雪致含笑著頷首，這才進了府。

向予安回到了天一閣，蕭靖決已經回來了。這幾天蕭靖決都很忙，今天難得回來得這麼早。

向予安走進書房，萍蘭正在跟蕭靖決稟告院子裡的事。

「公子的私庫還有夜裡守夜都是歲蓮姐姐，不知公子現在可有別的想法嗎？」萍蘭試探地問道。

歲蓮走了，她的差事也該有人負責。前幾日向予安病著，蕭靖決也沒提，如今向予安病好了，萍蘭便想試探一下蕭靖決的態度。

蕭靖決抬起頭看到向予安走進來，隨手一指向予安說道：「那就都交給她吧。」

向予安：「……」

她為什麼要在這個時候進來？

第三十章　美男出浴

萍蘭的臉色一僵，強笑著說道：「那以後可要辛苦予安了，我一會把私庫的鑰匙和帳本都給妳。還有守夜的事，就從今晚開始吧。」

向予安根本沒有發表意見的餘地，這事就算定下來了。她要給蕭靖決管私庫？萬一丟了什麼東西怎麼辦？

等一等，守夜?!從今天晚上開始？

向予安瞪大了眼睛。

蕭靖決看著小丫鬟露出震驚的表情，不由得勾了勾唇角，他笑瞇瞇地望著向予安說道：「今天晚上就辛苦妳了。」

向予安：「……」

向予安一臉苦相，她有些後悔了，也許今天該在廟裡拜拜的，說不定就不用面對這慘澹的人生。

萍蘭看著她滿臉不情願的樣子，心裡滿是苦澀。

入了夜，向予安在蕭靖決的臥房外磨磨蹭蹭。

萍蘭將裝著熱水的臉盆遞給了向予安，「妳進去吧，先給公子加點熱水，別讓公子等急了。」頓了頓，她嘆了一口氣：「予安，事已至此，妳還是不要拗著公子了，對妳沒有好處的。」

向予安點點頭，端著水走了進去。

蕭靖決正在屏風後面沐浴，他坐在浴桶中，熱氣彌漫，籠罩著他，讓向予安看不清他的面孔。

蕭靖決睜開眼，那雙漆黑的眸子溼漉漉的，竟比往日還要深邃幾分。

「我還以為妳不打算進來了。」蕭靖決說道。

向予安小心地將熱水倒進浴桶裡，「做人丫鬟的，本就不由自己，哪有我打算的份兒。」

蕭靖決挑了挑眉頭：「這是在抱怨嗎？」頓了頓，他低聲說道：「我想讓妳做通房妳不願意，一定要做個丫鬟。那個真正不由自己的是我吧？」

向予安覺得自己好像出現了錯覺，因為她總覺得蕭靖決這語氣裡透著一股委屈？

向予安不敢說話，蕭靖決把手巾遞向她。

向予安不解地看著他，蕭靖決理所當然地說道：「給我擦背，妳進府的時候沒學過規矩嗎？」

向予安瞪著那塊手巾，就好像瞪著仇人。

她是學過規矩的，可是當時她以為她遇不上這種事，所以只是隨便聽了聽。

她滿腦子裡想的都是計畫怎麼報仇，哪有心思放在這種事上？

蕭靖決擰眉，沉聲說道：「妳是我的丫鬟，這本是妳分內之事，別仗著我給妳幾分臉面就張揚起來了。」

向予安接了過來，慢吞吞地開始給蕭靖決擦背。別說，這人看著像是瘦弱書生，還挺有肉。

向予安有個優點，那就是專注。她做任何事情，只要做了，就會認認真真地做好，這一點就連葉淮都比不上她。

就像此時，向予安給蕭靖決擦背，既然已經決定開始擦背，她就放下一切顧慮，專心致志地擦背。

蕭靖決感覺到向予安似乎真的要將他擦乾淨的意圖時，心情十分複雜。

過了好一會，向予安停下了手，滿意地說道：「公子放心，我已經給公子擦得白白淨淨！」

蕭靖決：「……」

蕭靖決突然站了起來，轉過身。

向予安剛滿意地看著他的後背，一下換了一面，頓時瞪大了眼睛。

他的墨髮披散下來，竟有一種想要蹂躪的魅惑之感。

這可是她的仇人，想要把他這樣那樣，那樣這樣，總之沒有一個想法是正直單純的。

向予安盯著蕭靖決的胸膛想得出神，臉上還露出詭異的表情。

蕭靖決心裡微微有些自得，「還不扶著我出來。」

這不得不說是一個尷尬的誤會。

蕭靖決聲音輕飄飄的，向予安本能地伸出手將他扶了出來。

蕭靖決見她呆愣的表情，不禁皺起了眉頭。他有些不滿，抬腳上前一步，突然腳下一滑，向她撲了過去。

向予安反應迅速，直接抱住了他的腰身，還原地轉了個圈兒。最後她穩妥地將他放在了地上。

蕭靖決：「……」

向予安看著蕭靖決隱隱泛青的臉，想起來自己學過的規矩，立刻拿來浴巾將他圍了起來。

「公子，小心著涼！」向予安一本正經地說道。

蕭靖決一把甩開浴巾：「我不冷！」

向予安看著蕭靖決胸膛，突然反應過來一樣，臉色爆紅。

向予安手忙腳亂地把浴巾擋在他的胸前：「還是擋著點吧。」

見她眼神閃爍，終於露出了讓他滿意的表情，蕭靖決心裡不禁有些得意。

向予安轉過頭找到褻衣，表情木然地給蕭靖決穿上。蕭靖決就跟沒長手似的，全程任由她伺候自己。

向予安給他繫褻衣的帶子，他張著雙臂，一副任君採擷的模樣。

向予安十分小心地都沒有碰到他的身體。

蕭靖決遺憾地說道：「妳可以不用這麼謹慎，我是個好伺候的主子。」

向予安似笑非笑地睨了他一眼：「公子確實是好說話的主子，可是奴婢也不能因此放肆啊。」說著，她退後了一步，行了一禮，恭敬地說道：「夜深了，請公子就寢。」

月光灑進來，照在他的身上，越發襯托他俊美的面孔。他的髮還溼著，又平添了幾分慵懶之感。

「可是我的頭髮還沒乾，妳幫我擦乾淨。」蕭靖決懶洋洋地說道，十分事多。

做人家丫鬟的能怎麼辦？只能任勞任怨。

向予安咬著牙，只好又去拿毛巾給蕭靖決擦頭髮。

他坐在椅子裡，背靠著向予安。向予安看著他的背影，那一刻，她想殺他易如反掌。

第三十一章　如此厚顏無恥之人！

向予安握緊了拳頭，蕭靖決轉過頭來，挑眉：「愣著幹什麼？」

向予安輕輕地為蕭靖決擦著頭髮，他的髮絲冰涼柔軟，手感極好。

蕭靖決並沒有再說撩撥的話，兩人之間竟有一種靜謐的美好之感。

擦好了頭髮，蕭靖決便上床準備就寢。

向予安莫名地鬆了一口氣。

向予安躺在外間的小榻上，明明中間隔著一道門，可是向予安就是覺得渾身不舒服。

蕭靖決就躺在裡面，這真是一件神奇的事情。

向予安本來以為這一晚會很難入眠，可是躺在床上竟不知不覺就睡著了。

第二天一早，太陽照了進來，向予安立刻睜開了眼。

她眨了眨眼，才反應過來，昨天是她守夜。

向予安很想繼續睡，可是還要去服侍蕭靖決洗漱。她認命地站了起來，穿好衣服去叫蕭靖決。

蕭靖決還在沉沉地睡著，他的睡姿很好，安靜地躺在床上，看起來無辜美好。

向予安輕聲喚道：「公子，該起身了，要來不及了。」

蕭靖決一瞬間睜開眼，眼神裡滿是戒備之色。等他看到是向予安的時候，又瞬間放鬆下來，又閉上了眼睛。

「再睡一下。」蕭靖決含糊地說道，聲音低沉，帶著一絲孩子氣。

向予安簡直啼笑皆非，「公子，時間來不及了。」

蕭靖決隱隱地皺了皺眉頭：「妳好吵。」

他說著，一伸手拽住了向予安的手臂，她整個人就撲到了他的身上。

向予安大驚失色，他昨天晚上太過老實讓她放鬆了警惕，沒想到一早就又原形畢露了。

「公子！」向予安懊惱地喚道。

蕭靖決翻了個身，將她抱在懷裡，雙手箍住她的腰，將臉埋在了她的頸窩處。

「別動。」蕭靖決低聲說道。

這一次他的聲音裡帶了些莫名的暗啞，讓向予安一動也不敢動。

向予安掙脫不了蕭靖決，心裡正焦急著，就聽到外面傳來了腳步聲。這要是讓別人看到，那還了得？

「公子！」向予安焦急地喚道，聲音裡難掩的緊張。

門外傳來萍蘭溫柔的聲音：「公子可起身了？奴婢可進來了？」

「滾出去！」蕭靖決怒聲斥道。

外面的萍蘭渾身一僵，眼睛就紅了，連忙轉身離開。

一盞茶後，臥室的門終於開了。

萍蘭紅著眼睛端著早飯走了進來，就看到蕭靖站在窗前，一身青色的衣衫，風流倜儻，俊美無雙。

秀美靈動的姑娘，正在為他整理衣擺。

萍蘭竟是愣在原地。

「萍蘭姐姐？」向予安叫了好幾聲，萍蘭這才回過神來。

「怎麼了？」

向予安說道：「公子說把早餐擺在涼亭，他去涼亭裡吃。」

涼亭外面就是一個荷花池，環境優美，在那裡吃飯確實是一種享受。可是平時蕭靖決卻很少有這樣的雅興。

這是因為向予安嗎？萍蘭悄悄地看了向予安一眼。

蕭靖決轉身向外走：「讓予安伺候就行了，妳們都退下吧。」

萍蘭神色一僵，低頭應了一聲：「是。」

向予安如芒在背地跟在蕭靖決身後，走到涼亭裡，蕭靖決坐了下來。

向予安嘆了一口氣，看來整個天一閣的人都要誤會了。這下她就算是說跟蕭靖決沒有關係也沒有人信了。

蕭靖決含笑不語，只低頭吃飯。

向予安看著他嘴角的笑容，很難不懷疑他是故意的。

蕭靖決不時跟向予安說著話，臉上還戴著愜意的笑容，誰都能看得出蕭靖決對向予安的另眼相看。

向予安努力繃著臉，假裝自己是個嚴肅規矩的丫鬟，就算有不規矩那也都是蕭靖決，跟她沒有關係。

向予安給蕭靖決去布菜，蕭靖決伸手一拉，她就坐在了他的腿上。

向予安大驚失色，這可是在涼亭裡，四周多少雙眼睛看著呢！

向予安焦急地說道：「公子！你放開我。」

蕭靖決挑了挑眉頭說道：「妳做得不錯，本公子要獎賞妳。」

向予安掙扎著想要站起來，蕭靖決握住她的手，把勺子塞到了她的手裡。

「我手有些不舒服，妳餵我。」蕭靖決理所當然地要求道。

向予安從來沒見過如此厚顏無恥之人，眼睛都要瞪出來了。

「不願意？那這麼吃也行。」蕭靖決勉為其難地說道。

向予安權衡利弊之後，咬牙妥協：「我餵！」

蕭靖決「好心」地規勸她，「若是勉強，也可以不用。」

向予安似笑非笑地睨了他一眼，蕭靖決頓時收斂了不少。

向予安坐在他對面的位置上，用自己的身體擋住身後探究的目光，自欺欺人地假裝這麼一來別人就看不到他們在做什麼。

蕭靖決也不在意，張嘴含住了她餵過來的勺子。她的動作頻率稍微有點快，他還溫聲叮囑：「慢一點，我不著急。」

他的聲音溫柔繾綣，明明說著正經話，卻偏偏透出一股曖昧的意味。

蕭靖決終於老實了，沒有再出插曲，這頓飯總算是安安穩穩地吃完了。

向予安狠狠地鬆了一口氣。

蕭靖決轉過頭看了她一眼：「妳不送我出門嗎？這點規矩都沒學過嗎？」

向予安覺得自己當時決定來當丫鬟報仇的主意簡直蠢爆了，如果能重來，她一定選擇埋伏刺殺蕭元堂，都比這來得痛快。

向予安送蕭靖決出了院子的門，這在其他丫鬟看來那就是對公子的依依不捨。

蕭靖決臨走前還看了向予安一眼：「我今天會早點回來。」

向予安：「？？」倒也不必太早。

蕭靖決含笑地睨了她一眼，這才轉身離開。

第三十二章　江南水災

等向予安回到院子裡，萍蘭已經跑回屋子裡哭了一通。

向予安安撫好了少爺還得安撫丫鬟，她心累地去找萍蘭。

萍蘭擦著眼淚說道：「予安，就算真有一日公子將妳收了房，我也會恭喜妳的，大家都還是姐妹。只希望，妳不要像歲蓮那樣，也就是了。」

向予安：「……」

這糟心的一早。

向予安解釋了半天，就差毒咒發誓，這才終於讓萍蘭相信了她的清白。

向予安如願成了蕭靖決的大丫鬟，成為大丫鬟的第一天，心累，想辭工。

這一天，對向予安來說是一言難盡的一天。可是對整個大周百姓來說，卻宛如晴天霹靂。

南方水災，淹了三省二十多城，死亡人數高達數萬。而這個消息，整整隱瞞了一個月才傳回上京。

皇上大怒，滿朝譁然。

這是朝堂上的大事，卻也影響到了蕭府。

蕭元堂和蕭靖決被急匆匆地宣進了宮，府裡的兩個主子都不在，這讓蕭府上下都心慌意亂，就連走路都放輕了腳步聲。

丫鬟們湊在一起，小聲地討論著水災。

「聽說死了好多人，有人還在睡覺的時候就被沖走了，可駭人了。」九茉瞪大眼睛說道。

向予安神色漠然，她想的是葉淮現在應該已經出發去了江北，這一切就都與她無關。

「也不知道公子什麼時候回來。」萍蘭擔憂地說道：「聽說皇上龍顏大怒，也不知道會不會牽扯到公子。」

「萍蘭姐姐放心唄，公子那麼聰明，而且皇上又那麼寵愛我們公子，他一定不會有事的。」九茉安慰道。

萍蘭點了點頭，輕輕地嘆了一口氣。

一直到深夜，蕭靖泱和蕭元堂兩人才回來。向予安沒有見到蕭元堂，但是她見到了蕭靖泱。

蕭靖泱臉上帶著些許的疲倦，可是狀態卻很放鬆。

向予安覺得他的反應很奇怪。

蕭靖泱一進來便說道：「去讓廚房做兩個菜送過來，」頓了頓，他又說道：「多做兩個菜吧。」

就算向予安聰慧，也弄不清楚此時蕭靖泱的想法，只低頭應是。

向予安去了小廚房，吩咐九茉起來做飯。

九茉聽說蕭靖泱回來了，還說要吃飯，不禁欽佩地說道：「不愧是我們公子，我就知道什麼事都難不住他！公子可真厲害！」

九茉對蕭靖泱一向都是盲目崇拜，總覺得她家公子天下第一最厲害。可是現在向予安也不得不承認，蕭靖泱確實有過人之處。

「別貧嘴了，快點幹活吧，一會該餓著妳英明神武的公子了。」向予安催促道。

九茉吐了吐舌頭，手腳都俐落了起來。

九茉很快就做好了飯菜，向予安剛擺好，蕭元堂就來了。

蕭元堂是怒氣衝衝地闖進來的，看到他，向予安不由得看了蕭靖決一眼。剛才蕭靖決讓多準備兩個菜，是因為他早就知道蕭元堂會來？

「滾出去！」蕭元堂怒氣衝衝地說道。

這當然是對向予安說的，可是向予安神色平靜，並沒有動。

蕭元堂臉色倏地一變，一個丫鬟居然都敢不聽他的號令了嗎？

倒是蕭靖決，頗為玩味地看了向予安一眼。

蕭元堂怒視著向予安，冷冷地說道：「怎麼？連我的話都不聽？這府裡是姓蕭！」

向予安低著頭沒有說話，她知道這個時候絕不能退縮，這是她的考驗。

蕭元堂更是怒不可遏，「好個刁奴！來人，把她給我帶下去！」

很快就有侍衛衝了進來，向予安也不跟蕭靖決求饒，只沉默地站在原地。

蕭元堂指著向予安說道：「把她給我帶下去，打一百板子，僥倖沒打死，就給我扔出去！」

蕭靖決一直等著向予安跟他求救，可都到這地步了，她還是沒有開口。眼看著侍衛就要上來抓向予安了，蕭靖決在心裡嘆了一口氣。

「都下去，這裡沒你們的事。」蕭靖決淡淡地開口說道。

他的一句話，讓侍衛們對視一眼，立刻轉身退了出去。

蕭元堂眼神裡帶上了震驚。

「父親這麼晚來找我，也不是為了跟一個小丫鬟為難的吧？」蕭靖決看向了蕭元堂，「何必為了一個小丫鬟耽誤了正事。」

這可不是一般的小丫鬟，敢在他的府上無視堂堂內閣首輔大人的話。

蕭元堂確實沒有時間跟一個小丫鬟計較，「堤壩潰決你是不是早就知道？是你把這個消息隱瞞了兩個月？」

第三十三章　早就開始的布局

蕭靖決淡淡地說道：「不然呢？你以為為何消息會隱瞞這麼久？」

向予安愕然地看向了蕭靖決。

蕭元堂知道自己兒子神通廣大，卻沒想到他能做到這個地步。

「前段時間樂山出門辦事，就是去杭州安排此事了？」蕭元堂說著，勃然大怒：「蕭靖決，你好大的膽子！你知不知道這是什麼罪名?!」

蕭靖決似笑非笑地睨了他一眼：「罪名？那麼貪墨修築堤壩銀子，貪墨糧餉這又需要多大的膽子？」

蕭元堂神色一震，「你……」

「我怎麼知道的？」蕭靖決好整以暇地看著他，問出了他想問的話。

蕭元堂彷彿第一次認識蕭靖決一樣看著他。

蕭靖決冷笑一聲，便站了起來，蕭元堂這才發現，當初那個牙牙學語的兒子，已經長得比他還要高了。

蕭靖決說道：「您以為您做的事沒有人知道？江南修堤壩的時候您還是戶部侍郎呢，這銀子是從您手裡放出去的，確認完工的摺子上還有您的批覆呢！只要一查，別說您了，整個蕭家都完了！」

他用詞恭敬，可語氣卻充滿了嘲諷，直說得蕭元堂面紅耳赤。

向予安緊緊地握著拳頭，她不在乎江南決堤死了多少人，她聽到的只有貪墨糧餉四個字。

沒有人比她更清楚，當初霍驍就是因為打了敗仗，所以才被冤枉通敵叛國。那一場敗仗，就是因為武器濫竽充數！

「你是什麼時候知道的？」蕭元堂低聲問道。

蕭靖決又坐了回去，一副悠然自得的模樣，「這個重要嗎？我以為現在先解決江南的亂子才是要緊。皇上這次氣極了，怕是沒有人出來頂罪是不行的。」

蕭元堂眼神裡閃過了一抹光彩：「不錯，靖決，你說得對，現在最要緊的還是解決此事。」頓了頓，他說道：「靖決，你還年輕，江南那邊的事還是我來解決。那邊的人脈，還是交還於為父，由為父處理此事。」

蕭元堂突然從江南的案子提到了江南的人脈，向予安卻是聽明白了，蕭靖決一定是接管了蕭元堂在江南的全部人脈！

所以案子發生到現在，蕭元堂都不知道！

而向予安也明白了，為什麼蕭靖決能直接接手蕭元堂的人脈還不被他察覺。這是因為蕭管家！蕭管家被蕭元堂趕出了蕭家，她曾無意間聽到樂山說過，現在的蕭元堂被安置在綠雲山莊。

而綠雲山莊是蕭靖決母親陪嫁的莊子！

原來從蕭管家被趕出家門的時候起，蕭靖決就已經在布局了。或許，這就是一個連環計。

歲蓮和萍蘭以為是她們算計了她，其實是蕭靖決一個人算計了他們所有人。而蕭靖決的目的是讓蕭元堂趕走蕭管家，以此他才能收服蕭管家為他所用！

向予安渾身發冷，那是多久以前的事了？

原來她以為只是發生在後宅內院中的一件小事，居然會影響到江南的數萬災民！

這樣大的災情，蕭靖決竟有本事將消息隱瞞一個月！

蕭靖決到底是一個多麼可怕的人？

「你……」蕭元堂怒氣衝衝，最後還是按捺地說道：「你到底想做什麼？」

蕭靖決斜睨地看了他一眼，那不是一個兒子看向父親的眼神。這讓蕭元堂惱羞成怒，可是他已經發不出脾氣了。

蕭靖決嘲弄地看了他一眼：「當然是給你收拾爛攤子。」他冷笑著說道：「孟治道可是正等著抓你的把柄，要把你從首輔的位子上拉下來呢。這次可是最好的機會，你以為他會放過？」

蕭元堂神色一凛，氣勢都軟了下來：「你有什麼好辦法？」

蕭靖決從懷裡掏出了個摺子：「你看看吧。」

蕭元堂接過摺子一看，頓時怒氣橫生：「李正傑？一個小小的今州縣令，也敢彈劾知府！」

「這次受災的地方一共二十一個，其中十一個都是他的治下。這摺子裡可是寫得清清楚楚，彈劾今州知府貪墨修河堤的銀子，隱瞞災情。這一樁樁一件件可都是死罪。」蕭靖決慢條斯理地說道：「今州知府叫杜光？我記得是父親的門生吧。」

李正傑實名舉報蕭元堂的學生貪墨，蕭元堂身為老師，當時又任戶部尚書，這事蕭元堂怎麼都撇不開關係。

如果讓蕭元堂的政敵知道，一定會不會放過這個機會，絕對會以此為藉口向蕭元堂發難。

若是平時，他也不會懼怕一個小小的縣令。可是眼下皇上正因為水災的事情龍顏大怒，現在可不是露臉的時機，槍打出頭鳥的道理他還是懂的。

還好蕭靖決早一步截獲摺子，這摺子沒送到皇上面前。

一瞬間，蕭元堂的臉色極其難看。

沉默了半晌之後，蕭元堂的神色有些頹喪，他嘆了一口氣：「我不管你要做什麼，我只是希望你做任何事情之前先想想蕭家。不管你對我如何，你都是蕭家的子孫。」

蕭靖決嘴角露出了一抹嘲弄的笑意：「兒子自然謹遵父親教誨，也希望父親能以身作則。」

一句話說得蕭元堂面紅耳赤，他哪有資格去指責蕭靖決？讓蕭家陷入危機的分明是他！

蕭元堂怒氣衝衝而來，灰頭土臉而歸。他離開天一閣的時候，連肩膀都垮了幾分。

被自己的兒子威脅，輸給自己的兒子，這對一個男人來說是莫大的打擊吧。

向予安眉頭緊鎖，今天晚上發生的事情，讓她對蕭靖決的了解更進一步。

這是一個為了達到自己目的不擇手段，連親生父親都可以不顧的人。他還能做出多麼可怕的事情，她根本無法想像得到。

向予安神色複雜地望著蕭靖決，她第一次想弄明白蕭靖決到底要做什麼？

如果說，他是為了報復蕭元堂的冷待，可是為什麼他又要壓下奏摺？如果說，他要保下蕭元堂，可他卻在一步一步地蠶食著蕭元堂的勢力。

第三十四章　向予安的戰場

向予安心頭有無數的疑問卻不能問出口，她低下頭，問道：「公子還要用飯嗎？」

蕭靖決靠在椅子裡，睨了她一眼，漫不經心地說道：「妳很好，也許是因妳很聰明吧。所以懂分寸，也曉得看人臉色。我很滿意，妳要記住。」頓了頓，他抬起頭對上了她的眼睛：「誰是妳的主子。」

這是毫不掩飾的敲打了，向予安的心頭一顫，低聲應道：「是，公子。」

蕭靖決心情好的時候或許會跟她說些曖昧臉紅的話，那不過是閒暇時的逗弄罷了。她如果以為這樣自己對他就是特別的，那她才會死得很慘。

今天的事情，已經證實了這一點。這樣一個心機深沉，連自己的父親都能玩弄在股掌之中的人，絕非等閒之輩。

蕭靖決又露出了溫和的笑容：「既然準備了，就別浪費了這一桌的好菜。」頓了頓，他說道：「坐下來，就當是我給妳的獎賞。」

向予安苦笑了一下，蕭靖決的獎賞可不好拿。他今天早上做的事，讓她成了院子裡的眾矢之的。

可是向予安還是坐了下來，她想聽聽蕭靖決會說什麼。

向予安的目光落在了那份奏摺上，也不知道蕭元堂是不是故意的，這份奏摺留了下來。

「妳有興趣？那就看看吧。」蕭靖決不甚在意地說道。

向予安看了他一眼，發現他是真的不在意，她也沒有客氣，便拿起看了起來。

李正傑在摺子彈劾杜光勾結上官，貪墨修河堤的銀子，導致河堤決堤，百姓流離失所。還說杜光結黨營私，仗著朝中有人，所以才敢如此膽大妄為。

向予安頓時就明白了為什麼剛才蕭元堂那麼憤怒，這字字句句都是衝著蕭元堂而來。這摺子蕭靖決也不可能一直壓著，也不知道他會怎麼做。

可是看著蕭靖決如此輕鬆的樣子，似是一點都不將此事放在心上的樣子。

蕭靖決看出了她的心思：「覺得我太輕鬆了？」

向予安點了點頭，難得恭維了他一句：「想來是公子胸有成竹，所以才不擔心吧。」

蕭靖決詫異地看了她一眼，笑而不語。

蕭靖決心情很好地吃完了飯，還多喝了幾杯酒。那封關係到了數萬百姓的奏摺就放在他的酒桌之上，他視若無睹，絲毫沒有影響他的雅興。

向予安很難形容她的感覺，她從來沒有如此清晰地意識到，蕭靖決不是一個好官。至少，受災的百姓、被淹的城池，都沒在他的心上。

第二天一早，蕭靖決很早就起床了，向予安伺候他換了衣服。蕭靖決並沒有再戲弄她，反而給她留了工作。

「妳如今也是我房裡的大丫鬟了，我的私庫和帳本也該是妳拿著。今天去跟他們對了帳，以後天一閣就交給妳了。」蕭靖決隨口說道，那語氣輕描淡寫地跟要吃早飯一樣。

向予安神色微微一頓，低下頭應了一聲：「是，公子。」

蕭靖決勾起了唇角，睨了她一眼，這才轉身離開。

向予安送他到門口，看著他的背影漸漸遠去。他馬上就要去到他的戰場，而她的戰場只在天一閣。

向予安來天一閣不過幾個月，就一躍眾人之上，天一閣的人自然是不服她的。萍蘭也在暗中挑撥幾個丫鬟，讓她們暗暗地跟向予安作對。

不過向予安不以為意，因為她早就想收拾萍蘭了。

向予安去找萍蘭拿帳本，此時萍蘭正跟院子裡的丫鬟們坐在一起。

「予安是個有本事的，這才幾日就得了公子刮目相看。我們自是比不過的，妳們以後也要多多聽她的話。」萍蘭實則挑撥地說道。

「反正我是不服她的，這才來幾天？也不知是使了什麼見不得人的手段，才哄了公子去！」丫鬟芷晴惱怒地說道。

萍蘭眼神閃了閃，嘆了一口氣：「誰讓公子向著她呢？妳沒看到，公子為了她連歲蓮都處置了，更何況我們？」

「萍蘭姑娘妳放心吧，我們絕對不會讓她好過！」另外一個管事嬤嬤說道。

這高門大院裡的事兒，彎彎繞繞可多著呢，一個小姑娘可玩不轉。

正說著話，向予安便來了。

萍蘭看到向予安，露出了一個笑容。

向予安臉上帶著熱情的笑容上前挽住了萍蘭的手，「萍蘭姐姐，公子說帳本在妳這裡，讓我來找妳拿。可是我一想，這帳本在姐姐手裡，不就等於在我手裡？又有什麼兩樣？」頓了頓，她笑著說道：「所以我便跟公子說了，就先讓姐姐管著了。公子一聽，也覺得姐姐管著放心。」

萍蘭聽說蕭靖決都信任她，眼睛亮了亮。可是她沒注意到，其他的幾個丫鬟婆子的臉色可就不好了。

第三十五章　離間計

向予安說完又皺了皺眉頭：「還有一件事，替了姐姐管熱水的鄭嬷嬷，可不太老實。聽說她晚上比公子睡得還早，公子幾次要水都險些耽擱了。她是姐姐舉薦的人，按說我不該動她，可是這事在公子那過了眼的，我也是沒了法子，只好先把她撤了。」

萍蘭臉色變了變，這鄭嬷嬷是在她這裡使了銀子，她管著蕭靖決的私帳之後，就把管熱水的差事給了她。

現在向予安把鄭嬷嬷給撤了，這讓她顏面何存?可是向予安說得有理有據，還抬出蕭靖決這尊大佛，她當然沒有話說。

「她既做錯了事，妹妹處置她也是應該的，妳我姐妹，我還會多心不成?」萍蘭嗔怪地說道。

向予安在她身後幾個丫鬟婆子的臉上一轉，果然見她們都變了臉色，心中暗暗滿意。

她臉上的笑容又加深了幾分，對著萍蘭說道：「我就知道姐姐不會怪我，萍蘭姐姐可是最照顧我的，我們姐妹還有什麼話說?」頓了頓，她笑著說道：「那我就不打擾姐姐了，先去忙了。」

向予安轉身走了，可是幾個丫鬟婆子的心裡都嘀咕了起來。

鄭嬷嬷是萍蘭的人，也是在她那裡使了銀子才得了這差事。所以鄭嬷嬷對向予安一向不假好臉色，前兒晚上，向予安去買熱水還惹了鄭嬷嬷一陣指桑罵槐，這事院子裡的人都知道。

如今向予安得了蕭靖決的話，萍蘭跟著借光，可是針對向予安的鄭嬷嬷卻丟了差事。

這跟萍蘭說的可不太一樣啊？最後好人讓萍蘭做了，這些為她出頭的人反而倒了黴？

這說得再好聽，也沒有到手的好處來得實在。萍蘭現在可還是管著蕭靖決的私庫呢，這若不是實在好的關係，向予安能這麼做？

眾人對視了一眼，頓時覺得，還是先看看為妙。

向予安一齣反間計，暫時破了萍蘭的為難。這都是些小事她不在意，她現在更想知道葉淮的消息。所以向予安見沒有事就準備出府了，她要去團團圓打聽葉淮的消息。

這就是身為蕭靖決大丫鬟的特權了，蕭靖決在府裡地位超然，以至於連她這個大丫鬟都沒人敢得罪。現在府裡誰不知道，蕭靖決當初為了向予安連蕭管家都趕了出去？

向予安順利地出了府，她並沒有直奔團團圓，而是去街上逛了逛，買了不少東西，最後才去了團團圓。

團團圓的老闆看到向予安來了，兩人眼神一對，又若無其事地轉開。向予安打包了一些糕點，然後就從後門走了出去。

後門的拐角處有個小房間，葉淮正等在裡面。

兩人見面一番寒暄不可避免，向予安就直奔主題：「師兄，你知不知道江南水災的事？」

葉淮點了點頭，他現在時刻注意朝堂的動向。

「我知道，今天早朝還發生了一件大事。」葉淮說道：「今州縣令李正傑彈劾蕭元堂的門生杜光，說他貪墨修繕河堤銀子。杜光卻聯合了江南附近的幾個縣令一同彈劾李正傑誇大水災，造成恐慌。聽說早朝的時候，狗皇帝臉色都變了。」

狗皇帝變了臉色葉淮沒看到，但他卻看到向予安變了臉色。

她明白了！她終於明白了蕭靖決為什麼能如此氣定神閒一點不也擔心！原來，他手裡還有另外一本奏摺！

如果光是李正傑彈劾杜光，皇上無論如何都要下旨徹查。到時候拔出蘿蔔帶出泥，蕭元堂怎麼都難逃干係。

可是現在杜光也彈劾李正傑，而且還是聯合彈劾。本來就渾的水又攪合了一遍，這下皇上能怎麼辦？查杜光？李正傑也不像是乾淨的人。

皇上只能各打五十大板，卻淡化了蕭元堂在這件事情中的影響力！

不用說，杜光的這道奏摺肯定是出自蕭靖決的授意，就是為了降低此事對蕭元堂的影響！

就算知道蕭靖決手段了得，向予安還是忍不住震驚了。這讓蕭元堂束手無策，甚至要向兒子低頭的危機，蕭靖決只用一道奏摺就解決了。

向予安神色頓時變得複雜。

葉淮不禁問道：「阿寧，怎麼了？」

向予安垂下了目光，將李正傑的事跟他說了，葉淮也是十分詫異。

「蕭靖決真是心機深沉。」葉淮嘆息著說道，他眼神閃了閃：「如果這麼下去，我們是不能報仇的。」

向予安看向了他，葉淮眼神裡閃過了一抹野獸的光芒：「阿寧，若是這樣，我們永遠也報不了仇。連水災這麼大的事，蕭靖決都能壓下去，就憑妳我二人，更不是他的對手。」

向予安輕嘆了一口氣，這也是她覺得心情沉重的原因。

第三十六章 跟蹤

葉淮沉聲說道：「我去軍中。」

向予安詫異地看向了他，葉淮繼續說道：「我留在上京除了東躲高原地什麼都做不了，還不如去軍中。現在軍中一遍大亂，韃靼虎視眈眈，正是我立功的好時機。蕭靖決是首輔之子，又備受皇上的信任，我一介白丁，如何與他鬥？只有握有權利，我才有抗爭的資本！」

「師兄！」向予安忍不住喚道。

去軍中談何容易？霍家戰功赫赫，滿門忠烈，光是戰死沙場的就有二十多人！那是霍家人用血肉之軀才得來的戰功，最後卻只換回皇上一道滿門抄斬的旨意！

向予安每每想起，心都疼得在滴血。

葉淮沒有說出口的是，將軍一身忠肝義膽，最後卻落得這個下場。狗皇帝不配得到這樣的忠心，那就讓他知道知道，什麼是亂臣賊子。

不過這話葉淮並沒有告訴向予安，如果可以，他還是希望能保護她的善良。如今的她已經陷入血海深仇裡，他沒有辦法，卻也想讓她盡可能過得輕鬆一點。

他的想法太過驚世駭俗，他不想她再為他操心了。

向予安知道葉淮說的有道理，可是她現在心亂如麻，還是搖了搖頭：「先等江南的事過去再說。」頓了頓，她眼神閃了閃：「江南的事皇上還沒有決策，我們先靜觀其變。」

葉淮沒有說話，他認識的霍寧，是個單純率真的姑娘。他一直都知道她是聰慧的，她心思玲瓏、機敏過人，卻性情豁達。她喜歡習武，喜歡打抱不平，她最大的夢想是闖蕩江湖。

可是現在的她，卻窩身在深宅大院之中，每日如履薄冰，現在居然也開始考慮廟堂爭鬥了。

葉淮點了點頭。

「對了，最近你有沒有感覺有人在找你？」向予安說道。

葉淮詫異地看了她一眼，很奇怪她是怎麼知道的。

向予安嘆息了一聲：「看來是有了。」頓了頓，她說道：「是蕭靖決的人。」

葉淮皺起眉頭：「他為什麼要找我？」

向予安瞥了他一眼：「你救了蕭雪致，蕭靖決這個人心狠手辣，對這個姐姐卻是難得的真心。」

提到蕭雪致，葉淮本能地皺起了眉頭：「誰願意救她，當日若不是為了救妳，我也不會去攔那匹驚馬。」

他本能地厭惡著蕭家所有的人，包括蕭雪致。

向予安輕嘆了一口氣：「沒有事就好，時間不早了，我也得回去了。」

葉淮寬慰她道：「我會注意朝堂上的動靜，外面有我，妳不用擔心。」

向予安微微頷首，這才轉身離開。

向予安回到蕭府，一進天一閣，就察覺到氣氛不對。今天這氣氛格外低迷，處處都透著小心。

一定是蕭靖決回來了，可是也沒有人會來提醒向予安。她想了想，決定還是不要去觸霉頭好了。

樂山卻直接來找她了，「予安姑娘，公子請妳過去。」

向予安詫異地看了樂山一眼，樂山居然從江南回來了？在這個時候？

向予安不敢多想，點了點頭：「我去換身衣服。」

樂山在心裡暗暗讚許，還知道換一身衣服去見公子，還算是重視。

向予安很快就去了書房，蕭靖決正在看書，聽到腳步聲，抬起頭來。

「去哪裡了？妳這個丫鬟倒是比我這個主子還要忙。」蕭靖決沉聲說道。

向予安摸了摸鼻子，羞赧地說道：「難得公子不在府裡，所以我就出府去買了些小東西。我進府以來，除了上次七夕，還從來沒出過府呢。」

「這麼說倒是我耽誤妳出府了？」蕭靖決冷哼著說道。

向予安眨了眨眼，一臉傻笑地說道：「我、我說錯話了吧？」

蕭靖決看著她露出的憨相，眼神微閃，「髮簪、胭脂、點心還有布匹。這姑娘家要買的東西，妳倒是買了個遍，還真是什麼都不落啊。」

向予安身上一凜，蕭靖決居然知道她今天買的東西，他一直派人跟著她，可是她竟沒有察覺！

向予安心亂如麻，蕭靖決毫不避諱地說出口，就說明根本不在乎她知道。

向予安張了張嘴，最後才說了一句：「姑娘家買東西，就是沒什麼節制。這幾個月的月錢可不是都花完了嗎？」頓了頓，她一臉苦相：「月錢確實有些不夠花。」

一直看著她反應的蕭靖決臉上也露出了一絲愕然，他啼笑皆非地說道：「怎麼？這是在抱怨我給妳的工錢太少？這麼明目張膽地要漲銀子？」

向予安一臉期許地看向他道：「可以嗎？」

「不可以！」蕭靖泱冷酷無情地拒絕了她，「既然沒銀子了，就少往外跑！」

向予安一臉苦相。

正說著話，蕭雪致便走了進來。她一來，蕭靖泱就收起了臉上的冷漠。

第三十七章　為皇上排憂解難的方式

「姐姐，妳怎麼來了？」蕭靖決問道。

蕭雪致沒理他，只看著向予安說道：「予安這是怎麼了？公子說妳了？」

向予安無奈地說道：「奴婢今日出府去買東西，公子正教訓奴婢呢。」

蕭雪致笑著說道：「姑娘家就是應該買東西打扮自己，他可是不讓妳出府了？」

向予安點了點頭。

蕭雪致眼神閃了閃，她覺得向予安出府肯定是為了去見葉淮。

「他既然不讓妳出府，卻沒不讓我出府。等明日妳跟我一起出去，他可就攔不住妳了。」蕭雪致柔柔地說道。

蕭靖決一臉無奈地看著她：「姐姐。」

向予安看著蕭靖決臉上真實的無奈，突然有些恍惚。算無遺策的蕭靖決，大概也就只有在蕭雪致面前的時候才會露出真實的情緒吧。

向予安不由得彎了彎唇角。

蕭靖決睨了她一眼：「妳如今倒是找的好靠山。」

向予安一本正經地說道：「公子就是我的靠山。」

蕭靖決的表情柔和下來，向予安轉過頭便道：「姑娘寬坐，我給姑娘倒杯茶。」

向予安轉身離開，蕭雪致對蕭靖決說道：「予安這姑娘真好，性格開朗豁達，做事爽利，姑娘家就應該是這樣。我以前總覺得你院子裡的人，小心思太多了，如今有了予安，我倒是能放心些。」

「姐姐這麼喜歡她？」蕭靖決好奇地問道。

明明沒有見過幾次的人，很少聽見蕭雪致會這麼欣賞一個人。

蕭雪致毫不猶豫地點了點頭：「是，我很喜歡她。」頓了頓，她笑著睨了他一眼，小聲說道：「你不是也喜歡？」

蕭靖決臉上露出愕然之色，「妳……」

「別裝了，你也喜歡她，否則你怎麼會讓她待在你身邊？」蕭雪致含笑著說道。

蕭靖決張了張嘴，最後輕嘆了一口氣，什麼都瞞不過她。

「若是真的喜歡，便將她收了房吧。靖決，你會發現除了權勢，還有很多珍貴的東西。別等到錯過了再後悔。」蕭雪致意味深長地說道。

蕭靖決不甚在意地說道：「不過是個女子，不至於費太多心力，姐姐不用為我操心。」

蕭雪致看了他一眼，不禁搖了搖頭。

向予安回來之後，兩人就停住了話頭。

蕭靖決很忙，回到家了也在書房裡處理公務，並沒有避諱向予安。

向予安看到他一直在處理江南水災的事情，不由得皺起了眉頭。

「過了這麼久，皇上還沒有下旨賑災嗎？」向予安說道。

蕭靖決嘴角露出了一抹冷然的笑：「賑災是要銀子的，國庫裡的銀子連皇上壽宴都不夠準備了，哪來的銀子去賑災？」

明年是皇上的五十壽辰，從今年開始禮部就已經在為皇上的壽辰忙碌了。

向予安心頭冷笑了一聲，這個狗皇帝還真是昏庸無能，為了自己的壽辰，連百姓都不顧了。

可是……聽著蕭靖決嘲弄的語氣，似乎也對皇上沒有多少尊敬。

向予安不禁問道：「那水災怎麼辦？」

蕭靖決看了向予安一眼，理所當然地說道：「做臣子最重要的職責就是為皇上排憂解難，這些小事，怎麼能讓皇上煩心。」

向予安愣了一下，不用問，那個為皇上排憂解難的人就是蕭靖決了。可是沒有銀子，他又能有什麼辦法？

不過看蕭靖決一臉輕鬆的樣子，顯然是早就成竹在胸。

「看來公子已有良策？」向予安試探地問道。

蕭靖決看了她一眼，玩味地說道：「想知道？」頓了頓，他好整以暇地說道：「可我為什麼要告訴妳？」

向予安板起臉，「既然公子不願意說就算了，我其實也不是很想知道。」

蕭靖決搖了搖頭說道：「還真是沒耐心。」頓了頓，他循循善誘地說道：「不如妳討好討好我，說不定我一個高興就告訴妳了呢？」

向予安想了想，遲疑地問道：「那，公子容易討好嗎？」

蕭靖決裝作思考的樣子，然後認真地說道：「不如妳今天晚上侍寢，我就告訴妳了。」

向予安俏臉一沉，轉身就要走。
蕭靖泱伸手握住了她的手臂，無奈地說道：「脾氣這麼大？也不知道我們倆誰更像主子。」
向予安忍不住說道：「是公子先開玩笑的。」
蕭靖泱連忙道：「好了好了，我告訴妳，妳不要惱我了，嗯？」
他一副輕哄的語氣，她倒成了那個無理取鬧的孩子。
向予安板著臉卻沒有甩開他。
蕭靖泱含笑著說道：「江南水災這事，鬧得這麼大，肯定是要有人出來問責的。這個人是誰不重要，小懲大誡，拉出來幾個官員，該抄家抄家，該問斬問斬，這事也就算是交代過去了。」
向予安聽著他輕描淡寫的話，這可是與數萬百姓性命攸關的事情，他就這樣漫不經心。甚至他說出這段話的時候，嘴角還是帶著笑的。
那笑容噙在俊美的面孔上，那麼賞心悅目，足以讓世間女子臉紅心跳，可是說出的話卻是那麼冷酷無情。
向予安神色複雜地看著他，蕭靖泱發現了，但他不在乎。
「有些人死了，那空出來的位子就需要有人頂上來。」蕭靖泱淡淡地說道：「江南百姓受災，若是對百姓沒些助力，又有何顏面去面對江南百姓呢？」
向予安滿目震驚。她萬萬沒想到，蕭靖泱竟然打的是買賣官爵的主意！他竟然如此大膽！

第三十八章　再見蕭雪致

「你……這麼做，就不怕皇上怪罪嗎？」向予安聲音乾啞地問道。

蕭靖決看了她一眼，居然笑了，眼神裡還透著幾分憐愛之色。

「皇上為何要怪罪我？沒有銀子賑災我解決了，江南之事需要有人問罪，我也處置了。這事不是圓滿解決了嗎？這差事辦得漂亮完美，皇上為何要怪罪我？」蕭靖決反問道。

向予安無言以對，她終於明白了，為什麼霍家會獲罪。不止是因為霍驍功高震主，而是因為霍驍就是皇上眼裡的大麻煩。

在皇上眼裡，能為他解決麻煩，粉飾太平的才是好官。所有找麻煩的，就是應該除之後快。

跟在蕭靖決身邊這麼久，她沒有找到關於霍家的消息，卻弄明白了官場黑暗。

蕭靖決見她神色竟帶了幾分悲愴，又隱隱後悔不該跟她說這些。

「這些不過是官場上的事，妳不要想太多。」蕭靖決放緩了聲音說道，帶著幾分安撫：「妳就好好的待在我身邊，不用操心這些事。」

蕭靖決說著伸手想要將她攬入懷抱裡，向予安側過身，避開了。

蕭靖決忍不住皺起了眉頭，沒有一個丫鬟敢拒絕他，向予安已經是接二連三地拒絕他了，這讓他十分不快。

不過看著向予安沒回過神的面孔，蕭靖決還是壓下了脾氣。

「行了，妳先下去吧。」蕭靖決冷淡地說道。

向予安回去之後，越想越覺得蕭靖決可怕。

第二天，蕭雪致還真的帶著向予安出門了。

坐在馬車裡，蕭雪致望著向予安說道：「予安，妳有沒有事要去辦啊？或者有沒有親人要去見的？」

向予安狐疑地看著她。

蕭雪致眼神閃了閃，然後才說道：「因為我也不知道去哪裡，所以就想問問妳了。」

向予安很是同情她，便道：「那奴婢就帶著姑娘隨便逛逛吧。」

她出門的時候已經看到葉淮跟在她們身後了，葉淮一定會找機會來跟她說話。

蕭雪致有些失望，她以為向予安會想去見葉淮。

兩人隨意地逛了逛，都有些心不在焉。向予安讓蕭雪致去附近的茶樓裡休息，她找了個藉口就走了出去。

向予安走到茶樓的後院裡，葉淮果然已經等在那了。

向予安看到葉淮的第一句話就是：「師兄，你不能留在上京了。蕭靖決太可怕了，絕對不能讓他找到你。」頓了頓，她又說道：「今天我跟蕭雪致出來的時候，她一直在打探你的底細，我猜她也開始懷疑你了。」

一門心思只想復仇的小丫鬟，壓根就沒想過蕭雪致打聽葉淮還有別的可能。

葉淮對向予安深信不疑，聞言皺起了眉頭：「這對姐弟真是麻煩。」他看向向予安：「要不師妹，妳跟我一起走吧？」

向予安搖了搖頭：「我不能走。師兄，現在蕭靖決已經開始信任我了，我不能在這個時候離開。我爹的死跟蕭家脫不開關係，蕭靖決越信任我，我就能抓到他越多把柄。」頓了頓，她沉聲說道：「沒有什麼比報仇更重要！」

她對自己很有信心。

葉淮按捺住內心的焦慮，只能點了點頭。

「師兄，這是我身上的一些錢，你先帶著。你安頓好了就送信到團團圓，到時候我也會給你寫信的。」向予安說著把一個荷包塞給了葉淮。

葉淮沒有推辭，他在外面確實需要銀子。

葉淮沒有忍住，握住了她的手，克制地說道：「阿寧，妳要等我回來。」

總有一天，他會風光凱旋，可以正大光明地出現在她面前。

向予安說道：「我得去對面給蕭雪致買點心，我是用這個藉口出來的，不然不好交代。」

葉淮沉默地點了點頭。

向予安四下看了看，然後才走了出去。

葉淮並沒有離開，而是一直看著她的背影。這次一別，也不知道什麼時候才能再見了。

葉淮心裡生出了一絲的不捨，如果沒有這場變故，他們的婚事也該定下來了吧？

葉淮轉過身剛要離開，突然察覺到一道異響，他冷然喝道：「是誰？出來！」

蕭雪致怯怯地探出頭來，縮了縮脖子說道：「是我。」

葉淮眉頭頓時就皺了起來：「妳怎麼在這？」

繁華錦年 予我心安

他不耐的語氣讓蕭雪致更加膽怯起來，她咬著唇，小聲地說道：「我覺得你可能會來見予安，所以就跟過來了。」

葉淮冷冷地說道：「蕭大小姐還是少見我的好，令弟已經派人追了我好幾天了。我不過是一介草民，招惹不起你們這些達官顯貴，蕭大小姐還是離我遠點。」

蕭雪致愣了一下，心裡一急，連語速都快了不少：「什麼？靖決在找你？我怎麼不知道？」

葉淮不耐地說道：「妳知不知道也無所謂，我馬上就要離開上京了。我只是希望你們不要遷怒予安。」

蕭雪致急忙說道：「怎麼會？我會好好照顧她的。」頓了頓，她怯怯地看著他道：「你要走？你要去哪裡？為什麼要離開呢？上京不好嗎？我可以跟我弟弟舉薦你的，以你的武功，一定大有作為。你就這麼離開上京，你放心得下予安嗎？」

葉淮聽著她天真無邪的話，眼裡嘲弄之色更濃。

第三十九章　公子大可放心！

這讓蕭雪致很不安，雖然他沒有說話，可是她也能感受到他的排斥。他不喜歡她，甚至可以說是厭惡她。

她不知道他為什麼要討厭她，這讓她十分沮喪。

葉淮冷冷地說道：「多謝蕭大小姐的好意，我不需要。」頓了頓，他說道：「如果可以，我不希望我們見過面的事告訴予安，我不想讓她多想。如果蕭大小姐願意幫忙，我會感激不盡的。除此之外，以後不要再來找我。」

葉淮說完，轉身便走了。蕭雪致看著他的背影，終究是沒有敢追出去。

向予安回來的時候，看到的就是失魂落魄的蕭雪致。向予安有些疑惑，可是蕭雪致隻字不提，只說要回府。

向予安無奈，只好帶著她回了蕭府。

向予安回到院子裡，上一次她使了一招反間計，如今院子裡太平了許多。再加上蕭雪致時不時過來找向予安，這更讓蠢蠢欲動的人不敢再找碴。

蕭靖決很晚才回來，他一回來是一定要向予安在身邊伺候的。

蕭靖決似乎很累，靠在椅子裡閉目休息。

向予安平靜地看著他倦怠的模樣，原來做壞人，也是會累的嗎？

蕭靖決聽到聲音睜開眼，看到是她，輕輕地勾了勾唇角：「過來。」
向予安遲疑了一下，還是走了過去。
蕭靖決似是漫不經心地問道：「聽說今天跟姐姐出門了？跟我說說，都買什麼了？」
向予安謹慎地說道：「也就是出去轉了轉，去茶樓裡吃了點點心。我擔心大小姐身子受不住，很快就回來了。也沒買什麼，公子不是知道，我的銀子都花沒了。」
蕭靖決點了點頭，若無其事地問道：「沒買什麼，那妳身上的那個荷包怎麼不見了？」
向予安愣了一下，背脊頓時冒出了一層冷汗。
她把荷包給了葉淮。
可是她萬萬沒有想到，蕭靖決居然會注意到這麼小的細節！
「我……」向予安第一次有種無言以對的感覺。
蕭靖決卻對上了她的眼，目光冷然：「嗯？這問題很難回答嗎？」
向予安自然會找藉口，比如說沒帶在身上，可是這樣的話根本騙不過蕭靖決，太容易拆穿的謊言了。
「那個荷包用舊了，就不太喜歡了，所以才換了一個新的。」向予安強迫自己冷靜下來說道：「這是我上次出府的時候買的，好看嗎？」
說著，向予安解下了自己腰間的荷包。
「原來是不喜歡了。」蕭靖決不置可否地說道：「從妳一進府就一直用那個荷包，我還以為是妳對有什麼特殊的意義。」
向予安強笑著說道：「不過是個荷包而已，能有什麼意義？公子多慮了。」

蕭靖決抬起頭深深地看了她一眼，那一眼並不銳利，卻讓向予安心生警惕。

他突然露出了一個溫和的笑容：「看妳緊張的，我不過是隨口問問罷了。」

向予安擠出笑容。

蕭靖決淡淡地說道：「我可以包容妳的拒絕，可是我不能包容欺騙。」他盯著她的眼睛問道：「不要讓我知道妳騙了我，否則，妳應該知道後果。」

向予安心頭一顫，低著頭說道：「公子……我沒有。」

她的手忍不住輕輕顫抖，蕭靖決的眼神太過凌厲，彷彿能看穿人心。

蕭靖決站了起來，又恢復了往日裡溫潤如玉的模樣，「嚇著妳了？平日裡妳拒絕我時不是很厲害？也沒見妳這樣膽小。」

向予安強笑了一下，依舊低頭不語。

蕭靖決便道：「好了好了，時間不早了，妳也早點回去休息吧，今日不用妳守夜了。」

向予安點點頭，行了一禮，轉身走了出去。

就在向予安離開書房之後，樂山走了進來。

「公子，已經查過了。予安姑娘在茶樓的後院待了有一盞茶的時間，等予安姑娘離開之後，大小姐也過去了。等大小姐出來的時候，就吩咐回府了。因大小姐不喜歡人跟得太近，當時在茶樓裡又人多嘴雜，只查到這些。」樂山恭敬地說道：「不過聽說予安姑娘出府時還戴著那個舊荷包，等回來之後才換成了新的。」

蕭靖決面無表情地嗯了一聲，「讓你去查她的背景，你查了沒有？」

「小的已經去查過了，保證沒有任何問題。」樂山信誓旦旦地說道：「是一個商戶之女，因得罪了當地的縣令，所以才獲罪。予安姑娘的父親死在了大牢裡，族人瓜分了她家的產業，她這才賣身到了府裡。」

蕭靖決突然問道：「便是如此，她就沒有別的親人了嗎？比如說什麼青梅竹馬。」

樂山飛快地看了蕭靖決一眼，忍不住說道：「公子，您這不是想查予安姑娘的底細，您想查的是予安姑娘為何要拒絕你的原因吧？」

蕭靖決臉色一沉。

樂山立刻不敢多說了，管住嘴才能活得久。

樂山一臉嚴肅地說道：「回公子，小的調查的時候並沒有發現予安姑娘有青梅竹馬。」頓了頓，他又繼續說道：「就連表哥、遠方表哥之類的也沒有，公子大可放心！」

蕭靖決攏起的眉頭稍稍地鬆開了。

樂山不解地問道：「公子是擔心予安姑娘以前有過心上人嗎？」頓了頓，他又說道：「什麼樣的男子又能比得過公子？」

蕭靖決想到向予安那一副避他不及的樣子，冷笑了一聲：「這可不一定，她那丫頭有時候蠢得沒邊了。」

第四十章　一朵雪花

葉淮打算離開上京了，可是在離開之前他要做一件事。

他越想越覺得向予安在蕭靖泱的身邊有點太危險，他比誰都知道向予安的好，與她朝夕相處，又是年齡相當的男女，很難不生出些什麼來。

所以他決定要隔開蕭靖泱和向予安，這事有點麻煩。即使他有最簡單的方法，去找蕭雪致，請她幫忙，讓她把向予安要到身邊來就能解決了。

蕭雪致對他很是感激，這麼一點小事，想必她不會拒絕。

可是葉淮不願意去利用一個女子，所以他想了一個辦法。

這幾天的朝堂有點不太平，蕭元堂和孟治道的兩撥人馬吵得不可開交。雙方互相甩鍋，以至於皇上都不願意上朝了。

孟治道想要趁著這個機會拉蕭元堂拉下馬，可謂是火力全開。可是吵了這麼多天，也都沒能奈何蕭元堂，這讓孟大人十分惆悵。

這一日，一封信被箭射到了他的書房門上。

孟治道嚇了一跳，除了加強人手保護之外，讓人拿下了那封信。

葉淮射完箭回到家，卻在門口看到了一個不速之客。

再一次見到蕭雪致，葉淮頓時皺起眉頭。

「妳怎麼在這？」葉淮警惕地看著蕭雪致。

蕭雪致看到他臉上的防備和警惕，心裡有些難過。

「我……我沒有惡意，我只是來見見你。」蕭雪致有些受傷地說道。

她不明白，為什麼葉淮那麼厭惡她，他明明救了她才是啊。

說到這個，蕭雪致第一次比蕭靖決聰明。她是讓人守著團團圓，才找到葉淮的住處。

她想向予安一定放心不下這個哥哥，肯定會讓人給他送東西。所以她就讓人守在團團圓外，只要向予安送東西過來，就跟著夥計，還真的找到了葉淮。

為了來見葉淮，不讓蕭靖決知道，她還特意喬裝打扮成丫鬟蝶香的模樣。

葉淮冷冷地說道：「我記得我說過，讓妳不要再來找我！」

對於蕭雪致這樣未出閣的名門閨秀來說，獨自出門去見一個男子，已經用盡了她畢生的勇氣。

「你為什麼討厭我？你這麼討厭我，為什麼還要救我？我沒有冒犯過你啊。」蕭雪致委屈地說道。

葉淮皺了皺眉頭，滿臉不耐地說道：「妳一個大家閨秀，這樣來找一個男人，這就是妳蕭家的家教嗎？」

蕭雪致咬著唇，難過地望著他，她低下頭：「你說你要離開，我只是想來送送你而已。」頓了頓，她低聲說道：「救了我對你來說，或許只是舉手之勞，可是你不知道我有多感激。你有飛身御馬的勇氣，卻不能接受我的感激嗎？」

蕭雪致不理解葉淮，葉淮也不了解她。

一個名門閨秀，這麼追著一個男人跑？

「我收到妳的感激了，妳可以走了。」葉淮冷淡地說道。

蕭雪致怯生生地看著他，秀美的小臉上帶著赧意：「我、我等了你太久，走不動了，我可以進去休息一下再離開嗎？」

葉淮挑著眉頭：「妳一個姑娘進男人的住所，就不怕我對妳心懷不軌？」

蕭雪致的臉頰微紅，垂下了長長的睫毛，小聲地說道：「你才不會。」

葉淮眼神裡閃過了一抹嘲諷的意味，如果他現在殺了她，是不是也算是為霍家討回一點利息？在他的眼裡，這個姑娘蠢得無可救藥。

可是，他不能這麼做。向予安以後還會在蕭家，他還需要蕭雪致照顧向予安。

葉淮沉默了一下，終於說了一句：「妳進來吧。」

葉淮的屋子很簡陋，只有一張床，然後就是一張桌子和一把椅子。連喝水的茶杯都沒有，蕭雪致難掩心疼。

「我家簡陋的很，妳坐不習慣的，還是趕快離開吧。」葉淮冷淡地說道。

蕭雪致想了想，然後說道：「我從小是出身富貴，可是那個家裡，父親偏心，祖母不慈，母親羸弱，四面楚歌，日子也未必會有比你過的好些。」頓了頓，她感慨道：「我沒有過過苦日子，但我並不怕過這樣的日子。」

葉淮一愣，竟也沒又再說什麼話來刺激她。

蕭雪致看到衣架上放著的衣服，她眼神閃了閃。這是葉淮救她那天穿的衣服，衣袖的地方還破了洞，所以他才沒有穿了吧。

葉淮說道：「妳先坐一會，我去燒點水。」

蕭雪致彎了彎唇角，柔柔說道：「多謝你了。」

他雖然冷言冷語，卻還是待她很好的。

葉淮很快燒水回來，蕭雪致喝了一杯水之後，便也沒有再留下。

她看向葉淮，認真地說道：「我知道，你雖現在處境微末，但卻是有大志向的人。以你的本事，日後一定會前途光明的。我攔不住你，便只祝你一路順風，逢凶化吉。」

葉淮神色稍緩，輕輕地點了點頭：「多謝蕭小姐，如果可以，請蕭小姐照拂予安一二。」

她彎了彎唇角，「你第一次叫我，」眼神裡溢滿了笑意，「我會好好照顧她的，那你也答應我，要好好照顧自己，不要受傷啊。」

葉淮看著她沒有說話，蕭雪致又忍不住紅了臉頰。

她從來不曾這樣大膽過，可是面對他的時候，她卻總是充滿了勇氣。

「我、我該走了。」蕭雪致低聲說道：「還有，我叫蕭雪致，請你一定不要忘了我。」

蕭雪致說完，飛快地轉身走了出去。

葉淮看著她的背影，隱隱地皺了皺眉頭。

蕭夫人生孩子的時候大概把所有的腦子都給了蕭靖決，忘記分給自己的女兒一點吧？葉淮嘲弄地想到。

葉淮轉過身，卻發現掛在衣架上的衣服的衣袖破損處已經被縫好了，上面還繡了一朵雪花。

想到蕭雪致說自己的名字，葉淮微微一愣。

蕭夫人將腦子給了蕭靖決，卻把善良溫柔給了蕭雪致吧。

第四十一章　讓我抱一下

這一日，蕭雪致叫向予安去煙雨閣說話。

向予安一走進煙雨閣，蕭雪致就高興地拉著她坐到了一邊。

「我讓人準備了好幾塊料子，都十分適合妳。一會讓人量了妳的身形，給妳做幾身衣服。姑娘家，就應該打扮得漂漂亮亮的才是。」蕭雪致含笑地說道。

向予安轉過頭小聲說道：「其實也不用漂亮。」

蕭雪致看向向予安，還有些不安：「妳、妳喜歡嗎？」

向予安看著面前溫柔淺笑的女子，輕嘆了一口氣。蕭雪致真的是一個讓人討厭不起來的姑娘，她對人好得純粹又直接，甚至還有些小心翼翼。

這明明是一個高貴女子，張揚跋扈才應該符合她的身分地位啊。

就算是向予安對蕭家人都沒有好感，也沒忍心拂了她的好意。

向予安輕輕地點了點頭：「很好看，姑娘的眼光自然是極好的。」

一句話，就可以讓她露出開心的笑容。

她高興地說道：「我從來沒有幫人準備過這些，也沒有為誰操心過，還擔心妳會不喜歡。予安，妳能喜歡真的太好了。」

向予安看著她的笑臉，點了點頭。

一個人如果對另外一個人太好，那也是會覺得負擔的。

向予安在煙雨閣待了大半個時辰，終於逃也似地離開了煙雨閣。

向予安懷著複雜的情緒回到了天一閣，剛一進院子的門，萍蘭和九茉等人就湊了過來。

「予安，妳快去看看公子吧。公子今天怒氣衝衝地回來了，誰都沒見，就在書房裡。」萍蘭憂心忡忡地說道：「剛剛我要進去送茶，都被罵了出來。」

向予安挑了挑眉頭，「我也不行啊，我進去也是被罵回來的。」

「公子待妳一向與眾不同，說不定妳可以呢？」萍蘭說道：「這都快晚上了，公子總得用飯啊。」

向予安一陣無語，蕭靖泱不過是少吃一頓飯，就要讓她去送死嗎？

向予安被眾人期許的目光望著，只好端著茶杯來到了書房門外。

向予安敲了敲門，裡面沒有動靜，她想了想，推開門走了進去。

蕭靖泱正背靠著門，站在窗前，背影寂寥，渾身都散發著孤寂之感，彷彿這世間只剩他一人。

向予安不明白為什麼會有這種感覺，他明明是個心狠手辣的人。

大概孤單是不分好人壞人的吧。

向予安也沒有說話，把茶杯放到了桌子上，一個人靜靜地站在他的身後。

過了良久，蕭靖泱率先回過頭來。

他看向向予安，淡淡地說道：「我就知道是妳，除了妳，也沒有別人這樣大膽了。」

向予安低聲說道：「奴婢不是大膽，只是想著，也許公子並不是真的想要一個人待著吧。」

蕭靖泱的表情倏地一變，望著她的眼光都變得不一樣起來。

蕭靖決上前了一步，將她抱在了懷裡。

向予安：「……」

不是，這怎麼恩將仇報呢？

向予安想要推開他，蕭靖決卻加大了力氣。

他在她耳邊低聲說道：「別動，讓我抱一下，就一下。」

他的聲音裡甚至帶著一絲懇求，向予安推拒的動作就僵住了。

他緊緊地抱著她，像是一個無助的孩子。向予安很難描述自己的感覺，她閉上眼，想到霍家被殺的滿門，再睜眼，只剩下一片冰冷。

蕭靖決自從懂事以來就知道，他沒有任何人可以依靠。母親自艾自憐，姐姐性情柔弱，他只有靠自己才能保護她們。

他習慣了自己一個人面對一切困難，他不能恐懼，不能退縮。他漸漸習慣了自己一個人的感覺，以至於都忘了，他是被迫孤單。

這是第一次，有人看穿他的脆弱，看穿他也許並不是想自己一個人。

蕭靖決突然覺得，向予安對他來說，不僅僅只是一個特別的丫鬟那麼簡單。

可具體是什麼，他並不打算去深究。

過了良久，蕭靖決這才推開了向予安。

第四十二章　壞得理直氣壯

當向予安再一次看到蕭靖決面孔的時候，她知道，冷靜強大的蕭靖決又回來了。剛才那個脆弱的蕭靖決，似乎只是她的錯覺。

「公子可要用飯？」向予安溫聲問道。

蕭靖決嘴角勾起了一抹冷嘲的笑意：「用飯，當然要吃飽了飯才能上路。」

向予安一驚：「上路？公子這是何意？」

蕭靖決瞥了向予安一眼說道：「皇上今天下旨，讓我和孟青晏一起去江南賑災。」

向予安挑了挑眉頭，孟青晏？從這個姓就知道跟孟治道有關。皇上讓這兩位一起去賑災，這是想要掀了江南啊？

皇上就算再蠢，能蠢到這個地步？

蕭靖決冷笑著說道：「不是皇上的主意。」

向予安一驚，愕然地看向了他：「難道是老爺？」

蕭靖決瞥了她一眼沒有說話，這就是默認了。

向予安一陣無語，蕭元堂這麼做的原因也很簡單。那就是擔心孟青晏在江南查到對他不利的證據，所以讓蕭靖決跟過去給他收拾爛攤子。

向予安也是一陣無語，像蕭元堂這麼坑兒子的也是少見。

不過蕭靖決說了，皇上已經下旨，看來這一趟是必去不可的了。

向予安心裡有些高興，蕭靖決不在府裡，那可太好了。

蕭靖決看著她臉上難掩的喜色，原本緩和的心情又變得糟糕起來。

「妳跟我一起去。」蕭靖決語出驚人地說道。

向予安：「？？」

「公子，你去辦案，帶著丫鬟，這不太好吧？」向予安一臉抗拒地說道。

「沒事，妳可以扮作男裝。」蕭靖決理所當然地說道：「正好行事也方便些。」

向予安：「……」

呵呵，你聰明，你說的算。

當人丫鬟真是沒有自主權。

吃過晚飯，來了個不速之客。

蕭靖安來了。

說實話，向予安進府了也快半年了，卻還是第一次見到蕭靖安。

蕭靖安比蕭靖決大兩歲，按說以他的年紀早該娶妻生子了，可是這些年來親事卻毫無動靜。

蕭靖安身材很削瘦，長得很高，比蕭靖決還要高半頭。他昂首挺胸走進來，氣勢擺得倒是十足，卻少了理所應當的底氣，看起來色厲內荏。

他相貌倒也是俊秀，只是狹長的眼閃著精光和算計，破壞了相貌的美感。

向予安頓時就想明白了一個道理，不是誰都能像蕭靖決那般，壞得理直氣壯。

蕭靖安一進來，就挑著眉頭問道：「聽說二弟這裡有個丫鬟，十分得二弟歡心，我倒是想要見見。不知是什麼樣的姑娘，能得了二弟的歡心。」

他語氣輕挑，讓向予安皺了皺眉頭。

蕭靖決淡淡地說道：「我倒是不知道你哪來的膽子，敢來天一閣了。」

蕭靖安的臉色頓時一變，他瞇著眼說道：「看二弟這話說的，你我兄弟，我身為大哥，聽說你要出遠門，來關心一下也是正常。」頓了頓，他冷笑著說道：「此去路途遙遠，二弟可一定要好好保重身子，免得出了什麼意外。」

蕭靖決卻突然抬起了眸，對上他的眼神，意味深長地說道：「這我倒是要多謝你的提醒了，不過你也該注意些才是。這上京腳下的意外也是不少，說不定出個門就送了命，可是連哭都沒地兒哭的。」

蕭靖安的臉色倏地一變，卻是笑著說道：「看二弟，就是這樣，開不得玩笑。我聽說這次去江南是父親一力主張的？父親就是對二弟寄予厚望，不像是我，被爹拘在身邊承歡膝下。」

向予安像看關愛傻子的目光看著蕭靖安，在她看來，蕭靖安現在這行為跟找死沒什麼區別。

「既然大哥這麼不願意在家裡，不如跟我一起去吧。」蕭靖決語出驚人地說道。

蕭靖安頓時就變了臉色。

向予安眼神透出幾分悲哀地望著他，蕭靖安從小在蕭老夫人和姨娘跟前長大，長於婦人之手，眼光見識自然有限。

蕭靖決一句話就可以決定蕭靖安的小命，他居然還敢跑來用蕭元堂的父子之情刺激蕭靖決。簡直就是不知死活。

正說著話，蕭元堂急匆匆地趕了過來。

蕭靖安看到蕭元堂時，氣焰頓時消失無蹤，喃喃地喚了一聲：「爹。」

蕭元堂瞪了他一眼：「我不是跟你說過，讓你不要來打擾你二弟！你一天能有什麼正事！還不快給我滾回去。」

蕭靖安的眼神裡閃過了一抹怨毒之色，卻不敢頂嘴，轉過頭灰溜溜地想要離開。

「父親何必這麼著急地讓大哥離開，我覺得大哥說的也是挺有道理的。」蕭靖決慢條斯理地說道：「大哥也是心有抱負，父親也該讓大哥出去歷練歷練。不如這次讓他跟我一起去江南，我們兄弟齊心，其利斷金。」

向予安看了蕭靖決一眼，此人睜著眼睛說瞎話的本事簡直爐火純青，難怪能把皇上哄得這麼高興。

蕭元堂頓時急了，「靖決，若是往日這也確實是個好機會。可是最近你祖母正打算為他議親，實在是走不開啊。」

蕭靖決挑了挑眉頭，問道：「哦？不知道老太太看上的是哪家的閨秀。」

蕭元堂的表情一僵，蕭靖安不由得說道：「是榮王府的芳菲郡主！」

蕭元堂忍不住瞪了他一眼，打著哈哈說道：「只不過是個提議，還沒有跟榮王府那邊提。不過這門親事確實該慎重些，這次你大哥就不跟你一起去了，反正他也幫不上什麼忙。」

「這倒是。」蕭靖決煞有其事地點了點頭：「這確實是門好事，那我就提前預祝大哥，心想事成。」

最後那句心想事成，蕭靖決說的意味深長，讓蕭元堂和蕭靖安都變了臉色。

向予安憐愛地看著蕭靖安，看來他的郡馬爺是做不成了。

蕭元堂擔心再待下去自己心愛兒子的小命都要沒了，連忙揪著他離開。

第四十三章　你若無情我便休

蕭靖決冷笑了一聲說道：「就這樣的蠢貨，還用得著我出手？他自己就能把自己作死了！」

向予安心裡十分認同，只是……

「可是公子偶爾還是會覺得不甘吧？明明自己才是更優秀的兒子。」向予安輕聲地說道：「就算公子對老爺的父子情薄，就算公子現在已經不需要老爺的維護。但這心裡，終究是過不去。」

否則他也不會那麼落寞地站在窗前，她不知道這樣的情況發生過多少次。可是現在看似強大到無所不能的蕭靖決，曾經也只是個少年。

蕭靖決銳利的眼神看向了向予安，她以為他會發怒，他卻輕輕地笑了。

他走到了她的面前，伸出手覆住她的脖頸。

「妳很聰明，也能看穿我的心思。可是男人不喜歡蠢女人，更不喜歡太聰明的女人。」蕭靖決的聲音很溫柔，可語氣卻十分冷漠：「讓我告訴妳，我不會覺得不甘心。他對於我來說，是我無法選擇的親人。但這並不能成為他傷害我的武器，我現在容忍他，不過是遵循著世間看重的道德倫理罷了。」

「他對我來說毫無意義，就算是父親也不會疼愛每一個孩子。我很早就明白這個道理，更不會卑微渴求別人對我的疼愛。」蕭靖決面無表情地說道：「我早就可以靠自己得到想要的一切，他的偏心已經影響不了我了。他是父親又怎麼樣？不還是要在我面前低頭？這才是我真正在意的。」

向予安深深地看了他一眼，她知道蕭靖決說的是對的。這個人是個冷情到極致的人。

你若無情我便休，他真的是將這句話詮釋得淋漓盡致。即使那個人是他的父親一樣，那麼他對她的興趣，也會隨著時間流逝而漸漸消失。

總有一天，當他終於失去耐心的時候，她於他也不過只是個普通的丫鬟罷了。

向予安垂下了目光，聲音冷靜地說道：「是，公子，奴婢記住了。」

蕭靖泱突然皺了皺眉頭，淡淡地說道：「妳去準備一下，過幾日隨我一起啟程。」

向予安應了一句是，轉身走了出去。

看這個情況，他對她失去興趣的時間還有點遠。

向予安要跟蕭靖泱去江南賑災的消息很快就傳遍了院子裡，又引起一陣軒然大波。

蕭靖泱從來沒有帶過任何一個丫鬟外出辦差，就連以前的歲蓮都沒有。

萍蘭更是變了臉色，都沒去向予安面前刷存在感，向予安也樂得清閒。

蕭靖泱又去看望了蕭雪致，將府裡安排妥當之後，便立刻準備啟程，向予安想要跟葉淮道別的時間都沒有。

蕭靖泱明面上只帶了樂山和向予安兩個人，樂山駕車，向予安扮做小廝在車裡服侍蕭靖泱。可謂是輕裝上陣，至於暗處裡保護蕭靖泱的人有多少，連向予安也不知道。

蕭靖泱要跟孟治道的兒子孟青晏一起出發，兩人約好了在城外相見。

向予安以為蕭靖泱已經夠輕車簡裝了，可是沒想到孟青晏比他們的人還少。身邊就只有一個皮膚黝黑的中年男子駕車，連個小廝書童都沒帶。

孟青晏看到蕭靖泱的馬車行駛過來，便掀開了車簾。他和蕭靖泱的年齡相仿，身著一身白色書生服，相貌俊秀，有些文弱。

孟青晏很是讚許地看了蕭靖決一眼，「看來蕭兄也是一心為了賑災之事，如此我便放心了。」頓了頓，他憂心忡忡地說道：「人少點我們趕路的速度也快一些，需知我們慢一日，災民們就多受一日苦楚啊。」

也不知道孟青晏是不是真的憂國憂民，一番話說得倒是情真意切。

蕭靖決嘴角抽了抽，似笑非笑地說道：「孟兄所言極是，那就早日啟程吧。」

孟青晏點了點頭，猶豫著說道：「路途漫漫，我也可以跟蕭兄一起聊聊賑災的想法？」

這是想要上他們的馬車？

蕭靖決毫不猶豫地拒絕了：「還是不必了，我喜歡清靜。」說完，立刻讓人放下了車簾。

向予安還能聽到孟青晏發出的一聲嘆息，她不由得目瞪口呆。她萬萬沒想到，孟治道的兒子居然是這個樣子的？

蕭靖決看出了她的震驚，面無表情地說道：「孟治道這個人我不做評價，可是對自己的兒子還是很好的。像這種事，他是絕對捨不得讓自己兒子去冒險的。」

向予安好奇地看著他，「那為何孟大人要去賑災？」

「是孟青晏自己強烈要求的。」蕭靖決繼續面無表情地說道，「他就是個蠢貨，憂國憂民，以為可以憑藉一己之力拯救災民於水火。」

蕭靖決說著，臉上露出了嘲弄的笑容：「早朝的時候，他站出來正義凜然地說要去江南親自賑災，孟治道那臉都黑了。孟青晏哪裡知道，江南的貪墨案，有多少人走了他爹的路子？還一門心思要還百姓一個朗朗乾坤呢！」

向予安：「……看來孟大人當真是一心為了百姓。」

蕭靖決瞥了她一眼，「是啊，若非他是個一根筋的蠢貨，蕭首輔也不會迫不及待地讓我趕過來了。」

向予安明白了，這個孟青晏是個好官，而且狠起來連自己的親爹都不管的那種。這樣的楞頭青，最容易誤傷，蕭元堂自然坐不住了。

向予安憂心忡忡，孟青晏從行事看起來就不太聰明的樣子，他能是蕭靖決的對手？

第四十四章　親吻

蕭靖決對孟青晏敬而遠之，可是馬車裡只有他和向予安兩個人。

蕭靖決看著向予安的男裝打扮，她自然是沒有男裝的，這身男裝還是用他的舊衣改小的。

如今她穿著也是十分合身，紅唇齒白的，像是個偏偏貴公子。

蕭靖決的心情好了一點，「妳穿我的衣裳倒是好看，這身打扮也不錯。」

向予安嘆了一口氣：「可惜，就是不太像小廝，這料子太名貴了。」

蕭靖決笑了，伸出手攔住了她的肩膀，低聲說道：「妳是我的人，再名貴的料子也是配得起的。」

他的聲音灑在她的耳邊，她敏感地往後縮了縮。

「公子，你不要這樣。」她皺著眉頭不滿地望著他的樣子，讓蕭靖決的眸色沉了沉。

就連她眉宇間透露出的不耐之色，也讓他覺得十分有趣好玩。

蕭靖決低聲問道：「不想做我的人？」

向予安往一邊躲了躲，卻被他困在了他的雙臂之間。

「公子，這裡是馬車裡。」向予安壓低聲音提醒道：「孟大人的馬車就在前面，公子就不擔心被他聽到嗎？」

蕭靖決聲音低啞：「妳若是喜歡在馬車裡，我也是可以遷就妳的。」說著他低下頭，湊近了她的唇：

「拿孟青晏來壓我？嗯？妳覺得我會怕他嗎？」

「公子！」向予安瞪著他，又惱又羞又氣：「你快放開我。」

他的喉結微動，呼吸微亂，竟是真的動了情。

「我若不放，坐實了妳是我的人，又如何？」蕭靖決用手指細細地描著她的唇。

向予安面無表情地說道：「只怕孟大人聽到聲音，就誤會你是斷袖了。」

蕭靖決愣了一下，撲哧一聲笑了出來。他緊緊地抱住向予安，將頭埋在了她的脖頸處，抑制不住的笑聲溢了出來。

向予安皺起了眉頭：「公子，你快放開我，公子不要名聲，我還是要的。」

他終於抬起了頭，懶洋洋地說道：「讓我放開妳也行，那妳怎麼感激我？」

向予安難以置信地瞪著他，就從未見過如此厚顏無恥的人！他不占她的便宜，反倒要她感激他？這是什麼道理?!

「妳若沒點表示，我是不能就這麼放開妳的。」蕭靖決懶洋洋地說道：「左右我也不在乎什麼名聲不名聲，想一想，在馬車裡也別是一番情趣。」

向予安再一次後悔，能報仇的方法很多，為什麼她不選擇一刀砍死他呢？

向予安在心裡暗暗檢討自己，只能認命問道：「公子打算讓我怎麼謝你？」

「妳親我一下。」蕭靖決毫不猶豫地說道，頓了頓，他的語氣裡帶上了循循善誘的意味：「只要妳親我一下，我就放開妳。」

向予安的眉頭擰得死緊，他箍住她腰身的手越來越炙熱，甚至開始漸漸往上滑去。這讓她忍不住輕顫，而他感受到她的反應，眼底的情緒又深邃了幾分。

向予安咬著唇，就當是親了狗一口。江湖兒女，成大事者不拘小節，反正有沒人知道。

向予安在心裡一遍一遍地說服自己，為了擺脫眼前的困境，她終於認命地閉上眼，去親他的臉頰。

可是蕭靖泱察覺到她的動作，微微側過頭，她的唇便落在了他的唇上。

向予安頓時睜開了眼睛，滿目愕然。

而蕭靖泱並沒有放過這個機會，他箍住她的頭，加深了這個吻。

他的吻來得氣勢洶洶，頃刻間便開始攻城掠地，糾纏著她的唇舌。

不知過了多久，馬車突然一陣顛簸，向予安頓時回過神來。她狠狠地推了蕭靖泱一把，正情濃的蕭靖泱沒有防備，真的被她推開了。

蕭靖泱的眉頭一沉，怒聲喝道：「樂山，你到底會不會駕車?!不會駕車就給我回上京去！」

向予安拚命地擦著嘴唇，氣得眼都紅了。

第四十五章　他是妳什麼人

反觀蕭靖決心情極好，看著她的樣子，卻又皺起了眉頭：「剛才是我一時情動，這才冒犯了妳，可是妳也不用如此吧？」

向予安抬起頭瞪著他，「公子，你怎麼可以這樣說？你是有過通房的人，我……」

蕭靖決一聽這話，勾起了唇角：「妳怎麼樣？妳沒跟別的男子這樣過是不是？」

向予安覺得她跟蕭靖決無法溝通，她轉過頭去不再理他。

向予安的反應已經說明了一切，這讓蕭靖決的心情更好。

他坐到她的旁邊，甚至還親自為她倒了一杯茶，溫聲軟語地說道：「好了，都是我不好了，我跟妳賠罪。妳喝了茶，就不要生氣了好不好？」

若是這一幕讓天一閣的丫鬟看到，只怕是都要驚掉下巴。

向予安咬著唇，她不能放過這個機會：「那公子以後不可以這樣了。」

蕭靖決眉頭輕蹙，這個要求對他來說有點難，而且他並不是很想答應。可是看著小丫鬟一臉惱怒，若他不答應就要跳車的樣子，他還是決定先安撫住她再說。

至於日後會反悔，那又有什麼大不了的呢？

「好，我以後不在馬車裡這樣了。」蕭靖決溫聲地說道。

向予安瞪了他一眼，一把奪過他手裡的茶杯，喝了下去。

蕭靖決縱容地笑了笑，「妳啊，不過就是仗著我縱容妳。妳看哪家的丫鬟有妳這麼囂張的。」

向予安悶聲地說道：「反正做人丫鬟了，就活該身不由己。」

蕭靖決知道她的彆扭，剛剛滿足的男人總是最好說話。

「我都道過歉了，妳就不要生氣了，嗯？」蕭靖決低聲說道：「我若是真的想要冒犯妳，就不止這樣了。」

向予安看著他認真地警告道：「若是再有下次，奴婢可是會不客氣的！」

她一本正經地警告他，他不覺得危險，反而覺得好笑。

他連連點頭：「好，我知道了。」說著，忍不住笑了。

向予安看著他的笑臉，打定了主意，若是下次他再敢這樣，她一定要他好看！

天快黑的時候，一行人停留在一個小鎮上的客棧裡休息。

蕭靖決心情很好地下了車，看到孟青晏還給了他一個好臉色，孟青晏受寵若驚。

吃飯的時候，孟青晏還殷切地對著蕭靖決說道：「蕭兄驚才絕豔，能力卓絕，乃我這一輩之楷模。這一次我盼著與蕭兄一起合力，整治江南官場！」

蕭靖決的嘴角抽了抽，似笑非笑地說道：「好說，好說。」

向予安難得看到蕭靖決吃癟的樣子，不由得彎了彎唇角。

蕭靖決不想跟孟青晏多言，叫來了夥計點菜。

孟青晏又一本正經地說道：「蕭兄，如今百姓還正處於水深火熱之中，不知多少百姓要流離失所，食不果腹。我們這一路上吃得簡單一些好嗎？」

蕭靖決：「……」

這次向予安真的沒忍住，撲哧一聲笑了出來。

她家公子，衣食用度，無不精緻。蕭靖決可謂是比女子還要富養出來的身子，蕭府裡給他做飯的廚子就有十來個。

現在讓他吃得簡單一點，蕭公子的日子可難過了。

蕭靖決笑著點了點頭，「孟兄所言甚是，是應該簡單一些。」頓了頓，他轉過頭淡定地吩咐夥計：「就先做八個菜送上來吧，四個熱菜四個涼菜，葷素要均與，再燙一壺好酒來，年份不可低於二十年。」

蕭靖決說完便看了孟青晏，一副「我都依著你的樣子」，說：「這樣總行了吧？」

孟青晏目瞪口呆：「這……」

樂山急忙上前倒了一杯茶，「孟大人請喝茶。」

孟青晏看了看樂山，又看了看蕭靖決，輕嘆了一口氣，終究是沒說什麼。只是等飯菜送上來的時候，他對著一桌子的飯菜，長吁短嘆，終究是沒吃兩口便放下了筷子。

「我吃不下，蕭兄，我先回房休息了，蕭兄慢用。」孟青晏的神色有些冷淡了，大概是終於認清楚了蕭靖決的為人。

蕭靖決毫不在意地點了點頭：「孟兄請便。」

孟青晏一走，蕭靖決便叫了向予安過來：「過來一起吃吧。」

向予安坐了下來，看著滿桌子的飯菜，想到剛才孟青晏的臉色。

「公子不要這麼欺負孟大人。」向予安忍不住說道。

蕭靖決的臉色卻是倏地一變，他把飯碗往桌子上一放，發出了一聲輕響。

向予安頓時就明白，自己說錯了話。

蕭靖決盯著向予安問道：「他是什麼人？值得讓妳這樣為他說話？」

向予安張了張嘴，愕然地發現，蕭靖決這是……吃醋了？

說實話，她有點蒙。

向予安想了想，老實地說道：「沒有關係。」

蕭靖決眼神閃了閃，臉色卻好了很多，他輕輕地嗯了一聲，又冷冷地說道：「知道沒有關係就好，以後妳少管別的男人的事，我不高興聽。」

蕭靖決霸道起來的時候是不允許人拒絕的，向予安平時還敢忤逆違背他，可他面無表情生氣的時候，她是不敢的。

向予安低聲應了一句：「是，公子。」

蕭靖決的脾氣來得快，去得也快，頓時又笑容滿面了，還給向予安夾了一塊肉：「多吃一點，看妳瘦的。」

向予安看著那塊肉，漫不經心地吃著飯。

蕭靖決抬起頭看了樂山一眼，樂山頓時會意。

然後等向予安去找客棧老闆開房間的時候，得到了只剩下兩間房的消息。

第四十六章　斷袖的誤會

向予安愣了愣，「那公子和樂山一間房……」

蕭靖決挑了挑眉頭：「妳好大的架子，讓妳家公子和一個臭男人一間房？自己倒是獨占了一間。」

向予安想了想，剛要開口，蕭靖決皺著眉頭說道：「妳敢說妳跟他一間房試試！」

向予安不敢開口了，有些委屈地說道：「那怎麼辦？要不然我去住別的客棧？」

剛剛信誓旦旦不跟人一間房的蕭靖決輕飄飄地說道：「妳跟我一間房。」

向予安：「……」

向予安一臉警惕地看著蕭靖決，蕭靖決無奈地說道：「妳放心好了，我不會把妳怎麼樣的。」

向予安：「呵呵。」

蕭靖決見她一臉懷疑的表情，想了想，試探地問道：「還是說，妳其實很希望我怎麼樣？」

向予安板著臉說道：「公子若是再亂來，我可是會不客氣的！」

蕭靖決顯然還沒有意識到她能怎麼不客氣，畢竟試探的結果她都是不會武功的。

蕭靖決笑眯眯地微微頷首：「好，我知道了。」其實他還挺好奇她會怎麼不客氣的。

向予安輕輕地嘆了一口氣。

樂山忍不住說道：「予安姑娘，我們公子可從未對一個姑娘如此包容過，這可是妳的福氣啊，妳應該高興才是。」

向予安羨慕地看了他一眼：「哪有你的福氣大呢？一個人獨占一間房，啊，我也好想自己一個房間啊。」

樂山：「……」

進了房間，蕭靖決便對著向予安張開手，一本正經地吩咐道：「過來幫我更衣。」

向予安一臉警惕地走了過去，她為他解開外袍，倒像是擁抱一樣。

恰好在此時，敲門聲響起，蕭靖決漫不經心地說了一句：「進來。」

孟青晏一進門，就看到蕭靖決低著頭望著一個相貌俊雅的小廝。而那相貌不俗的小廝衣著華麗，而且跟蕭靖決舉止親密。

孟青晏的眼神頓時變了變，意味深長地看著蕭靖決。

聽說蕭靖決向來不怎麼近女色，身邊只有一個通房丫鬟，而且前段時間還給攆了出府。難道是因為蕭靖決他不近女色？

再如何儒雅端方的君子，也難以拒絕八卦的好奇心。

蕭靖決神色坦然，挑眉問道：「孟兄可是有事？」

孟青晏回過神來：「蕭兄，我覺得我們應該儘快啟程，早日到災區，不能再這麼耽擱下去了。」

早日到達災區也是蕭靖決的想法，他點了點頭：「好，明日開始，我們加快速度，盡量減少休息，早日到達災區。」

孟青晏眼神有些嘆息，蕭靖決作為新一代最驚才絕豔的才子，竟有可能是個斷袖？唉。

因為第二日要啟程，所以蕭靖決晚上就準備早點休息。他還算言而有信，並沒有再撩撥向予安。第二天一早，一行人吃過早飯便上了路。

馬車盡最快的速度行駛，向予安掀開車簾，問道：「這一路還算順利，按照我們的速度，十天就能到今州了吧？」

蕭靖決正閉目養神，聽到這話，不由得睜開眼，似笑非笑地說道：「順利？予安，妳可知僅昨天晚上就有三個刺客試圖接近客棧？都讓樂山的人給擋了回去。我們這還是剛出發第一天，以後的路只怕是會更驚險。」

向予安一驚，她不知道這件事，她甚至都沒有發現異樣。看來是這夥刺客在進城的時候，就被蕭靖決的人給攔了。

向予安皺起了眉頭，不解地問道：「這會是誰的人？如今朝上最棘手的就是江南的案子，有公子和孟大人出手解決，還有誰敢來蹚渾水？」

「誰看來江南的水比我想的還要深。」蕭靖決眼神裡閃過了一抹深思：「也有可能是父親沒有說實話，江南的貪墨案只怕是牽連到了更大的人物。」

向予安倏地看向了蕭靖決，比蕭元堂還要位高權重的人物？那就只能是皇室的幾位皇子和王爺了。

蕭元堂沒有跟蕭靖決說實話，又豈不是在利用他？向予安看著蕭靖決淡然的面孔，竟絲毫不覺得意外，心裡竟覺得有些難過。

蕭靖決看到她的眼神，彎了彎唇角：「怎麼？心疼我了？」說著，他握住了她的手：「心疼我了，就對我好一點。」

向予安頓時抽回了自己的手。

接下來的路上果然不太平，刺客一撥接著一撥。孟治道也暗中派人保護了孟青晏，孟青晏看到自家護衛出來的時候瞪圓了眼睛，讓向予安莫名地心疼他。

這一日，他們行駛到郊外時，又碰到刺客了。蕭靖決和孟青晏都下了馬車，被護衛護在中間，看著侍衛跟刺客打鬥。

看著刺客漸漸後退，眾人這才鬆了一口氣。

樂山說道：「公子、孟大人，我們還是先留在這裡休息一下。前面是個山谷，最容易埋伏敵人。等我帶著人去探了路，若是沒有危險，明日再啟程吧。」

孟青晏臉色有些發白，他連連點頭：「那便如此吧。」

蕭靖決便決定在野外休息，孟青晏看著蕭靖決淡定的神色，也鎮定了起來。

「蕭兄如此鎮定自若，當真不負神童之名。這次多虧了有蕭兄，若是只有我自己，只怕是要驚慌失措了。」孟青晏嘆息著說道。

向予安看了他一眼，眼神無比憐愛。是啊，如果你不跟他一起出來，說不定還碰不上這些刺客呢。

第四十七章　像個好人

蕭靖決注意到了向予安的眼神，皺了皺眉頭，然後擋在了她的前面。

「孟兄客氣了，都是為了朝廷辦事的。」蕭靖決冷淡地說道，然後還警告地瞪了向予安一眼。

孟青晏又道：「這到底是什麼人？為什麼要來殺我們？」

「自然是不想讓我們查清楚江南貪墨案的人。」蕭靖決冷淡地說道。

孟青晏臉上露出了氣惱之色：「這些人真是膽大妄為，連朝廷派的人都敢來殺人滅口，還不知道會怎樣對待那些百姓！蕭兄，我們一定要儘早到達今州，查清楚幕後主使，還百姓一個公道！」

蕭靖決點了點頭，他也想知道蕭元堂到底隱瞞了什麼。他不由得瞇了瞇眼，這麼多的刺客，這麼大的陣仗，連孟青晏都不放過，這幕後之人還真是膽大妄為。

會是哪位皇子呢？蕭靖決的食指不由得輕輕地敲著膝蓋，向予安知道，這是他正在思考。

一路上眾人也算是過五關斬六將，好在總算是有驚無險地到了江南境內，然後眾人就看到了受災的災民。

有逃難出來的災民，骨瘦如柴的男人背著瘦小的孩子，結伴乞討。

還有災民試圖來搶劫馬車，樂山頓時出手，一劍刺死了一個災民。

「誰還敢過來？他就是你們的下場！」樂山持劍站在馬車前。

此時的樂山，一反往日裡的機靈頑皮，只剩下冷意的殺氣。

災民們頓時一哄而散。

孟青晏下了車，痛心地看著地上死了的災民。

「都是些苦命的災民，是朝廷沒有做好，才讓他們流離失所，你何必要傷他的性命呢？」孟青晏痛心疾首地說道。

樂山擦了擦劍上的血跡，衝著孟青晏笑了笑：「好，那下次再遇到災民，就請孟大人出來曉之以理，動之以情地感化他們好了，小人就不多事了。」

孟青晏：「……」

向予安此時冷淡地說道：「災民就已經不是百姓了，他們為了活下去，什麼都事都做得出來。如果我們給了他們吃的，只會招惹來更多的災民。」頓了頓，她看向了孟青晏：「大人，光是救一部分的災民是不夠的。」

孟青晏重重點頭：「你說的不錯，我本來……咳咳，不愧是蕭兄身邊的人，真是見識不俗。」

「當務之急還是要弄清楚這次的貪墨案！」孟青晏氣勢洶洶地說道。

蕭靖決點了點頭：「那我們今天就進城吧。」

一行人上了馬車，越近江南，災民就越多。這可是魚米之鄉的江南啊，向來是富庶之地。

他們並沒有在江南府過多停留，而是直接就去了今州。到了今州城外，就看到一個儒雅中年男子帶人等在城外。

「下官杜光，特此迎接蕭公子、孟大人。」原來，此人就是杜光。

杜光四十多歲，長相倒是堂堂正正，一襲青衫，可是布料卻洗得很舊了。

蕭靖決微微頷首：「有勞了，先進城吧。」

杜光也沒有去巴結，不卑不亢地帶著一行人進了城，禮數周到。

這就是蕭元堂的門生，向予安不禁若有所思。

杜光直接帶著他們去了今州知府的府邸，府裡的裝飾堪稱寒酸，這還是堂堂知府府邸。要知道江南富庶，就算沒有災情，也不該如此簡陋。

眾人到了正堂，杜光大大方方地行了一禮。

「寒府簡陋，委屈二位公子了。」杜光說道。

蕭靖決開口問道：「這災情到底是怎麼回事？」

杜光一臉憤慨地說道：「不敢欺瞞公子，這修河堤的銀子早就撥了下去。是李正傑非要貪功，霸占著修河堤的差事，不讓人插手。下官本以為他是真心為百姓著想，沒想到這河堤剛修好就決了堤！這分明是他建工不利！可是災情一出，他卻惡人先告狀。還好，其他同僚看得分明，這才願意與下官一同上奏。」頓了頓，他眼眶裡帶著淚光：「下官自到了今州以來，不敢說愛民如子，也是矜矜業業。如今在下官轄區內出了這樣的事，李正傑是我的下屬，我卻沒能管束好他，讓他做出這樣的事來，下官愧對皇上、愧對首輔大人！」

一番話說得真摯懇切，倒像是真的一樣。

就連孟青晏都動容了幾分，蕭靖決淡淡地說道：「原來是這樣，還真是難為杜大人了。」

「下官不敢當，只希望對得起皇上囑託。」杜光說著，臉上露出了幾分委屈。

第四十八章　難民

蕭靖決看向了孟青晏：「孟大人覺得如何？」

孟青晏想了想，問道：「我只想知道眼下災民是如何安置的，現在災民在哪裡？我想見見他們。」

杜光擦了擦淚水，然後說道：「孟大人果然愛民如子。這些受災的災民，下官都已經妥善安頓好了。下官準備了難民所，將他們暫時安置在那裡。等洪水褪去，再幫助百姓重新修繕家園。」

「可是李正傑的摺子裡寫，官府已經沒有了銀子。要安置這麼多的災民，官府的銀子夠嗎？」孟青晏又問道。

杜光臉上露出了憤慨之色，「回大人的話，其實災民根本沒有那麼多。是李正傑為了洗脫罪名，也是為了陷害下官，所以誇大其詞。在發生水災的第一時間，下官就讓人去安排治下的百姓們避災了。」頓了頓，他信誓旦旦地說道：「若是孟大人想見災民，下官這就可以帶孟大人去看！」

孟青晏的臉色這才好看了許多，他點了點頭：「那就有勞杜大人了，現在就派人隨我去看看吧。」頓了頓，他看向了蕭靖決：「蕭兄，你意下如何？」

蕭靖決不甚在意地點了點頭：「那就去看看吧。」

杜光苦笑了一下，這便帶著他們出了城。

難民營被安置在城外的山後，按照杜光的說法是那裡地勢高，水漫不上來。

向予安掀起車簾，她注意到街道也很乾淨，並沒有災民，反而有人在收拾災後被沖走的傢俱。

看起來倒是井然有序，一片生機盎然。

杜光跟著說道：「下官擔心這些災民會鬧事，便讓縣衙過去維持秩序。等村子裡的水下去之後，下官還打算讓他們以工代勞，重新修繕家園。百姓們的訴求其實很簡單，只要能吃飽飯就行了。」

孟青晏聽著他的諸多安排，輕輕頷首，臉色都好看了許多。

「杜大人的安排十分周到，有心了。」孟青晏難得讚許了一句，看來是對杜光十分認可。

杜光心裡鬆了一口氣，他悄悄地看了蕭靖決一眼，卻沒在他臉上看出絲毫的情緒。不知道他是滿意或者是不滿，看不出情緒的人，最不簡單。

一行人到了後山，果真見到了難民營。難民營修得還挺結實，百姓們都在裡面，看樣子被安頓得很好。

有難民看到杜光來了，立刻喊了一聲：「杜大人來了！」很快，就有災民衝了出來，圍在杜光面前跪了下來，大喊杜大人青天在世，為百姓謀福。

杜光連忙伸手去扶：「大家快起來，我是今州的知府，這都是我應該做的。你們萬萬莫要如此，豈不是要折煞我嗎？」

「杜大人是好官，給我們飯吃還給我們地方住，我們心裡感激大人，大人就讓我們跪吧！」有個災民大聲說道。

「若不是大人，我家妞妞就要病死了。我們是真心愛戴大人，實在不知該如何回報大人，就讓我給大人磕個頭也是好的。」有個民婦含著眼淚說道。

杜光連聲推辭：「萬萬不可，這萬萬不可啊。」

孟青晏看著這一幕似乎是被感動了，輕嘆了一聲：「杜大人委實難得。」

蕭靖決看了他一眼，不置可否。

杜光還帶他們去了施粥的地方，「一日兩次，米是少了點，可都是好米，不是沉米。」

這個時候能有一碗粥喝已經是不容易了。

今州是受災最嚴重的地方，可是看到這個情況，災情受到很好的控制。

孟青晏不解地問道：「可是我一路上怎麼看到許多流離失所的災民呢？」

杜光神色一僵，然後說道：「孟大人，下官能力有限，只能照顧到今州的百姓。至於其他地方的百姓，下官實在是有心無力啊。」

孟青晏一噎，也理解地點了點頭。

孟青晏親眼看過了難民營，終於是放了心，跟著他一起回了縣衙。

蕭靖決跟向予安回到了房間裡，沒有外人，向予安也自在了許多。

「公子可是要打水沐浴？」向予安問道。

蕭靖決靠在小榻上，懶洋洋地說道：「先不用，一會還有人要來呢。」

向予安想了想，「可是杜大人要來？公子不信他？」

蕭靖決看著向予安笑了笑，「過來。」

向予安警惕地看著他，蕭靖決挑了挑眉頭說道：「妳不要誘惑公子，公子現在沒有心思與妳玩鬧。」

向予安：「……」

臉皮怎麼就能這麼厚？

向予安走了過去，蕭靖決問道：「妳可知整個江南有多少人？光是今州就有十多個縣城受災，那又得是多少百姓？從水災到現在已經快兩個月有餘，要安置這些災民妳可知需多少財力物力？就後山那一小塊地方，就能安置下今州十縣百姓？這麼長時間的米糧供應，以今州的財政能力，不算這些官員貪走的，就算全都拿出來賑災只怕是都不夠！」

向予安若有所思，蕭靖決看問題果然一針見血。看來他來之前已經做好準備，對今州已經很了解了。杜光演這麼一齣戲，不過是為了糊弄沒有經驗的孟青晏罷了。

向予安說道：「那為何公子不拆穿那個杜大人？」

蕭靖決懶洋洋地說道：「這人雖貪，倒是可用之才。能聯合這麼多的官員與他一起上奏摺，可見是個有本事的。再說，人家辛辛苦苦準備的戲，就這麼拆穿豈不是枉費了他的一片苦心？」

向予安一陣無語，合著你還挺大度唄？

向予安的心又提了起來，杜光沒有管這些災民，那麼這些災民又是怎樣的慘狀呢？

正說著話，敲門聲響起，杜光果然來了。

第四十九章　蕭公子的惡趣味

杜光一進來，神色比剛才恭敬了許多。

「下官參見公子。」杜光說道：「公子，這次下官給首輔大人惹了麻煩，還請公子代為解釋一二。」

杜光說著，默默地從懷裡掏出了一個盒子，放在一邊的案上。

蕭靖決掃了一眼，並沒有拒絕他的動作。

「今天的事都是你安排的？李正傑可知道？」蕭靖決直截了當地問道。

這次輪到杜光神色有些不自然了，他沒想到蕭靖決竟然能看穿他在演戲。

「不愧是公子，果然慧眼如炬，下官的這些小把戲，怎麼都瞞不過公子。」杜光恭維地說道：「大人放心，下官已經安排好了。依下官之見，孟大人已經信了，這也算是對皇上有所交代。等孟大人回了上京，自然就是處置李正傑的時候。下官絕對不會讓一個小小的李正傑，影響到首輔大人的。」

蕭靖決懶洋洋地看了他一眼，笑了：「你先下去吧，父親那裡我會轉達你的意思的。」

杜光被蕭靖決的這一笑弄的心裡惴惴不安，他有些看不清楚蕭靖決的意圖。他看穿了他的把戲，卻也沒有拆穿他。可是也沒有附和他的意思，蕭靖決心裡到底是怎麼想的？

杜光是蕭元堂的門生，可也確實不怎麼了解這位二公子。

不過，蕭靖決怎麼都是蕭元堂的兒子，他總不會害蕭元堂。想到這，杜光放下了心，行了一禮轉身走出去。

向予安看著杜光的背影眼神有些冷，竟勾了勾唇角。

蕭靖決看到了，不禁玩味地說道：「妳看出什麼了？」

向予安笑了笑說道：「沒什麼，只是感嘆有些人在自作聰明。把你們這些世家子弟都當成了傻子在糊弄罷了。」

蕭靖決愣了一下，眼神裡溢滿了笑意。他伸出手輕彈了向予安的額頭一下，笑著說道：「妳啊。」

蕭靖決指了指案子上的盒子：「打開看看吧。」

向予安一打開，「是一萬兩的銀票。」

這出手倒是毫不小氣，這一萬兩的銀子夠杜光幹十年的。

向予安看著銀子，不禁問蕭靖決：「那公子剛才為何不提醒一下杜大人？」怎麼說也是蕭元堂的門生呢。

蕭靖決勾起了唇角，笑容裡竟帶了幾分惡劣的意味：「總不能讓我一個人被孟青晏折磨吧？」

向予安想起這一路上，蕭靖決被孟青晏搞得無語凝咽的表情，忍不住失笑不已。

大概真的是做壞人會更輕鬆的吧？

向予安輕嘆了一口氣，然後說道：「不過我覺得，孟大人也沒那麼容易對付。」

蕭靖決皺起了眉頭：「妳什麼時候對他這麼了解了？」

話音剛落，敲門聲就響了起來。

「蕭兄，你休息了嗎？」

向予安頭皮有點發麻了，蕭靖決淩厲的眼神瞪了他一眼。她該怎麼說，這其實是個巧合？她其實一點都不了解孟青晏。

蕭靖決應了一聲：「進來。」

孟青晏走了進來，他看到蕭靖決，有些意外地發現蕭靖決看他的眼神有些不善。說實話，好人？孟青晏有點蒙，他沒得罪過蕭兄吧？為什麼要這樣看著他呢？

孟青晏告訴自己，這都是錯覺。

「蕭兄，我是來跟你商量一下賑災的事情的。」孟青晏一本正經地開口說道：「我們兩人也該分一下工才是。」

蕭靖決點了點頭，臉上的笑容都變得溫和了起來：「還是孟兄考慮得周到，確實該如此。」

孟青晏頓時就高興了，覺得蕭靖決其實是真心打算賑災的，剛才都是他的錯覺。

孟青晏興致勃勃地問道：「那蕭兄覺得該怎麼分工才好？」

蕭靖決想了想，然後說道：「不如這樣吧，由我來籌備米糧，蕭兄一心為民，就由蕭兄出面去安排災民的賑災事宜如何？」

此言一出，孟青晏都愣住了。賑災最難的就是籌備米糧了，這屬於吃力不討好的事，蕭靖決卻攬在自己的身上。

而他去賑災，會贏得百姓的愛戴，更於官聲有利。蕭靖決這麼安排，簡直是捨己為他啊！

孟青晏感動得不得了，「這、這怎麼是好？怎麼能讓蕭兄承擔這麼大的重擔？」

蕭靖決含笑著問道：「孟兄是不相信我？孟兄有一片愛民之心，為人坦蕩，由你去賑災，我最是放心不過。」

孟青晏激動得不行，他一臉正色地說道：「蕭兄放心，由我來賑災，一定保證每一粒米都用在百姓的身上！」

蕭靖決笑容可掬：「孟兄做事，我自然是放心的。」

此時蕭靖決在孟青晏的心裡，簡直就是大好人。他轉過頭，卻看到跟蕭靖決關係曖昧的那個小廝，正用憐愛的眼神看著自己。

孟青晏在心裡嘆了一口氣，像蕭靖決這樣優秀完美的人，可惜居然是個斷袖。只能說是人無完人吧。

孟青晏懷著複雜的心情走了。

向予安一言難盡地看著孟青晏離開，輕輕地嘆了一口氣。

蕭靖決斂去臉上的笑容，瞪了她一眼。

後來孟青晏被蕭靖決坑得有苦難言，這事向予安功不可沒。

第五十章　逼你投靠

第二天一早，孟青晏早早就起來了，杜光特意過來陪他們用早飯。

孟青晏看到杜光，和顏悅色，「杜大人，我正好有事要請教你，我們邊吃邊談吧。」

蕭靖決喝著向予安盛的粥，一副看好戲的樣子。

杜光笑容輕鬆地點了點頭。

一坐下，孟青晏便開口了：「杜大人，我算了一下。這麼多人的伙食可不是一個小數目，你們的米糧夠嗎？可否讓我去看看？」頓了頓，他一本嚴肅地說道：「現在可是關鍵時刻，這些米糧都是災民的救命糧，可萬萬不能出差錯啊，絕對要杜絕中飽私囊的情況。所以我建議，所有的米糧錢款要集中管理，一會你把帳本給我吧。」

杜光的臉色一僵，「這……情況情急，下官著急救人，並沒有注意到帳本這樣的細節。」

孟青晏的眉頭皺了皺，卻還是寬容大度地表示：「事出突然，你為了救人也是能理解。不過現在可不行了，我看現在災情已經被控制住，所有的米糧也要有個紀錄才是。還有，米糧存放在何處？我打算去看看。」

杜光張了張嘴。

孟青晏又跟著說道：「另外，百姓的房屋破損情況，我也想去看看。總不能一直讓百姓們住在難民營裡。」

杜光：「……」

孟青晏想了想，又道：「對了，還要準備好大夫和藥材。」頓了頓，他嚴肅地說道：「大水之後總會爆發疫情，如今天氣炎熱，我們不能不防啊！」

杜光：「……」

杜光求救似地看向了蕭靖決，見蕭靖決慢條斯理地吃著早飯，絲毫沒有解救他的意思。

杜光只好乾澀地說道：「孟大人果然是考慮周到，不過下官以為，此事還需從長計議……」

孟青晏攏起了眉頭，一臉嚴肅地說道：「杜大人，救災之事可是刻不容緩的，怎能從長計議？這些百姓可都看著我們呢！」頓了頓，他又道：「百姓們對杜大人信任有加，杜大人可不能讓百姓失望啊！」

杜光擦了擦額頭上的汗水，賠笑著說道：「孟大人所言甚是。」

孟青晏這才收回了目光：「那一會吃過早飯，我就先去災情最嚴重的地方看看，等我回來希望杜大人已經整理好米糧了。」

杜光：「……下官明白。」

「對了，還有李正傑，我也該去見見他了。」孟青晏喃喃地說道，他輕嘆了一口氣，對著蕭靖決說道：「蕭兄，要做的事情可太多了，我們任重道遠啊。」

蕭靖決心情極好，勾起了唇角，「孟兄所言甚是。」那一副輕鬆自在的模樣，讓孟青晏和杜光都看了他一眼。

孟青晏吃過早飯就帶著人出了門，那幹勁十足的樣子，讓杜光心裡十分擔憂。

蕭靖決吃過早飯則是回到了房間裡繼續休息，怡然自得得很。

向予安不由得問道：「公子不是要調查幕後主使嗎？」

蕭靖決笑了笑：「沒關係，等著他們自己跳出來。」

向予安看著他如此氣定神閒的樣子，不由得輕嘆了一口氣：「我以前一直以為我算是聰明的，如今跟公子一比，還差得遠呢。」

蕭靖決彎起了唇角，眉眼柔和，連聲音都透著一股愉悅：「妳可很少誇我的。」

向予安大大方方地點了點頭：「公子英明神武，非同凡響。」

蕭靖決望著她明媚的笑臉，心頭微動，低下頭就要吻下來。向予安身手靈活地避開了，一副恭順的模樣。

敲門聲響了起來，蕭靖決收起臉上的笑容，心情有些不美妙。

「進來。」

杜光走了進來，臉上透著焦急，一進門就跪了下去。

「公子救我！」杜光言辭懇切地說道：「實不相瞞公子，下官做到這個地步已是傾盡全力。孟大人若是要詳細盤問，下官實在是難以應對。若是只是下官一人，倒也罷了，下官死不足惜。就擔心會影響老師，讓老師為難啊。」

蕭靖決冷笑了一聲：「合著你欺上瞞下倒是我爹逼你的？」

「下官不敢。」杜光臉色一僵：「是下官說錯話，公子勿怪。」

蕭靖決懶洋洋地說道：「你既然是我爹的學生，那你就寫信讓我爹來救你吧，我又能有什麼辦法？」

頓了頓，他看著杜光，勾了勾唇角：「杜大人識時務者為俊傑，我相信你能靠著自己度過難關的。」

杜光卻是一愣，抬起頭望入蕭靖決深邃的眼，心裡隱隱明白了幾分。

蕭元堂和蕭靖決雖說是父子，可兩人的關係可不怎麼樣啊。蕭靖決還吸收走了蕭元堂在江南的大部分人脈，他當時沒有站隊，也不過是想要靜觀其變罷了。

這次，蕭靖決是對他不滿了？

杜光失魂落魄地離開了。

第五十一章　心疼

向予安問道：「公子認為他會知道什麼？」

蕭靖決閉了閉眼：「杜光是老頭子的心腹，對他十分重視。他應該知道不少東西，想要讓他歸順，得費些心思。」

而正好孟青晏要找他的麻煩，他便順勢而為，眼睜睜地看著杜光陷入絕境中之後，他再出手相救。

蕭靖決還是那個蕭靖決，將身邊可利用之人都利用了遍。手段委實是厲害，卻也讓人遍體生寒。

向予安心頭生出了警惕，自從她來到蕭靖決身邊，就一次又一次刷新著對蕭靖決的認知。

蕭靖決看出了她的心思，問道：「可是覺得我心思太過深沉，身邊的人都可利用？」

向予安想了想，然後說道：「奴婢確實是這麼想的，可是也是因為公子身處的環境所致吧。」頓了頓，她淡淡地說道：「只能依靠自己的人，想要活下去，是很不容易的。公子只有生出七巧玲瓏心，費盡心思，才能護得住自己和大小姐吧。」

蕭靖決的眼神倏地動容，自打他懂事以後，展露聰慧的智力，身邊所有人都開始對他警惕。就連蕭雪致都曾勸過他，莫要多思多慮，少些算計。

只有向予安一個人說，只有如此才能活下去。

只有她看出來了。

蕭靖決很難形容此時的感覺，他一直覺得向予安對他來說只是個稍微有點特別的丫鬟。就算現在她不願，遲早也會成為他的人，不過時間長短而已。
可是，現在他還沒有看到向予安要跟他妥協的跡象。而他卻已經一次又一次被她所震動。她帶給他的體驗前所未有，這樣的感覺讓他有些茫然。
這是他從小到大都沒有過的感受，他不知道這代表著什麼。這樣的感覺讓他有些恐慌，卻又不願放手。
蕭靖決冷下了臉來：「不要以為妳很了解我。」
向予安並沒有生氣，點了點頭：「奴婢沒有經歷過公子所承受的苦痛，自然無法感同身受。只是能想像到公子的艱辛與不易，所以有些心疼罷了。」
除了蕭雪致之外，第一次有人心疼他。誰不知道蕭靖決智謀無雙，所有人對他都是崇拜和讚許，卻沒有人心疼過他。
蕭靖決沒有說話。
向予安垂下了目光，遮去了眼中的算計。還不夠，她要讓蕭靖決毫無保留地信任她，她才能接觸到蕭家最核心的東西。
如果……她能讓他愛上她，或許這才是最大的報復。
這個念頭只在心裡一閃而過，她本能地不願意去深思。
上京。
葉淮準備離開上京了，他希望在離開之前再見一次向予安。他去了團團圓等了好幾天，都沒等到向予安的消息。

葉淮有些坐不住了，無奈之下，他想到了一個人。

蕭雪致收到丫鬟的傳信，說葉淮想要見她，激動地半宿都沒睡好覺。

蕭雪致把所有的衣服都拿了出來，蕭雪致的丫鬟蝶香笑著說道：「姑娘國色天香，穿什麼都是好看的。」

蕭雪致的羽睫輕顫，她輕聲說道：「只怕這次他是來告別的，他說他要離開上京了。」

蝶香不解地問道：「若是姑娘捨不得他，為何不告訴公子？公子那麼疼姑娘，一定會為姑娘想辦法的，讓姑娘得償所願。」

蕭雪致搖了搖頭，表情嚴肅地說道：「這件事不能告訴靖泱，蝶香，妳一個字都不許跟公子說，否則我身邊也是容不下妳的。」

蕭雪致很少有這樣嚴肅的時候，蝶香連連點頭。

蕭雪致又想起了什麼，她拿出一個護身符，緊緊地捂在心口。

蕭雪致又一次扮成了蝶香的樣子，去葉淮的住處找他。

葉淮沒有對她冷言冷語，遲疑了一下問道：「妳知不知道予安的情況？我找不到她了。」

蕭雪致眼神裡閃過了一抹失落之色，她低聲說道：「予安跟靖泱去江南賑災了，予安走得匆忙，想來是沒來得及告訴你吧。」

葉淮鎮住了，他沒想到蕭靖泱竟然帶著向予安一起去了江南！他有一種搬起石頭砸自己腳的感覺。

他給孟治道的信，是讓孟治道提議讓蕭靖泱去賑災，使他離開上京。上京裡沒有蕭靖泱這個強力的後援，他對付蕭元堂能夠更輕鬆一些。

孟治道果然把蕭靖決給弄去了江南，可是他沒想到，蕭靖決順手把向予安也給弄過去了！

葉淮的臉色頓時變得十分難看。

蕭雪致見他表情不好，寬慰道：「你不用擔心，予安她會很安全的。靖決這次出門帶了很多人，不會有危險的！」

葉淮冷笑，她弟弟就是最大的危險！

可是這話不能明說，他微微頷首：「這次麻煩妳了。」

蕭雪致眼神微亮，期許地看著他道：「你是不是要走了？」

葉淮詫異地看了她一眼，沒有說話。

蕭雪致低聲問道：「我還能見到你嗎？」

葉淮居然勾起了唇角，還放緩了聲音：「能見到，當然能見到，我保證，我們肯定還會再見面的。」

就在他大仇得報的時候！

蕭雪致自然不知道他心中所想，抬起頭看到他嘴角的笑容，竟有些失神。

第五十二章　語不驚人死不休

江南今州。

孟青晏比預期的早了好幾天就回來了，回來的時候跟災民也差不多了。一身狼狽不說，還餓了好幾頓，白麵兒饅頭就吃了三個。

「是孟大人看到有受災的災民，將我們的乾糧分給了災民，然後就被災民給搶了。」負責護送孟青晏的侍衛說道。

杜光聽到這個回答也是滿臉的無語。

孟青晏吃飽了，頓時怒視著杜光說道：「杜大人，你不是說災民都被安置好了嗎？為何我路上還看到那麼多災民？」

杜光噎住了，他結結巴巴地說道：「可能是別的縣城逃難過來的，下官現在能安置這些災民已是艱難，實在無法再安置更多災民了。」

孟青晏被搶了一回，還是有長進的，他並沒有再相信杜光的話。

他冷冷地說道：「我希望杜大人儘快整理好賑災的帳本還有米糧，明天我要親自處理賑災事宜。」頓了頓，他又說道：「我也希望杜大人並沒有欺瞞我，否則我定如實上報給皇上！」

杜光擦了擦冷汗，轉過頭就去找蕭靖決了。

「公子，從水災發生到現在，朝廷沒有出一兩銀子啊，現在賑災的米糧都是下官一力籌集。哪裡還有剩下的米糧給孟大人？」杜光訴完苦，又小心地睨著蕭靖決說道：「下官實在是無法了，只好來求公子。求公子救下官一命，下官日後定殫精竭慮，為公子效犬馬之勞。」

蕭靖決笑著說道：「這不太好吧，你是父親的學生，我怎好驅使？」

杜光立刻說道：「公子是老師的嫡子，我為公子分勞也是理所應當。」頓了頓，他悄悄地遞過來了一個摺子，「下官在江南多年，也算是有點根基，希望能幫到公子。」

杜光來了好幾次，次次都送東西，但這是蕭靖決第一次親自接過來。

他打開了摺子看了起來，眼神閃了閃，最後輕輕地合上。

「我知道了，你先下去吧。」蕭靖決淡淡地說道。

杜光心裡有些沒底，不知道這些是否真的打動了蕭靖決。可是他又不敢多說什麼，只好滿腹疑慮地轉身離開。

杜光剛走到門口，就聽到蕭靖決淡淡的聲音說道：「聽說江南是魚米之鄉，出了不少人物，我倒是想要見一見。」

杜光心裡頓時一喜，急忙轉過頭來說道：「公子願意見他們是他們的福氣，那下官明日就組個局，好讓他們來一睹公子的風采。」

蕭靖決揮了揮手，杜光便露出了一個笑容，小心翼翼地退了出去。

向予安看了一眼放在桌子上的摺子，並沒有多問。不過她知道，蕭靖決是決定幫杜光了。

第二天一早，孟青晏一起床就來找杜光，他想要去清點米糧。可是卻被府裡的下人告知，杜光一大早就跟蕭靖決出去了。

孟青晏皺起了眉頭，有些不滿的樣子。

下人又說道：「我們大人是陪著蕭公子籌集米糧了。」

一句話，讓孟青晏頓時釋然。

他一臉嚴肅地點了點頭：「這確實是頂要緊的事。」

看來蕭靖決確實是把賑災的事放在了心上，孟青晏心中十分欣慰。

蕭靖決是在青館裡宴請江南的名士鄉紳。

屋子裡放著好幾個冰盆，滿是冰涼之感。身材妖嬈的舞女，腰肢搖曳，嫵媚動人。

蕭靖決清冷的臉上帶著一絲絲淺淺的笑意。

今州最顯赫的家族族長顧潛上前一步，笑著說道：「早就聽聞蕭公子聰慧絕倫，氣度不凡，老夫早就神交已久，今日一見果然名不虛傳。」

顧家以前也是世代為官，曾經還做到過一品大臣。後來家中子弟青黃不接慢慢沒落了，便靠著手中的人脈開始經商。現在顧家，也是今州的第一家族。

向予安瞥了一眼顧潛，心裡冷笑。外面災民屍橫遍野，這裡卻是談笑風生。那一句朱門酒肉臭，路有凍死骨，當真是真實寫照。

也不是所有人都跟顧潛一樣，願意給蕭靖決面子。比如說周家，周家是後來興起的家族，做的就是米糧生意，是江南數一數二的大商戶。

周家這次只讓大少爺周浩輝過來參加而已。

周浩輝聽到顧潛的話，毫不客氣地冷笑了一聲，將自己的不屑展露無遺。

周浩輝嘲諷道：「顧老爺這話說得不錯，相比起顧家的那幾位公子，顧老爺看誰家孩子都出類拔萃，哈哈哈！」他自顧自地笑了一通，然後又衝著蕭靖決舉了舉杯：「蕭公子，我是個粗人，不會說話，公子見諒啊。」

誰都能看出來他沒什麼誠意的請罪，可是姿態卻豪爽大方，讓人生不出惡感來。

顧潛氣得臉色通紅，顧家淪落到這個地步，就是因為家中人才不濟。他生的兒子倒是不少，可沒有一個頂用的，各個都是紈絝子弟。

其實周浩輝說這話，倒也不算假話。他還真是看誰家的孩子都優秀得出類拔萃，恨不得是自家的。

蕭靖決沒有理會周浩輝的話，而是看向了顧潛，他挑著眉頭說道：「看來顧老爺子嗣眾多，這是好福氣啊。」頓了頓，他突然語出驚人地說道：「不知顧公子可曾讀過書？可有入仕的打算啊？」

顧潛又羞又愧地說道：「說來慚愧啊，我家的那幾個不孝子，是讀過書，科舉卻是……唉。」

「年輕人不懂事，出來歷練歷練就好了。」蕭靖決淡淡地說道：「依我看，還是顧老爺愛子心切，不願讓愛子出來受苦。倒不妨給他找點差事，也算是為朝廷盡盡力。」

此言一出，眾人皆驚。就連周浩輝都不由得呆住了，蕭靖決這話說得還不夠明白嗎？這是要給顧家的幾個紈絝安排差事！

蕭靖決安排的差事，那肯定是要進衙門的啊！

第五十三章　順我者昌逆我者亡

顧家已經多少年沒有中過舉的子弟了？就連捐官兒也輪不到顧家，蕭靖決一句話就讓多年沒出過中過舉的顧家出個當官的。

這簡直是明晃晃地在說，順我者昌逆我者亡！

顧潛眼睛一亮，連忙說道：「公子看得起他們，老朽自然是願意的。只是怕給公子添麻煩……」當官也不是好當的，一不小心可是要抄家滅族的罪名，顧潛也是有顧慮的。

蕭靖決懶洋洋地靠在了椅子裡，手裡把玩著一個酒杯，嘴角掛著漫不經心的笑容：「添什麼麻煩，不過是安插兩個人罷了，天塌了也有個兒高的頂著。」頓了頓，他看向了顧潛：「顧老爺的顧慮還是太多。」

所有人的表情都是一愣，誰都沒想到蕭靖決會這麼說，就連向予安也看了他一眼。

蕭靖決似乎不知道自己說出的話給大家造成了多大的震撼，慢條斯理地開了口。

顧潛聽完這話，反而冷靜下來，他小心翼翼地問道：「犬子資質有限，也不幫不到公子什麼。若是公子看得起他們，跟在公子身邊跑跑腿也就是了……」

蕭靖決笑了笑：「這豈不是委屈了他們？顧公子也是出身名門，怎麼也比那些寒門強。」

名門出身比寒門子弟強在哪裡？自然是強在家族。

大家的心頭頓時一動，蕭靖決又說道：「現在鹽官、縣丞我都不太滿意，如今江南水災，更應該換上有能力的人來治理。」頓了頓，他笑著說道：「江南以後要做的事還多著呢，不妨多給年輕人一些機會，靠的全是本事。」

一番話說下來，眾人心裡都有了計較。蕭靖決要賑災，但很顯然，這是沒有銀子，所以才用了這麼一齣。

賑災嗎？給官職的那種。這讓人怎麼拒絕得了？富貴富貴，光富可不行，還得貴。顧家為何能成為今州第一家族，不就是因為朝中有人嗎？

士農工商，做官總是最讓人高看一眼的。

不過此事事關重大，也不能憑著蕭靖決空口白話就決定下來，肯定是要回家與族裡商量的。

周浩輝心裡也盤算了起來，沒有再開口。

蕭靖決也不再多言，他道：「今日不說這些俗事，今日相聚只為喝酒。」

眾人齊齊舉杯，周浩輝說道：「蕭公子來自上京，什麼好東西肯定是見過不知凡幾。不過我們館裡有一位雲霜姑娘，也算是色藝雙絕，才貌俱佳，堪堪配得上服侍公子。」

向予安不由得瞪大了眼睛，看向了蕭靖決。

蕭靖決嘴角含笑，他側過頭掃了向予安一眼，然後微笑頷首：「此等美人，那我可要見見。」

向予安心裡冷哼了一聲，男人！這就是男人！哼！

很快，那位雲霜姑娘就婷婷嫋嫋地走了進來。相貌絕美，身材妖嬈，確實是個尤物。

雲霜姑娘的眼神在蕭靖決的臉上一頓，竟帶了幾分似嗔似怨，向予安都看直了。

「快去好好服侍公子！」周浩輝喊道。

雲霜姑娘便坐到了蕭靖決身邊，柔聲說道：「奴家給公子倒酒。」

雲霜倒了一杯酒，順勢餵到了蕭靖決嘴邊。蕭靖決的眼神在她臉上一閃而過，低下頭就著她的手喝了酒。

向予安在身後忍不住翻了個白眼，大色狼！他沒長手啊！還要人餵！

向予安擔心再看下去就要長針眼了，轉身走了出去。

向予安推開門走出去，看到樂山在外面兢兢業業地站崗。便摸出了一盤冰鎮過的瓜給他吃，「歇會吧。」

樂山遲疑了一下，接了過來。他咬著冰涼爽甜的瓜，忍不住提醒她：「予安姑娘，妳有這個心思多討好討好公子吧，妳看公子讓妳氣的！」頓了頓，他幾乎是痛心疾首地說道：「妳看看，剛才進去的那個姑娘，這都是妳的威脅啊。妳不要仗著公子對妳另眼相看，就恃寵而驕了。要知道……」

向予安打斷他好奇地問道：「你怎麼知道那人是服侍公子的？」

樂山理所當然地說道：「最漂亮的姑娘當然是要留給公子啊，這不是應該的嗎？」

向予安若有所思：「看來以前有過很多次這樣的事，難怪你都不覺得驚訝。」

樂山：「……」

向予安冷哼著說道：「果然男人都靠不住！我還是當我的大丫鬟，不然哪一日年老色衰就被人拋棄了！」

樂山一臉糾結，他是不是弄巧成拙了！

第五十四章　妳吃醋？

樂山把向予安給趕了回去，「去去去，公子身邊沒有人怎麼行？妳快去服侍公子。」

「公子身邊有如花美眷服侍，不缺我。」向予安推拒道。

「那妳就保護公子的清白！」樂山說道。

雲霜姑娘一直坐在蕭靖決的身邊，溫柔小意的樣子，蕭靖決也來者不拒。不停有人在給蕭靖決敬酒，他也都一一喝了，態度十分友好。

蕭靖決此時看了向予安一眼，向予安便對著來敬酒的人說道：「時候不早了，公子也該回去了，今兒也就散了吧。」

周浩輝忍不住說道：「公子不留宿嗎？」

向予安含笑著拒絕道：「公子從不在外留宿。」

這些世家公子向來規矩多，周浩輝也不多勸，又問道：「公子身邊也沒個人照料可還行？雲霜姑娘便贈予公子，在身邊當個使喚丫頭。」

向予安板起臉說道：「我們公子是來賑災的，身邊帶個貌美如花的丫鬟算怎麼回事？」

家裡已經有一院子心思各異的丫鬟了，這要是再來個花魁，她還怎麼坐穩大丫鬟的位置！絕對不行的！

周浩輝一噎，總算不敢再多說什麼了。

雲霜姑娘眼神暗了暗，幽怨的目光看向了蕭靖決，希望他能開口說些什麼。

可是蕭靖決只含笑地望著向予安，眼神裡滿是縱容之色。

蕭靖決站了起來，身形微微一晃，向予安急忙扶住了他。

蕭靖決眼神裡閃過了一抹笑意，然後毫不客氣地將大半的重量都壓在了她的身上。

向予安艱難地扶著蕭靖決走了出去，守在門外的樂山想要過來幫忙，被蕭靖決一個眼神瞪了回去。

樂山默默地收回了伸出去的手。

馬車裡，蕭靖決靠在向予安的身上，向予安不著痕跡地將他放到了座位上，然後給他倒了一杯茶。

「剛才拈酸吃醋的時候挺起勁兒，現在倒是矜持起來了。」蕭靖決忍不住說道：「早知一回來妳就翻臉無情，我就該把那雲霜姑娘給收了。」

向予安險些炸毛：「什麼拈酸吃醋？酒可以亂喝，話可不能亂說。」頓了頓，她似笑非笑：「公子若是收了雲霜姑娘也好，這明日江南的人就都知道公子喜好美色，只怕是要送個十個八個的姑娘過來。到時候公子帶回府去，府裡可就熱鬧了。」

蕭靖決頓時一噎，忍不住瞪了她一眼。

「一天伶牙俐齒的，就不能用那張嘴幹點別的事？」蕭靖決問道。

向予安悶悶地說道：「公子是嫌我多事了，也許公子想讓那位雲霜姑娘伺候呢？」

蕭靖決含笑地睨了她一眼，笑著閉目養神：「一個花魁罷了，我還不看在眼裡。」

他不介意利用雲霜讓向予安吃吃醋，那也是一種情趣，免得這丫頭總不把他放在心上。

可若是需要靠一個妓子來脅迫向予安，他不屑用這樣的手段。他會讓她真心地接受他，臣服於他。

向予安看著他的睡臉，沒有說話。

回到了杜光的府邸，下車的時候，杜光都是昂首挺胸的。

今天的宴會他幾乎沒有發揮多大的作用，蕭靖決一個人就撐住了場子。讓他沒想到的是蕭靖決竟然許諾這些人官職，可是想一想，若是真能做到，以後這些人可就都是官府的助力了。

至於換了這些世家子弟當官員，會怎樣給家族撈好處，那就不是他關心的了。他在乎的是自己的屬下都是名門子弟，他的利益和江南世家牽連更深。

這是以前蕭元堂想做都沒能做成的事，因為利益談不攏。而蕭元堂也不可能這樣無法無天直接給官做。

杜光嘆息了一聲，不得不欽佩蕭靖決的手段。

向予安扶著蕭靖決走進了院子，孟青晏迎出來。他第一眼就看到蕭靖決靠在向予安的身上，那一副沒骨頭的樣子，恨不得讓向予安抱著他走。

孟青晏努力忽視兩人的不對勁兒，只感動地說道：「怎麼喝了這麼多酒？蕭兄為了災民可真是辛苦了。」

孟青晏心裡嘆息了一聲，只覺得蕭靖決十分難得。做事認真不說，而且還不居功。唯一不好的大概就是疑似斷袖，喜歡男子這事委實落人口舌。

雖然他的眼光挺好的，但是他有些不懂，為什麼蕭靖決身邊的這個小廝總用那種奇怪的眼神看著他？

就比如說現在，又用那種憐愛的眼神看著他了！

蕭靖泱翹了翹唇角，輕咳一聲：「都是為了百姓，好在幸不辱命，總算是有些收穫。」

孟青晏感動得眼睛都紅了，「快扶著蕭兄回去休息。」

向予安扶著蕭靖泱回了房間，蕭靖泱躺在床上，向予安倒了一杯水給他。

蕭靖泱喝了水，再睜開眼時，眼底已是一片清明。

第五十五章　刺殺

向予安一愣：「公子沒醉？」

蕭靖泱淡淡地說道：「這麼一點量還灌不倒我，若非如此，他們怎會放我離開？左右該說的話，該做的事都做了，也該給他們時間回去想想。」

向予安不禁心裡感嘆，當真是心機深沉啊。

「公子給出的誘餌確實是誘惑十足，只不過他們未必會上當。」向予安說道。

因為未必所有人都會相信蕭靖泱是否真的能罩得住？是否真的能如他所說的那樣？他是首輔公子，卻還不是首輔呢。

蕭靖泱嘴角露出了一抹冷笑：「那可就由不得他們了！」頓了頓，他說道：「今天那個周浩輝背後的周家，是最近新起來的家族，一直想取代顧家成為今州第一世家。周家是大糧商，正是用得著他們的時候，如果他們聽話，我倒也是能讓周家安然無恙，否則，我也容不下他！」

他聲音淡淡的，卻透出了一股肅殺之意。

向予安突然說道：「那公子用顧家，可是看準了顧家無人，所以好拿捏呢？」

蕭靖泱意外地看了她一眼，向予安很少這樣直白地猜測他的心思。

「顧家嘛，會是一把聽話的刀，現在的這個情況已經足夠了。」蕭靖泱並沒有隱瞞她，「顧家在江南根深蒂固，人脈很深，有些事只有顧家能做。」

向予安沒有說話，但是她明白了一件事，蕭靖決這次來絕對不是為了賑災，他一定是圖謀別的。

可是向予安日夜跟在他的身邊，都看不清楚他真正的心思。

蕭靖決到底想做什麼呢？他的目的是什麼？但是有一點她確認了，蕭靖決跟蕭元堂並不齊心。她以前以為，是蕭靖決為了扶持蕭元堂上位而幫蕭元堂算計霍家。

可現在她又不太確定了。

也許只有弄清楚蕭靖決的真正目的，霍家的事才能撥開雲霧。

蕭靖決並沒有再深談，他不介意自己身邊的丫鬟聰慧，但是更深層的東西卻不會跟她多說。

但是向予安也知道，猶豫張望的人家都被蕭靖決下手修理了。抓了幾個當家嫡子扔進大牢，其強硬的手段，頓時讓其他世家坐不住了。

再這麼觀望下去，沒等看出結果呢，人就保不住了。誰都沒想到蕭靖決的態度會如此強硬，真的是順我者昌逆我者亡。

還有人打算去找孟青晏，畢竟這位也是身分高貴。結果剛下個帖子過去，就被孟青晏給罵了回來。

孟青晏是這麼說的：「現在百姓流離失所，災民尚未安置，本官是來賑災的，這些商戶不想著為朝廷分憂，還想著吃喝玩樂，簡直豈有此理！」

那個率先帶著大家吃喝玩樂的蕭靖決！

比起蕭靖決來說，孟青晏簡直就是個楞頭青。今州世家也體會了一遍蕭靖決無言以對的感覺，然後紛紛向蕭靖決投誠了。

然後，米糧就堆滿了倉庫。

誰都明白，這個時候誰第一個捐糧，誰捐的最多，得到的好處就越多。

孟青晏看著堆滿倉庫的糧食，心裡對蕭靖決佩服得不要不要的。

孟青晏特意來謝蕭靖決，「不愧是蕭兄，一言九鼎。如今賑災的糧食可夠了，蕭兄放心，我一定會記好帳本，保證不浪費蕭兄的一片苦心。」

向予安神色複雜地看了他一眼，也不知道你曉得你的蕭兄已經許諾出去了好幾個官職的時候，你是不是還能這麼說。

蕭靖決點了點頭，不甚在意地說道：「這些交給孟兄我放心。」頓了頓，他看向了孟青晏：「孟兄有沒有覺得奇怪，到現在為止，李正傑可都沒有露過面。」

孟青晏一愣，立刻想起了這個人。這位可是敢實名舉報杜光的人啊，可是他們到今州這麼多天了，這位都沒露過面，確實十分反常。

「李正傑治下是這次水災的重災區，我看孟兄應該去走一趟今州縣了。」蕭靖決說道。

孟青晏神色嚴肅地點了點頭：「蕭兄說得不錯，我確實該去一趟。」

向予安看了他一眼，輕嘆了一口氣。走吧，走吧，等你回來了，蕭靖決早就把任命都安排好了。

孟青晏這一走，蕭靖決就開始行動了，在杜光的配合下，他撤了好幾個官職，然後安排上了捐糧的世家子弟。

不管是杜光還是世家，都沒料到蕭靖決如此雷霆手段。這速度之快，幾乎讓人反應不過來。

這讓整個今州世家都見識到了蕭靖決的風格，也越加心悅誠服。

眼看著蕭靖決要收攏今州世家為他所用的時候，蕭靖決遇刺了。

這次的事周家沒占到什麼便宜，以至於現在後悔不迭，所以周浩輝又來宴請蕭靖決了。蕭靖決也很給面子，真的出席了。可是酒過三巡，幾個黑衣人闖了進來。

第五十六章　英雄救美

眾人驚慌失措，陪酒的侍女嚇得躲到了蕭靖泱身邊被他一把甩開。

好在蕭靖泱的侍衛看到立刻衝進來救人，還有周家的護衛。

周浩輝都顧不上逃命了，紅著眼睛喊道：「保護蕭公子！」

可是這次的刺客來勢洶洶，各個武功高強，即使他們人多也沒有占到便宜。向予安都要按捺不住出手了，蕭靖泱拉起她就向外跑去。

向予安微微愣然，蕭靖泱緊緊地握住她的手，那麼用力。她說不出什麼心情，這個時候他居然還帶著她。

兩人跑出房間，有個刺客已經看到他們了，向予安落在後面，刺客一劍就要刺向她。

向予安的大腦有一瞬間空白，她不知道自己是不是應該出手，這會暴露她會武功的事。她一時間竟沒有反應過來。

就在刺客刺中向予安的時候，她已經沒有時間猶豫。她正打算反抗的時候，蕭靖泱卻突然擋在了她的面前！

向予安知道她此時臉上的表情一定很驚愕，她喚了一聲：「公子！」

後面敢來的侍衛已經衝過來救下了蕭靖泱，樂山也來到了他們跟前，「先帶公子走。」

在侍衛的掩護下，向予安和蕭靖泱兩人坐上了馬車。

蕭靖決臉色有些發白，向予安扶著他，跟樂山說道：「繞路，別直接回縣衙，當心刺客埋伏。」

樂山應了一聲：「妳照顧好公子。」

向予安焦急地檢查蕭靖決的傷口，直接去扒他的衣服。

蕭靖決躺在馬車裡，無奈地看著她笑：「妳幹嘛？好好的姑娘家，居然來脫男人的衣服，妳可知，這若是傳揚出去，妳就只能嫁我了。」

向予安怒吼了一聲：「閉嘴！」

蕭靖決第一次被人吼，卻並不覺得生氣，反而發出了一聲低笑。

蕭靖決的外衣被穿破了，肩膀上有些血跡。向予安覺得有些奇怪，剛剛刺客的力道十足，理應不該是這樣的輕傷啊。

蕭靖決攔住了她要繼續脫衣服的手，「好了，沒什麼事，只是些皮肉傷。」頓了頓，他低聲說道：「妳不要擔心。」

向予安咬著唇，沒有說話。

她真的沒有想到，蕭靖決會捨身來救她。蕭靖決不是會自己冒險救人的人，可他偏偏做了。這個她認為是壞人的人，對她卻格外地好。

蕭靖決看著向予安動容的面孔，微微勾起了唇角。

突然馬車顛簸了一下，蕭靖決臉上露出了痛苦的神色。

向予安焦急地問道：「是不是碰到傷口了？」她抬起頭衝著樂山喊：「樂山，你穩當點！」

蕭靖決有些委屈地說道：「靠著這個不太舒服。」

意思已經很明顯了，靠著車不舒服，靠著人就舒服了。

向予安遲疑了一下，蕭靖決便道：「算了，也不算什麼大事，碰到傷口頂多也就是多流點血罷了。」

向予安無奈，就算她知道蕭靖決有裝模作樣的成分，這個時候也得上鉤了。

她坐了過去，讓蕭靖決靠在自己的身上。她換了一個舒適的姿勢，讓他靠得舒服一點。

蕭靖決勾了勾唇角，靠在她柔軟的身上。這讓他有種安心的感覺，這是一種很陌生的感受，因為他從來沒有體驗過。

蕭靖決被送回衙門，自然是一陣兵荒馬亂，又去請了大夫診治。向予安並沒有進去，而是等在門外。

大夫診治出來說道：「傷勢十分嚴重，這就是公子年紀小，底子好，若是換了旁人，怕是早就受不住了！一定要精心照顧，傷口絕不能沾水！」

向予安皺了皺眉頭。

大夫又說道：「你身為小廝，這幾日可要時刻注意些，尤其是晚上，公子身邊可離不開人。」

向予安當時就放了心。

大夫開了方子交給了向予安：「這是藥方，你去煎藥吧。」

向予安接了過來：「多謝大夫。」

屋內，樂山服侍蕭靖決脫下了身上的軟甲。

樂山讚許地說道：「公子這次連苦肉計都用上了，予安姑娘一定十分感動。說不定這下好事就成了呢？」

蕭靖決瞥了他一眼，「她如果像你這麼蠢，我還用得著這麼費盡心機嗎？」頓了頓，他輕嘆了一聲：

「瞞不住的。」

「那您還要大夫那麼說?」樂山不解地問道。

蕭靖決笑而不語。

他只是知道她到底心軟，就算知道他的傷沒有那麼重也不會坐視不管，總會照顧他的。從不放過任何一個機會，是蕭靖決做人的原則。

向予安煎藥回來，就碰到杜光在負荊請罪。

杜光真的是毫不顧忌顏面，跪在了蕭靖決的面前，悔恨地說道:「都是下官保護不周，讓公子受傷，請公子責罰。」

向予安走了過去，將藥放到一邊。

蕭靖決看著向予安，嘴角露出了一絲淡淡的笑意來。

「在今州的地界上，有人能來行刺本公子。這是你這個知府太過無能，還是刺客太過神通廣大呢?」蕭靖決懶洋洋地說道。

杜光的表情一僵，他低頭說道:「都是下官失職。」

蕭靖決看了他一眼，那一眼並不銳利，卻帶了冷芒。

「我只問你，你可知這次是誰行刺於我?」蕭靖決淡聲問道。

向予安也看向杜光，他正低著頭，一副恭敬畏懼的模樣。

他低聲說道:「下官不知。」

然後向予安就看到蕭靖決表情一變，她心頭頓時一顫。

蕭靖決淡淡地說道：「那杜大人何罪之有呢？杜大人也不是神仙，哪能知道那麼多？」

杜光聽著這話，總覺得他意有所指。可是他已經回了話，就不能再反悔，即使他現在已經想要後悔了。

第五十六章　蕭靖決的祕密

杜光剛要說話，就聽到蕭靖決身邊的那個小廝說道：「公子該喝藥了，大夫說，這藥要按時喝。」

杜光便按下了要說出口的話。

向予安看向杜光，「杜大人，公子受了傷需要靜養。杜大人若是有心，還是早日抓到刺客跟公子交代才是要緊。」

杜光心裡叫苦不迭，現在連一個下人都敢跟他叫板了。

杜光不敢抱怨，行了一禮退下了。

蕭靖決含笑地睨了她一眼：「妳如今倒是會狐假虎威，也不怕我怪罪了。」

向予安一本正經地說道：「公子不惜捨身救我，怎會為了這麼一個人怪罪我。我不是狐假虎威，只是恃寵而驕罷了。」

蕭靖決愣了愣，萬萬沒想到有人能無恥得如此坦蕩蕩。

他沒有生氣，反而彎了彎唇角，輕輕地敲了敲她的額頭。

「就是仗著我寵妳，也不知道對公子好一點。」蕭靖決輕哼著說道。

蕭靖決一直想不明白一件事，他面對皇上有辦法，面對災情有辦法。可是面對這個小丫鬟，明明就是個小丫鬟，卻束手無策。

向予安有事想問他，所以忍下了他的不規矩。

「公子可是知道來刺殺公子的人是誰了？」向予安問道。

蕭靖決神色一頓，「把藥拿過來吧。」

向予安就明白了，蕭靖決確實知道誰是幕後主使。也就是蕭元堂背後站著的那個人！

向予安第一次開始好奇了，一直想要知道到底是怎麼回事。

「到底是誰傷了公子？公子不如跟我說說，我也好為公子報仇！」

蕭靖決瞥了她一眼說道：「怎麼這麼大的好奇心？妳現在最要緊的事是好好照顧我！」

向予安忍不住說道：「公子的傷又不重。」

蕭靖決瞪了她一眼：「怎麼不重？我覺得我現在十分虛弱！」

向予安：「……」

於是接下來的幾天，蕭靖決就過上了大爺的日子。那真是連一根手指都不願意動，吃飯喝藥都是向予安餵的。

這也就算了，最關鍵的是，這位公子連擦身都要向予安動手，這就不能忍了。

向予安就不明白了，他一點都不著急去抓刺客、找凶手，天天調戲丫鬟算怎麼回事？蕭靖決這也太不務正業了！

蕭靖決看著一臉抗拒為他擦身的向予安，唉聲嘆氣道：「脫衣服的是我，被占便宜的也是我。予安卻如此一副不情願的模樣，是在嫌棄我嗎？真是讓人傷心。」

向予安呵呵一笑：「公子是情場老手，流連花叢慣了的。可是奴婢卻不大習慣，還是讓樂山來幫公子擦身吧。」

向予安心裡暗道，跟雲霜姑娘那打情罵俏的模樣，可一點都不像是新手。

「誰告訴妳我是情場老手？」蕭靖決突然問道，然後若有所思地看著她：「妳是因為這樣所以才拒絕我的？」

向予安挑了挑眉頭，難道不是嗎？他跟雲霜姑娘打情罵俏的樣子看起來很是熟稔啊。

蕭靖決瞇了瞇眼：「我如果是這樣的人，妳以為我還容得了妳一個小丫鬟拒絕我？」

向予安愣了一下，蕭靖決卻已經沉下臉來，他閉上眼，淡淡地說道：「妳出去吧。」

他這是生氣了？

向予安遲疑了一下，轉身走了出去。

蕭靖決聽到關門聲，頓時睜開了眼，氣惱地瞪著關上的門。讓她走她就走，怎麼平時不見她這麼聽話！

向予安走出房間，樂山看到她，奇道：「公子怎麼捨得放妳出來了？」

向予安不安地說道：「我好像惹公子生氣了。」

樂山眼睛一亮，用循循善誘的語氣說道：「是嗎？怎麼生氣的？妳快跟我說說，我好給妳出出主意。」頓了頓，他意識到自己的聲音太過雀躍，又道：「咳咳，大家都是伺候公子的，也該互相關照。」

向予安想了想，便將事情跟他說了。

樂山聽完，也用控訴的目光看著她。

向予安狐疑地說道：「我說錯話了嗎？難道不是？」

樂山聽完嘆了一口氣，他說道：「妳只知其一不知其二。」頓了頓，他說道：「自從公子以一己之力對抗東瀛四大智者，一戰成名之後，老夫人和薛姨娘就十分忌憚公子。她們本來想用美人計來讓公子沉迷女色，所以才送了歲蓮和萍蘭過來。」

向予安這才恍然大悟，她一直覺得奇怪，蕭靖決和蕭老夫人關係並不好，可是為什麼他身邊唯一的通房卻是蕭老夫人的丫鬟。

「當時老爺的政敵也打算從公子身上下手，公子年級小，又沒有長輩護著，明裡暗裡吃了不少虧。就算公子聰慧過人，有一次也還是著了道。那次有人給公子下了藥，公子支撐著回府，最後才便宜了歲蓮姑娘。」樂山跟著說道。

向予安嘴角抽了抽，什麼叫便宜了歲蓮？好像他家公子多吃虧一樣。

樂山繼續說道：「天一閣裡那麼多的丫鬟，不說各懷心思，但也差不多了。」說著，他嘆了一口氣：「別人都說公子生性冷淡，卻不知道他心裡的苦楚。也就是予安姑娘來了之後，公子才能稍微鬆快了些。」

向予安明白了，高門大院裡下人的背景也是錯綜複雜，蕭靖決不可能全部解決，所以便從來不過問院子裡的事，任由丫鬟們鬧到一處。

後來蕭靖決會對她另眼相看，也不過是看中了她不是家生子，而是剛進府的，背景乾淨的原因吧。

向予安也跟著嘆道：「公子還真的挺不容易。」

樂山瞥了她一眼：「可不是嗎？我再告訴妳一個祕密，咱們都是自己人。」

向予安一臉好奇地看著他，樂山十分滿意她的反應，壓低聲音說道：「自從那件事以後，公子一直在偷偷地吃春藥，就為了讓身體產生抗性。還有喝酒，以前公子幾杯就醉，為了練酒量，那也是不知道喝醉了多少回。」

向予安滿臉愕然，她真的沒想到蕭靖決竟然做到這個地步！

第五十七章　什麼都不是

孟青晏這一次走了十來天，蕭靖泱就在床上當了十多天的大爺。然後還把今州上下的官員都換了一遍，來探病的人絡繹不絕，蕭靖泱收禮收到手軟。

不對，是向予安收禮收到手軟。誰都知道她是蕭靖泱身邊信任的人，誰要來見蕭靖泱都不忘給她準備一份兒禮。而蕭靖泱收到禮物，也隨手塞給她。

向予安猝不及防成了小富婆，她打算把這些東西都換成銀子，以後給葉淮送過去。

蕭靖泱不知道向予安的打算，否則他一定會氣死的。

然後，孟青晏回來了。

孟青晏都沒進來縣衙大門就被攔住了，因為誰都沒認出來，這個鬍子拉碴，臭烘烘髒兮兮的男子會是清秀挺拔的孟大人。

孟青晏表明身分，都顧不上去清理自己，就直接去找蕭靖泱了。

孟青晏看到蕭靖泱的時候，眼睛就紅了：「蕭兄，我們一定要救百姓於水火啊！」

蕭靖泱：「……」

孟青晏出去了一趟，腦子似乎更不好使了。

孟青晏眼淚掉了下來：「蕭兄你是沒看到，百姓太慘了！有的人為了活下去，賣了妻子兒女，甚至……甚至還有以人肉為食。」頓了頓，他又道：「下流的百姓十戶九空，屍橫遍野，這可是江南啊！」

蕭靖決表情凝重，他皺著眉頭說道：「看來孟兄此行收穫頗豐，也吃了不少苦。不如孟兄先去梳洗一下，然後我們再談？」

蕭公子活得精緻講究，像孟青晏這樣的人他看著都覺得傷眼睛！

孟青晏皺眉道：「百姓無以為家，我還能顧得上什麼洗漱不洗漱?!」

向予安上前：「孟大人不在意，我家公子可是要換藥的，大人一會再來吧。」

向予安說完便拉孟青晏向外走去，孟青晏愣了一下就這麼被關在了門外。

向予安滿意地拍了拍手，轉過頭，就看到蕭靖決慢條斯理地開始脫衣服。

蕭靖決無辜地看著她：「不是要給我上藥？」頓了頓，他嘆了一口氣：「予安，妳有沒有發現妳現在動不動要讓我脫衣服，都學壞了。」

向予安面無表情地說道：「那我讓樂山來。」

「倒也不必如此麻煩！」蕭靖決想也不想地說道，「他毛手毛腳的。」

向予安眼裡閃過了一抹笑意，蕭靖決瞪了她一眼：「妳現在真的是越來越大膽了。」

可是這份大膽，卻都是因為他的縱容。

半個時辰之後，孟青晏又來了，他一開口就說道：「李大人實屬不易，他是個好官。這一次多虧了他，否則今州縣只怕是會成為人間煉獄。」

蕭靖決挑了挑眉頭，心裡沒什麼意外，杜光是個什麼樣的貨色他比誰都清楚。

孟青晏紅著眼睛說了自己一路的見聞，「李正傑一直在修河堤，可是修河堤的銀子一直被縮減。李正傑發現河水漲得太快，提前帶著百姓躲到了山上。這次受災的，是沒有。」

孟青晏剛到的時候，就有百姓要把自己的孩子賣給他，只求混一口飯吃。

李正傑明明只比他大十歲，卻宛如老者，面容滄桑憔悴，眼底是化不開的痛色。他吃住都在難民營裡，因為他擔心災民餓急了會去搶劫殺人。

他不知道什麼是好官，可是他能看出來，李正傑盡力了。

「李正傑帶著百姓躲過了水災，卻躲不過貪官。」孟青晏紅著眼睛說道：「縣衙裡一點銀子都沒有了，可是皇上明明下旨，讓這一季的稅糧給百姓賑災的啊！那麼多災民要吃飯，李正傑堂堂一個縣令，去求商戶捐糧。」

「李正傑家裡有個六十歲的老母，獨自一人住在山上，就是一個小茅屋。我去見到她的時候，缸裡的水快沒有了，她連喝水都要省著。」孟青晏哽咽著說道：「我臨走前想給她留點銀子，讓她買個丫鬟照顧，她給我退了回來。她說，她不能讓自己兒子蒙羞。她兒子可是縣令！」

這次出行給孟青晏的震動實在是太大了，想到李正傑說起種田、賑災、修河堤的事滔滔不絕，又期許地問他，是不是他來了，百姓就有救了。

他開口閉口都是向孟青晏要糧食要銀子，他除了尷尬，就只剩下愧疚。

向予安聽著神色微微有些恍惚，國朝從來不缺真正做事的人。就像她父親，霍家世代征戰沙場，就是為了守護百姓安寧。

她不明白，為什麼霍驍拚死也要守護的百姓，在皇上眼裡，就什麼都不是呢？

為什麼保護別人的人，卻沒有人保護他們呢？就像霍驍，就像李正傑。

第五十八章　看清了蕭靖決的真面目

孟青晏咬著牙說道：「還有杜光！他身為今州知府，卻貪墨稅糧，棄百姓不顧。我算過了，光是後山的那些災民根本不過一千多人，根本用不了那麼多的銀子。」他看向蕭靖決，語氣堅決：「我是一定要辦杜光的！」

所以他看到的災民們都是井然有條，喝的粥裡還有米，而李正傑賑災用的卻是麩糠。

向予安神色凝重，自從來到江南之後，她一直跟在蕭靖決身邊，並沒有去見過受災的情況。現在聽到孟青晏說起，她才有一種真實感。

蕭靖決淡淡地說道：「現在要緊的還是賑災，至於問責我覺得還不著急。先安頓好災民再說，孟兄以為呢？」

孟青晏看了蕭靖決一眼，見他沒有強烈反對處置杜光，便點了點頭：「蕭兄說得對。」頓了頓，他又說道：「我先把糧食給李大人運過去，那裡的災民實在太多了。其實蕭兄也應該過去看看，一定會有很大觸動。」

「我就不去了，籌集糧食也離不開我。」蕭靖決面不改色地說道。

孟青晏風風火火地走了，一刻都不願意耽誤。

蕭靖決嘴角露出了一絲冷笑。

孟青晏開始風風火火的賑災了，只是一看到糧食，他就傻了眼。因為蕭靖決準備的也都是麩糠，孟青晏立刻就去找蕭靖決理論去了。

蕭靖決很淡然，他將帳本拿了出來，跟孟青晏算帳。

「江南雖是魚米之鄉，可是米糧都掌控在大糧商的手裡。這些糧商都是有固定客戶供應的，別說現在災情，便是平日裡米價也不便宜。你想讓這些商戶違約拿出糧食救災，只怕愚兄沒有這麼大的本事！」蕭靖決淡淡地說道：「便是這些麩糠，也是我跟這些商戶扯皮許久才終於說服他們答應下來的。」

孟青晏一頓，「可、可我們是朝廷賑災啊。」

李正傑讓百姓吃麩糠是沒有辦法，現在朝廷賑災也讓百姓吃這樣的東西。

蕭靖決點了點頭：「可是現在朝廷空虛也是事實，朝廷拿不出銀子。以我的能力只能做到這個地步，若是孟兄實在看不上，也可以自己去籌集。」

孟青晏的神色一下就變了，他這下終於看清楚了蕭靖決的真面目，蕭靖決對賑災一事並沒有他想像中的那麼上心。

孟青晏沒有說話，沉默地轉身離開了。

孟青晏開始賑災，然後蕭靖決發現向予安不見了。

向予安也跑出去看災民，她也第一次見到了李正傑。

李正傑不過三十來歲，看起來卻宛如五十來歲的老者，一雙乾裂的手都是老繭。很難想像這是在魚米之鄉當縣令的人。

李正傑帶著大部分的村民躲到了山上，卻也有一些執意留在山下的人。這次水災，這些人全都遭了秧。

可就算是活下來，沒有糧食，他們也終究難逃一死。有個活下來的百姓說，還不如就死在那場大水裡。

向予安聽到這話，心裡難受不已。

向予安站在路邊，看著災民，眉頭緊緊地皺了起來。她以為她跟這場水災沒有關係，她家破人亡，親人慘死，滅門之仇尚未得報，哪有心思去管旁人？

可是當她看到這些災民，跪在路邊，只求有人能買了他們的孩子，她還是遏制不住內心的情緒。

孟青晏說，災民已經開始賣妻子賣兒女了。窮苦人家過不下去賣女兒不稀奇，可是連半大的男孩子也要賣了，只為求一條生路。

她想到蕭靖決每日參加宴會時那一桌桌的山珍海味，就算是水災，也從來不會缺達官顯貴們的美食。這幾日，向予安都在災民所裡幫忙。她識字，而且還聰明，辦起事來十分周到。

蕭靖決發現自己丫鬟不見了，樂山告訴他：「予安姑娘去看難民了。」

蕭靖決皺了皺眉頭，並沒有說什麼。

可是一連數日，蕭靖決都沒看到向予安，他終於忍不住發了火。

「她又去難民營了？」蕭靖決沉著臉問道。

樂山有意為向予安辯解幾句，便道：「可能是上街買東西去了，予安姑娘來到今州之後可還沒有好好出去逛過呢。這也是難得，畢竟姑娘家嘛，都喜歡買東西。」

蕭靖決冷笑著說道：「外面除了災民就是屍體，她出去看什麼？」

正說著話，孟青晏就過來感謝他了。

孟青晏一臉感激地對著蕭竫泱說道：「蕭兄，我原本以為你帶著予安是因為私情，現在我才知道，都是我誤會你了。予安不愧是蕭兄身邊的人，委實能幹，可是幫了我不少的忙。」

自從兩人因為糧食問題而不愉快之後，孟青晏就一直沒來見過蕭竫泱。現在態度這麼好，可見是對蕭竫泱十分感激。

蕭竫泱挑了挑眉頭，他怎麼不知道孟青晏跟向予安關係都這麼好了？而且他還真的沒誤會，他帶向予安過來，還真的就是為了私情。

蕭竫泱決定親自去見向予安。

第五十九章　無事獻殷勤

這是蕭靖決第一次主動去了災民所。

馬車一停下，蕭靖決掀起車簾就開始皺眉頭。這裡骯髒、雜亂，到處都是百姓，空氣裡彌漫著一股難聞的味道。

這是他絕對不會來的地方，至於災民如何，那跟他有什麼關係？他這次來賑災，可他的計畫裡根本就沒有災民二字。

可是，他一抬頭，就看到向予安在給一個小男孩擦淚水。她的動作有些笨拙，而且稱不上溫柔，因為那個臭小子哭得更大聲了。她臉上露出了些許懊惱的表情，似乎在哄著小男孩，可臭小子一點都不聽話，一直在掉眼淚，她最後露出了無奈妥協的表情。

原來她也有無可奈何的時候。

他看到，自己賞給她的冰蠶絲手絹，就讓她給那個髒兮兮的臭小子擦了臉蛋。下面的人孝敬來的，聽說是從西域傳過來的黑色巧克力豆子，連宮裡都沒見過，她就那麼拿出來餵給了那個小男孩。

那一顆巧克力豆，比那個小男孩都要值錢了吧？

小男孩十分感激她，居然還不要臉地想去親她。還好她躲開了，可是當小男孩癟癟嘴剛要哭，她又連忙將臉頰湊了過去。

小男孩吧唧地親在了她的臉頰上，她臉上全是無奈和縱容。

蕭靖決當即便瞇了瞇眼，「那孩子誰家的？」
樂山膽戰心驚地勸道：「這孩子，還小呢，跟予安姑娘應該不是那種關係。」
蕭靖決冷冷地看了他一眼，樂山也不敢說話了。
蕭靖決走了過去，向予安抬起頭，愕然地看著他：「公子怎麼來了？」
蕭靖決掏出手帕為她擦了擦臉，這才鬆開眉頭：「這應該是我問妳的吧？我的丫鬟怎麼會來這裡？」
向予安有些不好意思地說道：「我、我就是過來看看，有沒有能幫忙的地方。」
蕭靖決冷笑著說道：「我讓孟青晏來管災民，可不是讓他偷懶的！」
向予安急忙說道：「我是自願的，公子不要生氣。」頓了頓，她小聲地說道：「這些百姓都好可憐，他們的田地都被淹了，以後也不知道該怎麼過日子。」
蕭靖決沒有說話，他從來沒有考慮過這些。這些災民能否活下去，以後該怎麼過日子，他根本不關心。
蕭靖決打量著難民營，發現這裡打理得井井有條，並不喧鬧，災民都安靜地待在帳篷裡。杜光的那個難民營也是如此，可那都是杜光安排的，這些可都是真正的災民。讓一群剛受到打擊摧殘的百姓們安靜下來，這可不是一件容易的事。
孟青晏看到蕭靖決來了，急忙跑了過來，感動地說道：「蕭兄，我就知道你心裡還是有災民的。我帶你四處轉轉吧，我們最近做了不少事呢。」
經過這次賑災，孟青晏成熟了不少，只是有些方面還是一如既往的天真無邪。
蕭靖決跟著孟青晏參觀難民營，他發現了一件很奇怪的事。就是排隊等著領粥的人都是女子，一個男子都沒有。

蕭靖決就問了出來：「為何來領粥的都是女子？」

孟青晏笑著說道：「這是為了防止世道艱難，會有人去賣了妻兒妹妹，所以便想了這個法子。單日子由男子來領粥，雙日子則由女子來領粥。如此一來，家中的女子可以來領粥，就不會有人想要賣妻了。」頓了頓，他說道：「這還是予安想的法子，她可真聰明，幫了我不少忙呢。」

聽著孟青晏對向予安讚不絕口，蕭靖決也有些驕傲地挺起胸膛，然後又皺了皺眉頭。

「予安不是朝廷裡的人，我希望以後賑災的事情孟大人能夠親力親為。」蕭靖決冷淡地說道。

孟青晏愣了一下，蕭靖決不高興了，他是不是誤會了什麼？孟青晏難得頭腦清楚，這次他猜對了。

孟青晏急忙解釋道：「蕭兄，你不要誤會，我、我不是……我不好這個。我喜歡女子，不、不會跟你搶的。」

蕭靖決：「……」

就算蕭靖決聰明絕頂，也對孟青晏這樣的人束手無策。

樂山沒忍住，撲哧一聲笑了出來，蕭靖決看了他一眼。

蕭靖決走到難民營的後面，這裡位處半山上，地勢高。站在山上就能看到下面的江水，遠處還有已經決堤的河堤。

蕭靖決看著這條江水，眼神不由得閃了閃。

他突然看向了孟青晏：「若是這河堤的問題不解決，江南的水患只怕是永遠都解決不了。」

孟青晏點了點頭，嘆了一口氣說道：「是啊，江南梅雨季節將近半年，一不小心就會決堤，還是要修河堤才是解決之道。只是現在連賑災都拿不出銀子來，又哪有銀子修河堤呢？」

蕭靖決語氣淡然地說道：「辦法都是想出來的，我們來這裡不就是為了解決問題嗎？只能救得了災民一時，救不了一世，就不算真正救了他們。」

此言剛落，就聽到一個激動的聲音說道：「這位公子所言甚是，確實如此。其實解決辦法很簡單，只要河堤修築好，下流水庫平時可以存水，旱時又可以澆灌良田，這實在是一本萬利的好事啊！」

蕭靖決回過頭來，就看到一個皮膚黝黑，眼睛卻極亮的男子看著他。蕭靖決立刻就知道了此人的身分，李正傑。

「這位是李大人吧？」蕭靖決問道。

李正傑點了點頭，「下官正是，這位公子是？」

孟青晏給二人做了介紹，李正傑頓時熱情不已：「原來是蕭公子，蕭公子剛才所言，可是有意要為江南修築河堤？」

蕭靖決沉吟了一下，然後說道：「我剛到此地，很多事情還不是很了解，不如李大人為我介紹一二？」

李正傑立刻點了點頭。

李正傑十分熱情，拉著蕭靖決從河堤又說到了附近的田地收成。他的口才十分好，滔滔不絕。

蕭靖決並沒有嫌煩，反而耐心地聽著他說完。

別說樂山了，就連孟青晏都覺得，蕭靖決是在無事獻殷勤。

但李正傑不知內情，他只知道有人打算支持他修河堤。在這個前提下，別說對方不懷好意，就算要把他賣給對方，他也是願意的。

向予安看著兩人的背影，瞇了瞇眼。

第六十章　不是斷袖？

孟青晏走到向予安身邊，遲疑地說道：「你說蕭兄在想什麼呢？」

向予安心裡默默回答，肯定不是什麼好事。

「大概是想著如何安置百姓吧。」向予安面不改色地說道。

對不起爹，她當了人家的丫鬟，都沒有風骨了。

孟青晏不由得瞪向了她，真的當他傻？

蕭靖決跟李正傑兩人單獨密談了足足兩個時辰，出來的時候，李正傑對著蕭靖決感恩戴德，就差磕頭謝恩了。

蕭靖決笑得如沐春風，轉過頭就看到向予安和孟青晏兩人蹲在一塊，小聲地說著悄悄話。

他瞇了瞇眼，眼看著就孟青晏的手就要拍在向予安的肩膀上。

「予安如此大才，做一個小廝還是委屈了。」孟青晏吞吞吐吐，他有點想問，向予安跟蕭靖決的關係：「以後如果你遇到了什麼麻煩，大可以來找我。」

蕭靖決閒庭信步地走了過去，淡淡地說道：「她是我的丫鬟，就不勞煩孟兄操心了。若是壞了孟兄的名聲，我可擔待不起。」

孟青晏的手頓時像被燙到般拿了下來，他瞪著向予安說道：「妳是女子？蕭兄不是斷袖？」

向予安：「？？」

蕭靖決：「……」

向予安沒想到，還有過這樣的誤會。

蕭靖決瞇了瞇眼，孟青晏突然之間就聰明了，他縮了縮脖子，連忙說道：「我、我還有事，我先走了。」

孟青晏轉身就跑了。

蕭靖決看著他的背影，轉過頭對向予安教訓道：「以後別跟別的人瞎混，都被帶笨了。」

向予安：「……」

蕭靖決拉著向予安上了馬車，向予安轉過頭看了一眼難民營。蕭靖決剛才跟李正傑說了什麼？這個地方有什麼是值得蕭靖決謀算的？

她的目光在波光粼粼的江面上一掃而過。

蕭靖決帶著向予安回到了府邸，杜光就來了。因為蕭靖決已經冷落他好幾天了，並且還提拔了幾個世家子弟。現在蕭靖決已經在世家中站穩了腳跟，不再需要他了。

他已經聽說了，孟青晏賑災的事安排完之後，就要按罪處置了。

杜光知道，這次刺客的事讓蕭靖決對他不滿。

杜光自然坐不住了，他小心翼翼地站在蕭靖決的面前。

「公子，這幾天下官一直在找刺客，發現了一些端倪。」杜光試探地說道，見蕭靖決沒有反應，他有些失望，只好繼續說道：「這夥刺客，武藝高強，訓練有素，不是江南本地的。只怕是來自上京……」

蕭靖決看了他一眼，說出一句讓他當場呆住的話：「我知道，他們不止是來自上京，而且他們背後的主子地位比我爹還高。」

蕭靖決說著，輕輕地敲了桌子三下。

杜光神色倏地一凜，他滿臉愕然地看向蕭靖決。他知道，他已經失去了唯一的籌碼。

蕭靖決嘴角露出了一抹冷冷的笑：「杜大人還有什麼要說的嗎？」

杜光失魂落魄地站在原地，蕭靖決早就知道。

蕭靖決便端起了茶杯，這就是要送客的意思了。

杜光轉過身走了出去，都沒有回過神來。

向予安都看明白了，蕭元堂勾結的人是三皇子？能比蕭元堂地位更高的，除了皇上，就只有那幾位皇子了。

三皇子？向予安皺起了眉頭，她對皇室了解的不多。不過據她所知，皇上還沒有立太子，幾個皇子也沒有成氣候，現在看來是她想得太單純了。

皇上沒有立太子，而蕭元堂現在是搭上了三皇子，並且支持他。而這一點，蕭靖決似乎是反對的，因為三皇子派人來殺蕭靖決了。

或者，這也是蕭元堂和三皇子之間達成的交易。

向予安心裡冷笑了一聲，蕭元堂這個蠢貨，虎毒不食子，沒有了蕭靖決，他還能坐穩首輔之位？

不過，這或許會是她的機會。

蕭靖決和蕭元堂關係不和，她正好可以周旋其中，讓兩人互相殘殺。她現在要確定的就是陷害霍家的主意到底是誰出的，如果是蕭元堂，她就借著蕭靖決的手報仇。

孟青晏果然開始查起了貪墨案，幾個被蕭靖決撤職的官員都未能逃脫責罰，自然也包括杜光。

可是就在孟青晏準備上奏摺的時候，今州出了一件大事。

第六十一章　雙方激辯

幾個寒門子弟跑到孟青晏面前訴苦，說朝廷現在只重用世家子弟，寒門子弟都沒有了活路。

孟青晏震驚之下，轉過頭去調查一下，發現還真如他們所說。他當即就怒氣衝衝地去找蕭靖決要說法了，而整個今州的世家也都在關注這件事。

他們要看看蕭靖決是否有這個能力能護得住他們。

孟青晏怒氣衝衝地去找蕭靖決，痛心疾首地說道：「我以為蕭兄只是為人冷淡，沒想到你竟如此妄為，竟然賣官鬻爵！這讓那些寒窗苦讀的寒門子弟如何自處？」

蕭靖決淡淡地說道：「我如果不賣官鬻爵，他們就都要餓死了，還想著要入仕為官？」

孟青晏噎了一下，蕭靖決看向了孟青晏：「孟兄以為，這江南的水災靠著你我二人來這裡待上數月就能解決嗎？」

孟青晏皺起了眉頭：「我知道不容易，可是我們不是都在想辦法解決的嗎？蕭兄，你聰慧絕倫，我相信你我二人一定能想出更好的辦法！」

蕭靖決毫不避諱地說道：「這就是我想出來最好的辦法。」頓了頓，他說道：「你和我都不能一輩子留在江南，治理這裡的，還是江南人。你只看到我任命的都是世家子弟，卻沒看到，他們也都是江南人。」

「你可知光這次水災江南世族就損失了多少銀子？他們比我們更不希望水災發生！」蕭靖決斬釘截鐵

地說道：「現在讓他們去治理江南，他們會儘快讓今州恢復往日的秩序。」

「可是他們不會真正地為百姓著想！」孟青晏說道：「我知道，你把大米換成了麩糠，現在米價飛漲，顧家前幾日剛賣出了一批糧食。」

蕭靖決看了孟青晏一眼，這人倒是長了腦子。

「如果沒有這批糧食，那些災民連麩糠都吃不上。」蕭靖決淡淡地說道：「官員也是人，是官就沒有不貪的。你以為這些世家子弟換成了寒門子弟，他們就不貪嗎？你錯了，越是寒門子弟得到官身之後，才越受不住誘惑！」

蕭靖決看著他道：「孟次輔管著刑部，不會不知這些年來因貪墨獲罪的官員，大部分都是你口中的寒門子弟。既然誰坐到這個位置上，都會貪墨，為何我不選擇更好用的呢？」

孟青晏簡直目瞪口呆，他第一次見到蕭靖決這樣理直氣壯胡說八道的人。

「那他們也應該有一個公平的機會，科舉是天下讀書人入仕唯一的機會，它應該是純粹的，它必須公平！」孟青晏擲地有聲地說道。

蕭靖決看著他問道：「孟兄以為，朝廷科舉，選拔人才是為了什麼？」

孟青晏毫不猶豫地說道：「自然是為了治理天下，造福百姓。」

「我現在已經給了你這樣的結果，你還有什麼不滿意的？」蕭靖決攤手反問道：「你要賑災，好，這些人能弄來糧食。李正傑要修河堤，我也可以給他找木材商人。一條河堤，能造福多少百姓？孟兄還有什麼不滿意的呢？」

孟青晏：「你……」

他反駁不了，確實，世家子弟帶來的資源遠非寒門子弟可以比。現在的結果也確實如他所希望的，可是，不是這樣的，不對，不應該是這樣的。

蕭靖泱繼續說道：「我知道孟兄是個有原則的人，可是現實的情況就是這樣。孟兄也大可以將他們撤職，再到皇上面前參我一本。」頓了頓，他又說道：「可是現在正在供應難民營的食物，哪怕是孟兄看不上的麩糠，只怕也是供應不上了。」

「你威脅我?!」孟青晏瞪著蕭靖泱說道。

蕭靖泱搖了搖頭：「我沒有威脅你，我是在說一個事實。我能力有限，這是我唯一能想到的辦法，朝廷沒有銀子，一切就要靠著江南世家來賑災。天底下沒有白吃的午餐，既然要世家出銀子，付出一點代價也是正常。與其讓那些無作為的貪官來坐這個位置，能用這些位置換些麩糠，我覺得也是值得的。孟兄覺得呢？」

孟青晏回答不了這個問題，可是現在的情況確實是這樣。

「我們、我們可以讓那些貪官把貪墨的銀子交出來。」孟青晏澀然地說道。

然後蕭靖泱就笑了，「交出來?孟兄可真會開玩笑。」笑完之後，他神色一凜：「蕭兄，前幾日我曾遇刺。這些刺客各個武功高強，訓練有素，非同一般。而我們從上京出來，就一直有人在刺殺我們，你可知這些都是什麼人?」

「是上京裡的人！」孟青晏硬生生地回答。

第六十二章　畢生難忘

孟青晏不是真的傻，訓練有素、武功高強的刺客可不會憑空冒出來，一定是有人訓練的。能訓練出這樣的刺客一定需要大量的時間和金錢，就算是上京，有能力培養出這樣刺客的人也是屈指可數。

就連他們孟家都沒有，那就只能是皇家……

總不能是皇上要弄死他們吧？那就只能是皇子們。

孟青晏想明白其中的關鍵，神色黯然下去。這江南貪墨案牽連到了皇室中人，皇上就不可能讓人繼續調查下去，更不要說被貪走的銀子了。

孟青晏整個人像是被抽光了所有的力氣一般，「你說的不對，你說的不對。」

可是他還真的不能像蕭靖決說的那樣，眼睜睜地看著百姓餓死。

「如果做官可以憑家世，那麼那些寒門子弟該怎麼辦？」孟青晏澀然地問道。

「可以科舉啊，」蕭靖決淡淡地說道：「如果他們足夠有才學，完全可以靠著科舉出頭。」

「寒門子弟就要寒窗苦讀地去科舉，而那些世家子弟，只因為會投胎，就可以輕而易舉的入朝為官！憑什麼?!」孟青晏大聲反問道。

孟青晏似乎忘了，他也是世家子弟。

蕭靖決看了他一眼：「公平？這世間的世家大族，哪個不是經歷了數代經營?!這些寒門子弟，祖上不思進取，科舉給了他們出頭的機會，讓他們跟著世家子弟同朝為官的機會，你跟我說公平?!」

蕭靖泱冷冷地說道：「別忘了，現在這些百姓，是靠著世家活下去的！」

孟青晏皺起了眉頭，他沒辦法反駁這一點。他轉身離開，他要想一想，該怎麼想一想。

蕭靖泱嘴角露出了一絲冷笑，孟青晏還是嫩了點。

蕭靖泱轉過頭，就對上了向予安清冷的目光。她一直在這裡，聽著他們對話。

蕭靖泱並沒有避諱她，他從來不曾掩蓋自己不是個好人的事實。

「看什麼呢？還不快去給公子倒杯茶？」蕭靖泱淡淡地說道。

向予安給他倒了茶，然後說道：「我在思考公子說的話。」

蕭靖泱漫不經心地喝了一口茶，「妳思考出什麼了？」

向予安認真地說道：「關於公平。公子說，世家子弟是祖上足夠努力經營了數代才有今日的成就。但孟大人想要的公平，是對於天下百姓而言。是為了給所有有抱負的下一代一個努力奮進的機會，科舉只有是公平的，才能告訴我們的後代，你要努力，你可以靠著努力來改變自己和未來子孫的命運。」

「這世間不公平的事情太多了，所有人從出生開始就面對不公平的待遇。但是在這樣不公平的人世間，科舉卻是給了眾生一個努力的機會。只要努力，只要足夠優秀進取，科舉是可以讓普通人改變命運的。」向予安正色地說道：「而公子，卻打破了這種公平。」

「如果這件事傳揚出去，那些努力讀書的寒門學子或許會寒心。會有人認為自己寒窗苦讀，也不會有出路，會自暴自棄。朝廷除了治理天下之外，更有教導指引百姓的義務。」向予安說道：「公子這次是沒有辦法的辦法，但我認為，如果有別的辦法，還是給天下寒門學子們，留一點希望吧。」

蕭靖泱的臉慢慢陰沉下來，他冷冷地說道：「如果這麼輕易就放棄，那麼這樣的人也不必去當官了，更不要說改變命運。命運天註定，豈是那麼容易改的？」

向予安點了點頭說道：「公子說的是，不過我倒是覺得，以公子的聰慧不會不明白孟大人說的有道理。公子不願意承認，只是為了讓自己做事的時候更理直氣壯一點吧。」

孟青晏回去之後，還是將以前的貪官抓起來送回了上京。然後，他還寫了一封請罪的摺子，說他此次賑災不利，請皇上責罰。

蕭靖泱知道之後只冷笑了一聲，並沒有理會他。

孟青晏最後還是覺得，他不能接受這些空降的世家子弟，並告訴蕭靖泱，他要上奏皇上。

孟青晏認真地說道：「有些事情，是原則，不能撼動的。」

蕭靖泱只淡淡地說了一句：「你可知道？正是這些人，籌集修築河堤的銀子。你如果要撤了他們，第一個不同意的只怕是李大人。」

孟青晏愣住了：「你說什麼？」

蕭靖泱看了他一眼：「孟兄的格局比起李大人，還是差了一點。」

孟青晏轉身就跑，他去找李正傑，問他辭官的事。

李正傑毫不猶豫地點了點頭：「確有其事，蕭公子說了，會籌集到修築河堤的銀子。」他轉過頭，望向水面，眼神裡滿是執拗之色：「河堤年年修，年年決堤，我都已經記不清死了多少人。河堤不修，今州永無寧日。只要能讓我修一條河堤，讓我做什麼我都願意！」

李正傑說著，看向了孟青晏，紅著眼睛說道：「大人，您見過洪水嗎？洪水來的時候，田地房屋，還有人，都被沖跑了，拽都拽不住。我眼睜睜地看著一年又一年的洪水，大水過後，百姓被餓死，有多少人賣兒賣女兒，骨肉分離。我不想再看到那樣的畫面了，大人。」

孟青晏緊緊地握著拳頭，他哽咽著說道：「可是……這是賣官鬻爵啊。」

李正傑笑了：「若是我的官職能為修河堤籌措一點銀子，我也願意！」

孟青晏第一次出京單獨辦差，他看到了百姓不易，卻沒有辦法解決。他一直都忘不了李正傑這個人，也忘不了今州的大水。

第六十三章　要回京了

孟青晏不再說要撤職嚴辦的話，今州世家子弟的差事算是安穩了下來。

整個今州世家都震驚了，孟青晏可是孟治道的兒子，孟家跟蕭家也算是水火不容的。現在倒好，孟青晏直接在蕭靖泱面前服了軟，這就是蕭公子的手段啊！

蕭靖泱果然靠得住，這讓今州的百姓對蕭靖泱的態度更加熱烈起來。

蕭靖泱也沒閒著，這幾日會見了不少世家，出席了不少的酒會。而且他特意宴請的都是一些材料商人，且都是修築河堤必用的材料。

而向予安也終於明白了蕭靖泱的目的，他不在乎災民的死活，卻願意為修河堤而費心思。

蕭靖泱的目的是今州的這條運河，如今他力排眾議修這條河堤。所用建設之人、管理之人，都是他的人，以後這條運河之路就會掌握在他的手裡。這江面上，除了黃金，還能夠更便捷地傳遞消息。

他來一趟今州，收服了今州的世家，未來還會掌控這條運河，李正傑還對他刮目相看。蕭靖泱的手段，當真是非同一般。

向予安不得不開始考慮，讓蕭元堂和蕭靖泱自相殘殺的可能性，蕭元堂很有可能鬥不過。

蕭靖泱安排好了賑災之後的事，就打算回上京了。他才來了也就三個多月，賑災的事已經處理完全，是誰都不得說一句能力卓然？

孟青晏心裡十分複雜，蕭靖泱的能力毋庸置疑，可是他覺得蕭靖泱沒用在正道上。

寒門子弟集體告狀的事，他沒有辦法，後來不知怎麼的，那些人也不來告狀了。

蕭靖決決定回京，派人來問他要不要一起回去。

孟青晏想了想，決定跟他一起走！

孟青晏在心裡默默下了一個決定，他要在路上說服蕭靖決，讓他改邪歸正！

杜光投靠一半，最後被蕭靖決放棄，孟青晏打算把他帶回上京。這一點他和蕭靖決不謀而合，江南的貪墨案總要有人來承擔罪責，杜光就十分合適。

杜光很後悔，可是他現在已經沒有了底牌，在求蕭靖決救命無果之後，他在一天夜裡上吊自盡了。

樂山臉色難看地給蕭靖決彙報，他愧疚地說道：「是屬下大意了，沒想到他竟然會自盡。」

蕭靖決眉頭蹙了一瞬又放開了，「有人想讓他死，他就不能活，也不怪你。」

「看來杜光知道的比我們想的還要多，他這麼一死，會誤了公子的事嗎？」樂山問道。

蕭靖決看向窗外，向予安正在收拾東西，他的眉眼柔和下來，聲音卻很冷：「無所謂，左右也沒指望一個杜光能做些什麼。現在還不到時候，死了也好。」頓了頓，他收回了目光，「現在還不是時候。」

樂山不知道蕭靖決說的不是時候是什麼意思，不過他知道，這不是他該過問的。

樂山恭維道：「公子真是料事如神，神機妙算，依屬下想，憑公子的本事，讓予安姑娘心悅誠服也是早晚的事。」

蕭靖決的眼神落在他的臉上，面無表情地說道：「你可知也有事情是我算不到的？」

樂山傻乎乎地問道：「是什麼事？」

「我沒算到你不止蠢，話還多。」蕭靖決面無表情地說道。

樂山滿臉震驚，他難道不是除了向予安之外公子最看重的屬下嗎？公子為什麼要說如此誅心的話？

自從確定了要回京，向予安去難民所的時間就漸漸少了。孟青晏已經安排好後續的事情，世家子弟會繼續在衙門任職，而世家也承諾會幫忙賑災，至少要讓百姓有房子住。

這個過程或許很緩慢，可到底是在往好的方面發展，這就是希望。

分別的時刻，總有想要告別的人。向予安不喜歡告別，當初她離家閉關，跟父母告別，就再也沒見過他們。

可是被向予安照顧的小孩子跑到府邸來找她了。

是那天蕭靖決見到的小男孩，還有一個小姑娘。

小姑娘手裡舉著花，怯生生地看著向予安：「我、我去摘的，送給妳，謝謝妳救了我娘。」

向予安皺著眉頭，看著那束花。這小姑娘的母親險些被她的父親給賣了，向予安才想了那個單雙日的法子來。

她做這些事的時候並沒有想過會被感激，一時間不知道該用什麼表情來面對。

「謝、謝謝。」向予安喃喃地說道，把花接了過來。

另外一個小男孩拽著向予安的衣袖，猶豫著說道：「是因為我不聽話，所以妳不來了嗎？」

向予安搖了搖頭：「不是，你聽話我也不來了。」

小男孩眼睛當場就紅了。

向予安：「……」好像說錯話了怎麼辦？

她手忙腳亂地哄小孩兒，「我是要回家了，你們以後要好好聽話。」

她乾巴巴地安慰，最後小男孩自己安撫好了自己：「妳都不怎麼會哄我吃飯，也不指望妳能安慰我了。」頓了頓，他依依不捨地拽著向予安的衣袖：「妳、妳不要忘了我，我會去找妳的。」

向予安告訴他：「上京很遠，你還很小。」

小男孩挺起了胸膛，「我總會長大的！」

向予安想了想，覺得他說的有道理，便點了點頭：「那我等著你。」

小男孩就高興了，伸出小手指湊到了她的面前，「那，我們說好了。」

向予安鄭重其事地跟他拉了勾。

第六十四章　明晃晃的暗示——我喜歡孩子

向予安偷偷摸摸地掏出了兩個糖果塞給他們，讓他們吃了。
「現在就吃了，別回去讓人搶走了。」向予安說道。
小女孩想帶回家給娘親吃，猶豫了一下，還是吃了下去。
向予安找了個衙役送兩個小孩兒回去，轉過頭就看到蕭靖決。
蕭靖決挑了挑眉頭，忍不住說道：「妳對我怎麼沒有這樣耐心過？」
向予安遲疑了一下，她有些不確定，這是不是傳說中的吃醋？
蕭靖決走了過來，「沒想到妳會喜歡小孩子。」
他一走近，壓迫感就來了，向予安有些緊張：「也沒有很喜歡。」
蕭靖決點了點頭，看著她，突然說道：「我不喜歡小孩子。」
向予安眨了眨眼，她自認挺聰明的，但是蕭靖決這話她有點不知道怎麼接了。
「如果妳不能對一個孩子負責，就不要生孩子了。」蕭靖決淡淡地說道。
向予安想到蕭靖決兒時的經歷，也不覺得意外。
不過蕭靖決這話委實有些驚世駭俗，畢竟傳宗接代是刻在骨子裡的。
「可是如果我有孩子了，我一定會好好保護他，讓他自由自在，絕對不會讓他受苦。」蕭靖決說完就看向了向予安。

這個話題，是不是有點不對勁兒？

向予安張了張嘴：「我、我還有東西沒收拾，我去收拾行李。」

向予安轉身跑回了房間，可是她忘了一件事，她收拾的房間也是蕭靖決的房間。

蕭靖決走進來，關上了門。向予安警惕地盯著他，十分擔心他又要討論關於生孩子的問題。

蕭靖決說道：「這次賑災有功，回京之後，皇上一定會重賞於我。」

向予安覺得蕭靖決想太多了，以他現在的地位，皇上還怎麼重賞他？升官是不可能了，本朝有規定，父子二人同朝為官，官職不可超過一品。

意思就是，有蕭元堂壓著，蕭靖決的官職不可能超過他爹。

至於錢財，蕭靖決更是不在意。她實在想不出來，還有什麼能重賞蕭靖決的。

蕭靖決見她沒明白，淡淡地說道：「我明年就要及冠，卻尚未娶親。」

向予安愣了一下，皇上要給他賜婚？這確實很有可能。

向予安皺起眉頭，如果蕭靖決娶親，天一閣有了女主人，恐怕不會願意看到蕭靖決身邊有丫鬟，那樣她想調查霍家的真相可就更難了。

蕭靖決想的是讓向予安能有危機感，多重視他一些。畢竟他已經暗示得這麼明顯，甚至願意許她一個孩子，以她的聰慧自然能看出來。

而向予安滿腦子想的都是蕭靖決成親之後，會影響到她報仇。

兩人的心情都十分沉重。

終於，要回京了。

向予安坐在馬車裡，她掀起車簾轉過頭看了一眼今州。這個多災多難的城市，現在也沒有恢復生機，可是這裡終究是有了希望。

回去的路上，向予安想的都是該怎麼弄清楚霍家的事，她已經要等不下去了，所以一路上越加沉默。而蕭靖決也在想，經過了這麼長的時間，他的耐心已經快要告罄。如果回去向予安再拒人千里之外，他就要用別的辦法了。

蕭靖決希望借著這次的機會看清楚他對向予安到底是怎樣的心思，所以都沒有怎麼跟向予安說話。

向予安沒注意，她正忙著跟孟青晏套近乎呢。當初孟治道也是競爭首輔的有力人選，後來輸給了蕭元堂。那麼，孟治道應該會知道自己是怎麼輸的吧？

所以孟青晏很有可能知道，到底是誰害了霍家。

之前賑災的時候，孟青晏和向予安也早就熟悉了起來。

「予安，妳也多勸勸蕭兄。他滿腹才學，又有本事，用來利國利民，那是百姓之福。」孟青晏苦口婆心地說道：「蕭兄對我向來不耐，倒是妳的話他還是能聽得進去的。」

向予安也跟著說道：「公子豈會聽我一個小丫鬟的話？」頓了頓，她若無其事地說道：「而且我們公子也做不了什麼，前面還有我們家老爺壓著呢，他又能怎麼樣呢？而且聽說這次貪墨的案子，也牽扯到我們家老爺，公子也是為難呀。」

第六十五章　誰是罪魁禍首？

孟青晏一聽到蕭元堂就皺起了眉頭，「蕭大人身為朝廷首輔，卻如此不作為！」

向予安看了他一眼，淡淡地說道：「百姓之苦在於官員的不作為，如果當初換了一個人當首輔，或許百姓的日子也不會這麼難。」

孟青晏正義凜然地說道：「入朝為官就應該為百姓作主，這是應該的，否則我枉讀聖賢書。」

向予安看著他道：「孟大人如此一心為民，想來也是孟次輔家教淵源。可惜，孟大人沒有競爭過我家老爺，也是唏噓。」

孟青晏深以為然地點了點頭：「可不是，說起來這事我也想不明白。當時我爹都以為首輔之位肯定是他的了，沒想到最後卻落在蕭大人的頭上。」頓了頓，他說道：「當時我爹還發了脾氣，不過這也沒辦法，畢竟聖心難測。」

向予安五指緩緩收攏，「孟大人一定很不甘心吧？到手的首輔之位就這麼沒了，也不知道蕭大人到底是用了什麼手段，真是好奇。」

孟青晏皺起了眉頭：「當時蕭大人還不在上京呢，聽說是替皇上辦差去了。大概是那次差事辦得好，所以才越過了我爹吧。」頓了頓，他道：「不過我覺得，首輔次輔也沒那麼大差別。」

向予安的神色一凜，蕭元堂離開過上京！是跟霍家有關嗎？只要弄清楚蕭元堂是什麼時候離開的、去了哪裡，那麼霍家的事也就水落石出了。

兩人又聊了幾句，向予安有些心不在焉了。

馬車裡的蕭靖決，透過車窗看到兩人坐在大樹下聊天的樣子，他眼神裡閃過了一抹幽光。

他從來沒有這樣對待一個女子過，他辦差事的時候還要帶著她，甚至不惜為她去犯險。

可是似乎，她並不知道她對他來說有多特別，甚至沒有將他的好放在心上。

蕭靖決不是一個只付出不圖回報的人，他已經付出的足夠多，而他也沒有耐心等向予安心甘情願。

既然被他看上了，那麼不管她願不願意，她就只能是他的。

向予安回到馬車裡，就對上了蕭靖決的冷眼，「妳還知道回來，我還以為妳要跟著去孟府呢。」

向予安頓了頓，露出了一個不好意思的笑容：「公子生氣了？那，那我下次不去了。」

蕭靖決看著她討好的笑容，有些小心翼翼的樣子，深怕惹了自己不快。心頭積攢的怒火，一瞬間就煙消雲散了。

向予安想了想，又從身後伸出手來，掌心裡是兩個野果。

「我剛才摘的，特意帶回來給公子嘗嘗。公子放心，我已經洗過了，很好吃的。」向予安期待地看著他道。

蕭靖決看著那兩個野果，突然問道：「妳有沒有給孟青晏？」

向予安眨了眨眼，面不改色地說道：「當然沒有，我就找到三個，有一個我自己吃了，這兩個都是給公子的。」

蕭靖決彎了彎唇角，一臉矜持地拿過了兩個果子。

「看在妳這麼有心的份兒上，那我就嘗嘗吧。」蕭靖決矜傲地說道。

向予安高興地問道：「怎麼樣？好吃嗎？」
野果帶著點甜味兒，但絕對稱不上美味。但他還是點了點頭，聲音都柔和了下來：「好吃。」
她給他的，哪怕是兩個果子，他也覺得珍惜無比。
向予安頓時露出了一個燦爛的笑容來，「公子待我好，我知道呢。」
蕭靖決神色微微一變，輕嘆了一口氣，「妳就仗著我對妳好。」
向予安沒有說話，她仗著他對她好，她心裡感激。可比起恩情，他們之間最先有的，是血海深仇。
向予安又跟樂山打探了一下，蕭元堂是否離開過上京，又去了哪裡。
她有些懷疑，蕭元堂是否有這樣的本事能策劃如此周密的事情，她擔心是蕭靖決在布局。
樂山十分警惕，但是向予安打的是關心蕭靖決的旗號，樂山就知無不言了。
在前任首輔告老還鄉之後，朝堂上公認的下一任首輔就是孟治道。可是在這期間，蕭元堂真的離開了上京，去了邊關！
樂山笑著說道：「妳是想知道我們公子的去向吧？我們公子沒去，是老爺自己去的。妳也知道，公子和老爺之間的關係，那次老爺走得匆忙，公子都不知道呢。」
向予安眼神閃了閃，蕭元堂自己去的邊關？
向予安挑著眉頭說道：「老爺沒有公子幫襯行嗎？他自己跑去邊關？」
樂山眼神閃了閃，「沒有啊，妳也知道，公子和老爺的關係。」
向予安輕嘆了一口氣：「我一直以為是我們公子，老爺才能當上首輔的。我還一直奇怪，我們公子如此聰慧絕倫，又對老爺有助力，怎麼老爺還如此偏心呢。」

樂山說道：「哪能呢？我們公子有今日都是靠自己，老爺防著我們公子呢。」

向予安若有所思地點了點頭，看來蕭元堂一直防備蕭靖決，所以首輔競爭的時候也沒有讓蕭靖決幫忙。

那麼霍家的事，就是蕭元堂一人所為。他為了擊敗孟治道，霍家成了他的目標，從而幫他得到首輔之位！

向予安眼神幽深，緊緊地握緊了拳頭。

第六十六章　蕭靖決的桃花債？

回去的路上風平浪靜，並沒有再碰到刺客，一行人很快就到了上京。

馬車剛走到城門前，守門的護城軍便攔住了眾人。

「馬車裡可是蕭公子和孟公子？」護衛恭敬地問道。

樂山說道：「知道還不快讓開！」

護衛道：「聖上有旨，若是蕭公子和孟公子回京，便即刻進宮！」

向予安詫異地看向了蕭靖決，難道是蕭靖決賣官的事被皇上知道了？皇上生氣了？

這路途漫漫，好不容易到了上京，連家都不讓回就進宮，這事怎麼看都透著詭異。

蕭靖決看著她擔憂的目光，笑了笑：「會擔心我了？是個好現象。」

向予安不悅地說道：「公子，現在都什麼時候了，公子還有心思開玩笑？」

蕭靖決笑著說道：「因為公子知道不會有事，所以妳不用擔心。我和孟青晏進宮，讓樂山送妳回府，這一路上妳也累了。」

向予安的眼神閃了閃，她很想去團團圓打聽一下葉淮的消息。她出來得匆忙，都沒來得及跟葉淮告別。現在葉淮應該已經不在上京了吧？可是他一定會給自己消息的。

不過向予安還是點了點頭，剛回上京就去團團圓，若被蕭靖決察覺，她是怎麼都解釋不過去的。只好等過會再去了。

向予安點了點頭：「那公子小心點。」
除了蕭雪致沒有人這樣叮囑過他，蕭靖決點了點頭。
向予安看著蕭靖決和孟青晏的馬車漸行漸遠，心裡一直在思考，皇上這麼著急，蕭靖決到底是為了什麼？
向予安先行回到蕭府，直接回了天一閣。
可是，剛走進天一閣，就發現氣氛不對。院子裡居然沒有人在，向予安走進去，就看到門外站著一隊陌生的護衛。
向予安沒來得及多想，就被護衛帶了進去。
這些是什麼人？居然敢在蕭府放肆？
向予安被帶進了正堂，就看到正堂的正座上坐著一位十六七歲的姑娘。這位姑娘相貌嬌豔，衣著華麗，髮髻上是一根紅寶石流蘇髮簪，她氣質華貴，正微微仰著頭，睨著向予安的眼神泛著冷意。
而天一閣的丫鬟都在堂下低著頭，跪了一地。
向予安當下就有些明白了，這大概是蕭靖決的風流債。
「妳就是向予安？」姑娘漫不經心地開了口，語氣裡帶著一絲咬牙切齒的意味：「聽說妳們公子很器重妳，那就去給本宮倒杯茶吧。」
向予安的眼神一閃，這竟然是位公主？
向予安低聲應了一聲：「是。」
向予安轉身去倒了一杯茶端上來，她恭敬地遞上茶盞，還沒到公主面前，就被她一把打倒。

「放肆！竟然這麼孟浪，差點燙到本宮！」公主說著話，揚手就打了向予安一巴掌！

向予安萬萬沒想到，這位公主竟然如此蠻橫，連話都沒說兩句就來打人！

「來人！給我教訓她！」公主指著向予安嬌縱地說道。

很快，就有兩個嬤嬤走上來，拉住向予安就要打她。

「住手！」突然，一道溫柔的女音響起，蕭雪致從外面走了進來。

眾人齊齊地向蕭雪致望去，蕭雪致腳步匆忙地走了進來，對著公主行了一禮：「臣女參見驕陽公主。」

向予安眼神深思，這位是當今皇后所出的驕陽公主？

驕陽公主對蕭雪致的態度很溫和，笑著說道：「雪致姐姐快免禮，姐姐身子不好，我還說一會去妳的院子看妳呢，怎麼好讓妳來回奔波？」

向予安嘴角抽了抽，這位嬌縱的公主，也不是天生就如此蠻橫無理的。

蕭雪致溫溫柔柔地笑著：「聽說公主來了，靖決這院子裡也沒個女主子，倒是怠慢公主了。」

驕陽公主不甚在意地說道：「剛才太夫人和那個如夫人倒是過來了，讓我趕回去了。」說著她冷笑了一聲：「什麼東西？不過是個妾，也敢來本公主面前充女主人的款兒？簡直不知所謂，若不是太夫人，本公主一定要好好教訓她！」

看來是太夫人和薛姨娘過來，被趕走了。

驕陽公主的態度已經十分明顯了，這是衝著蕭靖決來的。

蕭雪致無奈地嘆了一口氣：「公主何必如此？倒是讓公主為難了。」

「這算什麼為難？」驕陽公主握著蕭雪致的手說道。

蕭雪致柔聲說道：「公主為我們姐弟出頭，倒是讓公主受了委屈。不如公主跟我去煙雨閣坐坐？許久未見公主了，我也有很多話想跟公主說呢。」

蕭雪致如此親近她，驕陽公主很開心，不過……

「姐姐先回去，等我教訓了這個不知天高地厚的丫頭就來。」驕陽公主說著，冷冷地睨了向予安一眼，厲聲道：「給我打！」

「公主！」蕭雪致連忙阻攔，「不過是個丫頭，若是衝撞了公主，我讓她給公主賠個不是。公主難得過來，何必如此大動干戈呢？倒是叫我心裡不安了，靖決知道，也會怪我的。」

驕陽公主陰鷙的目光掃過向予安，她說道：「姐姐不必客氣，我把雪致姐姐當成自己的親姐姐，妳我姐妹之間還有什麼可說的？只是這丫頭也不知是仗著什麼勢，敢在我面前冒犯，不教訓不行！」

向予安知道，驕陽公主這是知道蕭靖決出門都帶著她，所以打翻了醋罈子，這是故意來找她麻煩呢。

蕭雪致給向予安使了個眼色，向予安知道，蕭雪致這是想讓她低頭賠罪，大事化小。

她緊緊地握緊了拳頭，心頭滿是不甘。她霍家滿門忠烈，忠肝義膽，多少人戰死沙場，最後卻被狗皇帝滿門抄斬！而現在她還要對著這個蠻橫的公主低頭，她如何能甘心！

趙家的這些人都是欠教訓！

第六十七章　公主蠻橫

向予安抬起頭，望著驕陽公主說道：「公主，奴婢剛才不小心，不如奴婢再給您倒杯茶賠罪？」

蕭雪致連忙說道：「好好，予安再去倒杯茶。公主向來大度，也不會跟妳計較。」

驕陽公主看了看蕭雪致，勉為其難地點了點頭：「那妳就倒吧。」

她在心裡冷笑，倒了多少次都一樣，她都不會放過她！

向予安轉過頭去倒茶，恭敬地捧在了驕陽公主的面前。驕陽公主冷笑了一聲，還想如法炮製地將茶打倒，可是向予安端得很穩，一下子竟沒將茶打翻！

驕陽公主臉上閃過了一絲惱怒，揚起手更用力地揮向了茶杯。可是這次茶杯很輕鬆地就被她揮倒在地，而她因為用力過猛，險些摔倒在地。還好她身邊的宮女扶住了她，可是即便她沒有摔倒，驕陽公主也倒吸了一口涼氣。

驕陽公主疼得拚命甩著手，她的手被滾燙的茶水燙到了。

驕陽公主勃然大怒，還沒等她說話，向予安便說道：「都是奴婢的錯，公主是金枝玉葉，皇上愛民如子，還請公主贖罪！」

驕陽公主冷笑著說道：「還真是大膽！居然敢謀害公主，今日本宮不辦妳，本宮驕陽公主四個字就倒過來寫！來人！給我打，打死了算我的！」

蕭雪致一驚，連忙擋在了向予安的身前：「公主息怒，這丫頭不是故意的，我一定好好責罰她，給公主賠罪。」

驕陽公主這次氣大了，蕭雪致的面子也不給了，她望著蕭雪致說道：「姐姐不用動手，這等刁奴，我就替姐姐辦了。」頓了頓，她面無表情地說道：「這丫頭敢對本宮不敬，就是藐視皇家，我向來敬重姐姐，姐姐難道要為了一個丫鬟跟我反目不成？」

蕭雪致臉色也沉了下來：「公主是金枝玉葉，來我蕭家做客，我自是十分歡迎。可是蕭家有蕭家的家規，蕭家的丫鬟不用別人教訓！」

驕陽公主愕然地看向蕭雪致，她沒想到，蕭雪致會如此維護向予安。這讓她心裡更為惱怒，她早就喜歡蕭靖決，可是一直等不到蕭靖決的回應。這次聽說他出京辦差還帶了一個丫鬟，這可是以前都沒有過的事，她當然坐不住了。

現在她慶幸自己來的早，不止是蕭靖決，連蕭雪致都如此維護這個丫頭。這個丫頭絕對不能留！

驕陽公主面無表情地說道：「本公主處置的是冒犯本公主的罪人，而不是蕭家的丫頭！」頓了頓，她厲聲喝道：「給本宮打，誰敢攔著給本宮一塊打！」

蕭雪致心頭也有些惱怒，這驕陽公主簡直是蠻不講理，當即就要上前一步。驕陽公主的宮女嬤嬤立刻攔住了她，她們當然不可能打蕭雪致，但是可以攔著她。

蕭雪致知道今天的事是不能善了了，她有些埋怨，向予安剛才就不應該再去招惹驕陽公主。

可是向予安並不後悔，她已經看出來了，驕陽公主來者不善，今天是一定要教訓她的。她既然逃脫不了，又何必去哀求求饒呢？還不如報仇咬她一口，收一點利息，她不能白白受這恥辱！

兩個嬤嬤走到向予安的面前，揚手就打了向予安一個耳光。

向予安的頭扭到了一邊，她轉過頭來，眼神冰冷地望著嬤嬤。打人的嬤嬤被看得心頭一顫，竟有些瑟縮之意。

驕陽公主看到了，怒不可遏：「愣著幹什麼？還不快給本宮打！」

打人的嬤嬤咬著牙，揚手又打向予安一巴掌。

一共打了十多個巴掌，向予安的臉頰頓時就腫了起來。

蕭雪致急得眼睛都紅了：「公主！靖決賑災剛回來，公主就不管不顧地打了他的丫鬟，難免讓人猜測，是皇上對靖決不滿。」

驕陽公主頓了頓，卻是不甚在意地說道：「不過是一個丫鬟，還沒有那麼重要！」頓了頓，她冷冷地盯著向予安的臉：「我就要打她的臉，看她以後還怎麼狐媚人！」

蕭雪致一驚，葉淮拜託她照顧向予安，她卻眼睜睜地讓向予安被人打了，她要怎麼跟葉淮交代？

突然，外面傳來腳步聲，蕭靖決出現在了門前。

第六十八章　維護

蕭雪致看到蕭靖決鬆了一口氣，在她心裡就沒有蕭靖決解決不了的事情。

蕭靖決一進門，屋內的氣氛頓時變了，他身上散發的冰冷威壓之感，讓所有人的心頭一震。

蕭靖決的目光率先落在了向予安的臉上，他眼神裡閃過了一抹痛色，怒聲說道：「都給我住手！」

他一聲怒喝，讓嬤嬤微微顫了顫，停了手。

向予安神色複雜地看了蕭靖決一眼，這是蕭靖決第二次來救她了。

蕭靖決沉著臉色走了進來，冷聲問道：「是誰打的？」

兩個嬤嬤跪了下來，「是老奴。」

驕陽公主看到他回來，臉色微微一變，咬著唇說道：「是我讓她們打的！」

蕭靖決轉過頭吩咐：「樂山，這兩個老刁奴慫恿公主，拉下去砍了。」

兩個嬤嬤都是一愣，她們可是宮裡的人，蕭靖決居然敢處置！

驕陽公主焦急地說道：「你敢，她們是我宮裡的人，是我讓她們打的！」

蕭靖決冷冷地看了她一眼，冷聲說道：「公主也會護著自己的人？那公主為何來打我天一閣的人？我倒是想問問公主，她做錯了什麼，讓公主下如此毒手？」

「她打翻了本公主的茶，對本公主不敬，本公主不過是教訓她一下！」驕陽公主昂首傲然地說道。

向予安看著驕陽公主作死，嘴角露出了一抹嘲諷的笑。難怪驕陽公主貴為公主，蕭靖決都不要她，這公主作死的能力真是不一般。

蕭靖決瞇了瞇眼，臉上的怒色更盛：「當初她打翻了御賜的掖州雲墨，我都沒捨得動她一根手指頭！不過是一盞茶杯，公主就打我天一閣的人?!」

向予安：「……」

她覺得蕭靖決可能不是想救她，這不是蹿火呢？

驕陽公主不敢置信地看著他，「你、你竟然如此維護她，她不過是個丫鬟，值得你為她如此大動干戈嗎?!」頓了頓，她伸出手，她的手都被燙紅了：「你看看，我也受傷了，這都是她做的，我要處置她又怎麼了？」

蕭靖決冷淡地看了她一眼，眼神裡滿是厭惡，「既然公主嫌招待不周，我蕭府小門小戶，想必公主也是看不上的。公主出來這麼久，想必皇上也該擔心了，送公主回宮吧。」

「我不走！」驕陽公主倔強地盯著蕭靖決說道：「我今天一定要處置她！」

蕭靖決臉上閃過了一抹陰鷙之色，他上前了一步，緊緊地盯著驕陽公主。

「公主要處置誰？」蕭靖決冷聲問道。

驕陽公主不由得後退了一步，心裡生出一股畏懼之感。

蕭靖決冷冷地盯著她，厲聲質問道：「是我太軟弱好欺了嗎？讓公主以為，我天一閣的人想動就能動的嗎?!」

驕陽公主渾身一震，眼睛當時就紅了。她沒想到蕭靖決的態度會如此強硬，居然為了一個丫鬟如此對她！那豈不是更證明了，他確實對這個丫鬟不一般嗎？

她一臉受傷的樣子看著蕭靖泱，就好像受到了莫大的傷害，忘記了其實她才是打人的那個。

「你為了這個丫鬟，居然這樣對我，她就那麼重要嗎？她比我還重要嗎？」驕陽公主忍著淚質問道。

蕭靖泱居然輕輕地笑了，「公主身分尊貴，自然十分重要。」

他說她更重要，這明明是她想要的答案，可是她卻一點都不覺得開心。他那嘲諷的語氣已經代表了一切，她重要的是身分尊貴。

她是公主，他是臣，他應該臣服於她的。可是為了這個丫鬟，他卻無視她的身分，現在還說她重要?!

驕陽公主緊緊地咬著唇，不讓淚水流下來，她有她的驕傲。

「我問你，你是不是一定要護著她？」驕陽公主咬牙說道。

蕭靖泱淡淡地說道：「我天一閣的人，我自然要護著。」

驕陽公主冷笑了一聲：「好！那我告訴你，本公主一定要弄死她！」

蕭靖泱的眼神倏地一閃，他上前一步，走到了她的面前。他身上散發出冷凝的氣勢，驕陽公主不由得退後了一步。

蕭靖泱緊緊地盯著她，突然就笑了。

驕陽公主看著他俊美的面孔，他很少會對她笑，這讓她忍不住紅了臉。

驕陽公主竟有些恍惚之感。

蕭靖泱臉上的笑容稍縱即逝，他淡淡地說道：「公主出來這麼久，想來皇上皇后也該擔心了，送公主回去。」

驕陽公主身邊的宮女立刻動了，打算帶驕陽公主回宮。

那兩個嬤嬤下意識地站了起來，蕭靖泱冷聲說道：「我讓妳們走了嗎？怎麼？當我蕭靖泱的話是耳旁風？」

兩個嬤嬤沒想到，蕭靖泱竟然是真的打算處置她們，他怎麼敢？她們是宮裡的人啊！

蕭雪致也有些焦急，蕭靖泱今日若是真的處置了這兩個嬤嬤，那驕陽公主絕對不會善罷甘休，她更不會放過向予安了。

蕭雪致不知道，那才是蕭靖泱真正的目的。

驕陽公主愕然地回過頭盯著蕭靖泱：「她們是宮裡的人！」

蕭靖泱淡淡地說道：「她們衝撞了我，公主捨不得了？要跟我要人？」

驕陽公主皺起了眉頭，她今天不止得罪了蕭靖泱，還得罪了蕭雪致。這讓她心裡有些懊惱，蕭靖泱本來就不理她，蕭雪致估計也惱了她。再為了兩個嬤嬤跟蕭靖泱對上，她怎麼想都覺得不值得。

而且，若是處置兩個嬤嬤能讓他消氣，更值得了。

驕陽公主忍不住說道：「不過是兩個嬤嬤，你處置便處置了，我何嘗想要拉著你。我要處置你的人，怎麼沒見你這麼大度。你就是對我不公平！」

說到最後竟有些抱怨的樣子。

兩個嬤嬤愕然地看向了驕陽公主，公主居然不保她們？

蕭靖泱已經下令道：「帶下去！」

兩個嬤嬤被帶了下去，驕陽公主忍不住說道：「這下你可消氣了？別再惱我了好不好？」

蕭靖決看著她一副委屈的樣子，笑了：「公主言重了，我怎麼會惱公主？」

驕陽公主信以為真，露出了一個笑容，她抿著唇：「那我先走了，我聽父皇說要給你辦慶功宴，我會在宮裡等著你的。」

驕陽公主說完，留戀地看了他一眼，這才轉身離開。

驕陽公主浩浩蕩蕩地離開了。

第六十九章　他的算計

蕭靖決走到向予安的面前，伸出手想要碰觸她的臉頰，她微微側過頭，躲開了。

蕭靖決皺起了眉頭：「很疼？」頓了頓，他冷聲說道：「樂山，去請大夫來。」

向予安垂下了目光，恭敬地說道：「不疼，奴婢只是個小小丫鬟，當不起公子的厚愛。」

蕭靖決察覺到她似乎生氣了，他不懂，他明明為她出頭了，為什麼她要生氣？

「是很疼嗎？」蕭靖決問道：「我讓人去準備冰塊，先冷敷一下，不然妳的臉會腫起來的。」

向予安淡淡地說道：「多謝公子好意，奴婢會自己看大夫的。」

向予安說完，轉身就要走，蕭靖決不由得拉住了她的手臂。

「妳鬧什麼脾氣？」蕭靖決忍不住說道：「我不是已經為妳出氣了嗎？」

向予安淡淡地看了他一眼：「公子言重了，奴婢不敢鬧脾氣。」

蕭靖決：「……」

剛才他對驕陽公主說的話，不過片刻，向予安就全還給他了！他無奈地嘆了一口氣，這真的是一物降一物。

蕭雪致急忙說道：「還是先看大夫吧，予安也一定嚇壞了。」

蕭靖決看了向予安一眼，小丫頭膽子大得很呢，還會被嚇壞？

大夫很快就來了，向予安只是皮外傷，擦點傷藥就好了。

向予安憂心忡忡地問道：「大夫，真的沒事嗎？我還沒有許人家呢，臉上不能留疤的。」

大夫嘴角抽了抽，保證道：「妳放心，絕對不會留疤！」

向予安恐嚇他：「如果留疤了，我就到你家去，你有兒子嗎？到時候……」

蕭靖決臉色一黑，上前一步，遞給她一個小瓶子。

「這個是雪凝膏，絕對不會讓妳留疤。」蕭靖決頓了頓，又說道：「如果留疤了，大不了妳就留在天一閣。」

向予安很是懷疑地看著她。

蕭靖決氣得很！沒良心的丫頭，總是要懷疑他。

大夫擔心自己兒子被賴上，開完藥就走了，向予安不禁十分遺憾。

向予安拿著藥就要回自己的房間，被蕭靖決按住了。

向予安看著他，蕭靖決說道：「妳自己怎麼上藥？」

向予安指著萍蘭說道：「我可以讓萍蘭姐姐幫忙。」

蕭靖決淡淡地看了萍蘭一眼，萍蘭不由得一縮，「我、我很忙，就先下去了。」

萍蘭說著，轉身就跑。

向予安：「……」

向予安說道：「我也可以自己來。」說著就要站起來。

蕭靖決將她按回了床上，「別動，我來。」

走到門口的萍蘭忍不住回頭看了一眼，心中越加地酸澀。一次又一次的，蕭靖決表現對向予安的重視。帶她出去辦差，現在為了她不惜給公主難堪。

蕭靖決越來越在乎向予安了。

向予安坐在床上，蕭靖決的俊容近在眼前，她垂下了目光。

蕭靖決一邊給她上藥，修長的手指小心翼翼地在她臉上擦藥，小心珍惜。

向予安有些失神，她突然說道：「我這次算是徹底得罪驕陽公主了吧？」

蕭靖決點了點頭，手上的動作不停，「是啊，驕陽公主性格嬌縱任性，向來有仇必報。」

向予安便道：「所以她是不會放過我的。」

蕭靖決慢條斯理地嗯了一聲，修長的手指細緻地為她擦好了藥，然後才拿起毛巾擦了手指。

他的動作從容優雅，透著一股怡然自得。

蕭靖決心情很好，她向來聰慧，知道現在這個情況，只有他才能護得住她。

「是啊，妳有沒有什麼對策？」

向予安抬起頭，望著蕭靖決認真地說道：「所以趁著還來得及，公子我先跑吧？」

蕭靖決：「……」

蕭靖決緊緊地握著毛巾，洩憤似地扔到了一邊，他瞇著眼，語氣危險：「這就是妳想到的辦法？」頓了頓，他冷笑：「這多虧我問妳了，若不問妳，妳是不是自己就跑了？」

向予安抬起頭，認真地說道：「那我也是不想連累公子。」

蕭靖決怒從心起，他伸出手捏住了向予安的下頷，怒聲說道：「我怕妳連累嗎？向予安，妳有沒有心？我今天的態度還不夠明確嗎？我還不夠維護妳嗎？妳寧願跑路，去外面四處奔波，也不肯來求我，依靠我就那麼難嗎?!」

向予安被迫望著他，冷笑了一聲：「公子處心積慮做了這麼多，不就是為了讓我走投無路嗎？」

蕭靖決的聲音戛然而止。

兩人四目相對，誰都不肯移開目光。

蕭靖決淡聲說道：「妳怎麼會這麼想？我對妳的心思，妳不明白嗎？」

「我明白，」向予安站了起來，「所以為了逼著我就範，公子才想出了這麼個辦法不是嗎？」

蕭靖決皺起了眉頭，目光高深莫測。

「妳竟是這樣想我的？」蕭靖決冷笑了一聲說道：「我捨身救妳，頂撞公主，到了妳眼裡竟是成了我逼迫妳的手段嗎？」

向予安深深地凝視著他，淡淡地說道：「公子捨身救我，難道不是因為公子穿了軟甲嗎？你知道那一劍傷不到你，卻可以讓我真心感激。」頓了頓，她又說道：「今日公主會上門發難，難道不是公子特意先行給公主送的消息嗎？」

「我們一到上京，皇上就命公子進宮。就算皇上派人守在城門外，可是我一回府，公主就等在天一閣了，哪有這麼巧的事？那是因為公主早就知道我們今日會到上京！而能準確知道我們何時到上京的，只有我們在路上的幾人。」向予安冷靜地說道：「孟大人不會做這樣的事，只有公子。」

蕭靖決臉上冷怒的表情漸漸平息了下來，「那我為何要這樣做？」

第七十章　爭吵

「公子這麼做，自然是為了將我逼入絕境。讓我除了公子之外，無人依靠。公子今日為了我，與公主發生衝突。恐怕現在整個院子裡的人都在羨慕我吧？她們哪裡知道，這都是公子早就算計好的！」向予安說著，一把甩開了他捏著自己臉的手：「你激化我和驕陽公主之間的矛盾，她一定不會放過我這個小丫鬟。我走投無路，只能倚靠公子。」

蕭靖決看著她半晌，居然笑了，他嘆息著說道：「果然什麼都瞞不過妳。」

向予安卻笑不出來，她望著蕭靖決，她知道眼前這個人有多可怕。可是當有一天，他的手段用在她身上的時候，她才知道他能有多無所不用其極。

「別用這樣的眼神看著我。」蕭靖決突然皺眉說道。

向予安垂下了目光，她不知道該怎麼面對蕭靖決。

蕭靖決面無表情地逼近了她，伸手覆上她的臉頰。

「既然妳知道，我不擇手段也要留下妳，那妳為何要這麼早與我反目呢？」蕭靖決的聲音幾乎稱得上溫和，他輕輕地撫摸著她的面龐，「妳該知道，我既然費了這麼多心思，就不會放過妳。」

他的唇湊近了她的耳邊，帶著幾分曖昧。

向予安倏地抬起頭，擦著他的唇而過。

「你要幹什麼？」她甚至感受不到曖昧，只覺得可怕。

蕭靖決不在意她的恐懼，只淡淡地說道：「妳應該知道我想要幹什麼？」

向予安下意識地要後退，蕭靖決目光落在她的臉上：「沒有用的，妳註定是我的人！」

向予安不由得說道：「不可能，我不願意！你難道要強迫我嗎？你堂堂蕭大公子，用得上這樣的手段嗎？」

「我做事從來不在乎手段，只在乎結果。只要妳是我的，我不在乎是用什麼方式，我也不在乎妳是否願意！」蕭靖決毫不客氣地說道：「我會吩咐下去，讓人選個日子給妳開臉，讓妳成為我的侍妾。」

向予安皺起了眉頭，不敢置信地瞪著蕭靖決：「不！你不能這麼做！」

蕭靖決冷笑了一聲，他上前了一步，盯著向予安說道：「妳要聽話一點，別仗著我的偏愛就惹怒我。妳該知道，我對妳已經消耗了很多耐心。」

向予安皺起了眉頭，蕭靖決對她算得上縱容。不然以他的身分，何至於對一個丫鬟如此費盡心機？而蕭靖決費了這麼多的心思，英雄救美、甚至為了維護她，搬出了驕陽公主這座大山，向予安沒有絲毫感動不說，還直接想跑了。

這是蕭靖決絕對無法忍受的事，他願意用這麼長時間，這麼多的手段，已經是他對向予安的例外了。但他不能忍受意外，他想要的東西一定要是他的。

向予安不願意，他可以哄著她願意，所以他做了許多事情。可是當他發現這些手段沒用的時候，也就不再顧慮，畢竟他是個只在乎結果的人。

向予安冷冷地看著蕭靖決說道：「你當然可以不顧我的意願，可是我告訴你，若是真有那一日，你得到的只能是我的屍體！」
蕭靖決眼神裡閃過了一抹怒色，他是真的生氣了。

第七十一章　絕食抗爭

「嫁給我就那麼讓妳無法忍受嗎?!」蕭靖決怒聲問道：「我到底哪裡不好？讓妳寧願死也不願意嫁給我?!」

向予安反駁道：「我絕不為妾！」說著她傲然地看向蕭靖決：「公子若是想要我，那就明媒正娶，八抬大轎。否則，我寧死不從！」

蕭靖決皺起了眉頭，以他的身分，當然不可能娶一個丫鬟。

可是他也拿如此倔強的向予安沒有辦法，他轉過頭，怒聲喝道：「來人，給我看好了她，她要是少了一根汗毛，你們都陪著她一起去死！」

向予安被帶了下去，開啟被監禁的生活。

萍蘭等人輪番看著她，蕭靖決下了死命令，向予安若是尋死，整個天一閣的人連坐。

萍蘭等人都開始求向予安不要做傻事。

萍蘭現在已經生不出嫉妒的心思了，她只是想不明白：「予安，公子到底哪裡不好了？我從來沒見過公子對一個姑娘如此上心過。」

「汝之蜜糖，彼之砒霜。」向予安認真地說道：「萍蘭姐姐，以妳的相貌才情，放出去便是當個富戶太太也是當得起。為何非要執念嫁於公子，做一個通房？以後少夫人進了門，要在正室面前低人一等。正室若是善妒的，不讓妳生子，妳便是一生孤苦。便是讓妳生子，妳的孩子也只是庶子，妳就甘心嗎？」

萍蘭愣了一下，她咬著唇，低聲說道：「我沒想過那麼多，予安，我沒有妳那麼有本事。我從小就生活在府裡，我最大的夢想就是嫁給公子。」

向予安輕嘆了一口氣：「可是我不願意，我爹當時娶我娘時說，他許她一生一世一雙人。生同衾，死同穴。我想要一個只有我一人的男子。如果不能給我，那就不行。就算是蕭靖決，也不行。」

萍蘭看著她堅毅的面孔，不禁有些恍惚。她從小就想要做公子的通房，哪裡敢想什麼一生一世一雙人呢？

門外剛走過來的蕭靖決聽到了向予安的話，嘴角露出了一抹冷笑。不管她以前有什麼想法，她今後只能待在他的身邊！

向予安並不打算真的求死，她只是有些懊惱，自己過於魯莽了。蕭靖決對她的縱容到底還是影響了她，讓她忘記了深思熟慮，才會那麼快暴露自己的想法，惹怒了蕭靖決。

現在她必須想個辦法，讓蕭靖決打消娶她的念頭。而且她現在還不能離開，她還沒有報仇，怎麼甘心就這麼離開呢？

而她現在唯一的籌碼，是蕭靖決對她的執著。

想通了這一點，向予安被關起來的第五天，開始絕食。

萍蘭不敢耽擱，急忙報給了蕭靖決。

書房裡，蕭靖決臉色陰沉，這幾天他的臉色就沒好過。整個天一閣的人連走路都躡手躡腳，所有人都恨不得自己不發出一點聲音。

可就這，蕭靖決也能找到理由發脾氣。

「公子，予安她已經兩餐沒吃了，我擔心……」萍蘭的話還沒說完，就被蕭靖決打斷了。

「她不吃飯妳不會想辦法讓她吃嗎?!」蕭靖決怒聲質問道：「我把人交給妳，是讓妳好好照顧她，妳就是這麼照顧的嗎?她不願意吃，就讓廚房去做！」

萍蘭一臉委屈地咬著唇。

蕭靖決的怒氣翻滾，怒聲說道：「她不吃就讓她餓著！」

向予安絕食的第三天，蕭靖決一臉惱怒地出現在向予安的面前。

蕭靖決是真的生氣了，渾身散發著一股冷意，他緊緊地捏著向予安的下頷：「妳是真的不怕死是嗎？也不怕我弄死她們?!妳居然敢用自己來威脅我！真當我不敢殺妳嗎？」

向予安難受地咳嗽了起來，蕭靖決一下就鬆開了手。

向予安虛弱地倒在了床上，蕭靖決連忙抱住了她，轉過頭怒聲說道：「還不讓廚房送吃的過來?!」頓了頓，他又道：「再讓廚房熬一碗參湯，用皇上御賜的。」

現在天一閣的人已經不意外蕭靖決對向予安的另眼相待了，聞言應了一聲，急忙去準備。

很快參湯就送上來了，蕭靖決親自餵她。他抱著向予安，拿著勺子餵到了她的唇邊。

「妳如果不喝，我就親自餵妳。」蕭靖決盯著她的唇威脅道。

向予安眨了眨眼，張嘴就喝了下去。

蕭靖決心裡鬆了一口氣，這兩天她沒有吃飯，他也沒好過。

她臉色蒼白地靠在蕭靖決的懷裡，蕭靖決有些自責。他將她額前的髮絲撥到耳後，動作輕柔。

「跟我鬧脾氣，怎麼能不吃飯來懲罰自己？」蕭靖決忍不住說道：「平時不是很有本事？」

向予安瞪了他一眼，悶聲說道：「還不都是公子。」

她聲音裡透著一股委屈，蕭靖決心疼得不行。

「對，都怪我，都是我不好。」蕭靖決連聲說道，「以後不會了，不會了。」

他低著頭，輕輕地吻了吻她的額頭。

此時在蕭靖決的眼裡，向予安已經是他的人了。

第七十二章　半年之約

向予安渾身僵硬地靠在蕭靖決的懷裡，說實話，在來報仇之前，她從來沒有預想過會有今天的情況發生。

畢竟她所打聽到的蕭靖決，不近女色，對女色看得很淡，以至於都快及冠了，還沒有成親。現在向予安才明白，蕭靖決沒有成親不是因為不近女色，而是因為他不願意娶驕陽公主！以驕陽公主的性格，哪有女子敢接近蕭靖決，哪個女子敢不怕死地嫁給蕭靖決呢？

向予安笑不出來，因為她馬上就要成為那個不怕死的了。

蕭靖決感受到她的僵硬，他並沒有在意，依舊動作輕柔地安撫著她。

他相信時間會解決一切，時間長了，她就會看到他的真心。只要人在身邊，一切都好說，這就是蕭靖決最真實的想法。

向予安在他的懷抱裡抬起頭，望著他弱弱地說道：「公子，我有話想跟你說。」

蕭靖決的表情十分溫柔，轉過頭吩咐所有人出去，然後才柔聲問道：「好，妳要跟我說什麼？」

向予安坐直了身體，蕭靖決動作輕柔地扶著她，眼神都沒有離開過她。

向予安長這麼大，第一次被人當成瓷娃娃一樣小心呵護。因為她從小習武，就連她爹也沒有把她當成姑娘家。

向予安心情有些複雜，她望著蕭靖決說道：「我仔細想過了，我估摸著，我想逃也逃不出去，公子不會給我機會的。」

蕭靖決輕輕地笑了笑，臉上滿是自信之色。

向予安便又說道：「可是我也不甘願就這樣被人強迫拘在後院一輩子。」

蕭靖決皺起了眉頭：「我說過了，我是不會讓妳離開的。」

「所以，公子願不願意試試？」向予安說著，對上了他的目光：「心甘情願地留下我？」

蕭靖決挑了挑眉頭：「妳是打算要接受我嗎？」

向予安大大方方地點了點頭：「現在當然是不行，我不會接受一個蠻橫強迫我的人。」頓了頓，她看著他道：「我們以一年為期，這一年，我願意跟在公子身邊。只要公子答應，不強迫我，不勉強我，那麼我願意在一年的時間裡……愛上你。」

最後三個字，她說得有些彆扭，卻讓他心頭一顫。

愛上他？愛對他來說是個陌生的字眼，可是奇怪的是，他卻並不排斥。讓向予安愛上他？光是想想，就覺得是個很誘人的條件。

不過……

「一年的時間太長了。」蕭靖決說道：「我等不了那麼久。」

向予安眼神閃了閃，她也知道蕭靖決沒那麼有耐心，她說一年也是給了蕭靖決討價還價的餘地。

「那十個月？」向予安說道。

「兩個月。」蕭靖決伸出手指。

向予安皺起眉頭，雖然她沒還過價，但是也覺得，蕭靖決有點過分了。

「九個月，不能再少了。」向予安一本正經地說道。

蕭靖決搖了搖頭：「三個月。」

兩個人因為時間問題討價還價，寸步不讓。

向予安想了想，「那就各退一步，六個月吧。」

六個月是她能爭取最長的時間了。

蕭靖決一臉不情願的樣子，他何嘗看不出來向予安是在拖延時間？可是他沒有辦法，向予安使出了絕食這樣的殺手鐧，他就算不同意又能如何？最後心疼自責的還是他。

這也是能緩和兩人關係的機會，他不希望向予安真的恨他。

向予安頗為懇求地看著他，蕭靖決頓時就心軟了，他道：「好，那就半年。」頓了頓，他盯著她說道：「半年的時間一到，不管妳願不願意，妳都是我的人。」

向予安臉色頓時漲紅了起來，她大方地點了點頭：「好，就半年。」

蕭靖決看著她明明害羞，卻強忍著的模樣，不禁覺得有些好笑。看著她蒼白的面孔，他皺了皺眉頭，低下頭便吻住了她的唇。

向予安瞪大了眼睛，他的手緊緊地箍住她。

這個吻持續的時間並不長，他放開了她，並沒有再進一步。

「這個是懲罰。」蕭靖決低聲說道，他語氣帶警告：「以後不許再拿自己威脅我。」

向予安點了點頭，蕭靖決這才露出一個笑容。

「再喝點粥。」蕭靖決親自端著碗餵她，他輕輕地吹散了熱氣，然後才送到了她的唇邊。

向予安心情十分複雜，嬌貴的蕭公子，居然會照顧人。她來不及多想，低下頭喝了一口粥。

蕭靖決眼睛裡就帶了笑，輕輕地摸了摸她的頭髮。向予安下意識地避開，然後他就皺起了眉頭。

「妳就是打算這麼接受我的？」蕭靖決不悅地問道。

向予安忍不住說道：「我、我不習慣嘛。我從來沒有跟男子接觸過，我當然會本能地躲開啊。」

蕭靖決的臉色頓時就變好了許多，他雙手搭上她的肩膀，認真地說道：「這是個好習慣，除了我，也不許妳碰觸別的男子。」

向予安不由得撇撇嘴，心裡冷笑。對男人來說，只有他自己是例外的那個。

蕭靖決看了她一眼：「妳要習慣我的接觸，這是遲早要習慣的事情。」

向予安沒忍住：「公子也未免太霸道了些，明明以前都沒有這樣的。」

蕭靖決冷哼了一聲說道：「我以前就是對妳太縱容了，才拖了這麼久。」

向予安咕噥道：「倒也不必這麼說。」

蕭靖決睨了她一眼，伸手彈了她的額頭：「快點吃飯，看妳瘦的，本來就沒二兩肉了。」

向予安眨了眨眼，忍不住低下頭看了看自己的胸口。她頓時抬起頭，惱怒地瞪著蕭靖決。

蕭靖決愣了一下，然後才反應過來，乾巴巴地解釋道：「我、我不是這個意思。」

向予安惱怒道：「你出去！」

蕭靖決沉默了一下，乖順地站起來，走了出去。

第七十二章　討好

蕭靖決走出門外，還忍不住回頭看了一眼。蕭公子天縱奇才，過目不忘，幾乎沒費什麼力就想到了某些畫面。

還是應該多吃點。

向予安跟蕭靖決一和解，整個天一閣的人都受益了。蕭靖決的心情很好，看什麼都和顏悅色的，也不發脾氣了。

這讓天一閣上上下下的人再一次意識到了向予安對蕭靖決的影響力，不過也有人不以為意。蕭靖決再喜歡向予安，那也不過是個侍妾，以後少夫人進了門，第一個容不下的就是向予安。

不管別人怎麼想，蕭靖決現在是一門心思都撲在了向予安的身上。

向予安身體剛恢復，蕭靖決就迫不及待地讓人進府來給她做衣服打首飾。

向予安先去看望了蕭雪致，沒坐一會，蕭靖決就派人來找她回天一閣。

向予安一回到天一閣，就看到書房裡站了不少人。

向予安狐疑地看向了蕭靖決：「公子找我？」

蕭靖決一看到向予安，就露出了笑容來。他走過來，握住她的手，「讓人來給妳做幾身衣裳，看妳總是那麼幾件來回替換。」頓了頓，他含笑著說道：「這次皇上賜了不少的布匹，我都讓人拿過來了，看妳喜歡哪個，多做幾身。」

向予安愣了一下：「我、我不用啊，我只是個丫鬟。」

「我說用就用。」蕭靖決不容拒絕地說道：「還有那邊的寶石，妳看看，讓他們給妳打幾套新頭面。」

蕭靖決的東西幾乎都是御賜之物，都是好東西。說實話，以前向予安在霍家的時候，都沒有這麼多御賜之物。

繡娘將向予安圍了起來，給她量尺寸，好聽的話說了一大堆。向予安乖乖地讓她們擺弄著，一臉忍耐之色。

向予安說道：「這布匹給大小姐送去一點吧，我也穿不了這麼多。」

蕭靖決含笑地看了她一眼，他很高興向予安跟蕭雪致關係融洽。

「她不缺這些，這次都給妳。」蕭靖決說道，「妳看這件怎麼樣？挺襯妳的膚色。」

萍蘭聽到這話，不由得握緊了拳頭。蕭靖決居然為了向予安，連蕭雪致都靠後了，這可是從來沒有過的事情！

向予安心情有些複雜，她點了點頭：「挺好的。」

蕭靖決很高興，轉過頭就吩咐人為她做衣服。

折騰了整整一上午，蕭靖決不厭其煩，才給向予安確定好了衣裳首飾。直到向予安說太多了、穿不了的，蕭靖決這才罷手。

誰能想到蕭靖決會為了一個女子，消耗了一上午的時間在這些衣裳首飾上？

等首飾鋪和繡娘離開之後，向予安看向了蕭靖決，「公子太高調了些。」

蕭靖決不甚在意地說道：「這算什麼高調？不過是做兩件衣服罷了，正好是皇上賞賜下來的。」

向予安好奇地問道：「皇上給了公子很多賞賜嗎？那賣官的事，皇上也不追究了？」

蕭靖決眼神閃了閃，淡淡地說道：「嗯，賑災的事情如皇上所願解決了。今天一上午就辦了十多個大臣，這也算是對百姓有所交代了。皇上滿意、文武百官滿意、百姓也滿意，這差事已然十分圓滿了。」

向予安不解地問道：「孟大人沒有反對嗎？」

蕭靖決冷笑了一聲：「他反對？他如果反對，李正傑就該來找他哭了。我們到上京的時候，第一批修築河堤的物資已經運到今州了。」

向予安詫異地問道：「這麼快？」

「妳以為呢？底下的人是無利可圖，所以才磨磨蹭蹭。」蕭靖決說道：「如果有利可圖，他們跑得比誰都快。所以我才說，人不怕貪，因為只要滿足他們的貪欲，就能好好做事。」

向予安知道蕭靖決又開始說歪理邪說了，可是同樣的，她依舊沒有辦法反駁。

「那老爺呢？這次牽扯到了杜光，會不會影響到他？」向予安問道。

蕭靖決冷笑了一下，他看了向予安一眼：「妳以為這次牽扯到的光是只有他嗎？我們這一路上遇到了多少刺客？我就是那麼好對付的嗎？」

向予安愣了一下，對了，還有三皇子。

向予安突然想起來了一件事，三皇子跟驕陽公主都是皇后所出！兩人是同母兄妹。

「我倒是很想知道，驕陽公主知不知道你遇襲的事情。」向予安勾起了唇角突然說道。

第七十三章　心滿意足

蕭靖決愣了一下，忍不住刮了刮她的鼻子，「真是小機靈鬼。」頓了頓，他勾起了唇角：「妳可知道，三皇子和二皇子年紀漸長，儲君風波已經快擺在明面上了。這個時候誰都不敢輕舉妄動，三皇子自然要拚盡全力保下蕭大人。這次貪墨罪責，杜光已經一力承擔了。」

三皇子和驕陽公主都是當今皇后所出，按說是根正苗紅，而皇后也是聖眷正濃，多年來榮寵不衰。按說三皇子立為太子沒有爭議。

可是，壞就壞在皇后並非當今皇上的原配，她是繼后！當今皇上還有一位原配皇后，皇上登基為帝之前，元后就去世了，這皇后之位也是追封的。

可是元后去世時，已經誕下了二皇子。

其實二皇子本該是大皇子的，因為真正的大皇子是侍妾所出，剛出生沒多久就夭折了。

可是皇上擔心，叫了大皇子，又會夭折離世。所以便讓眾人稱呼為二皇子，以告訴上天神靈，上天已經收走了他一個兒子，請老天慈悲，善待二皇子。

所以，二皇子其實是真正的原配嫡出，在身分上更站得住。

「三皇子已經成功拉攏了老爺子，驕陽公主貴為公主，卻不顧臉面地來討好我，未必存的不是拉攏的心思。」蕭靖決淡淡地說道：「她知不知道已經不重要了，左右我是不可能娶她的。」

說到這，他還看了向予安一眼。

蕭靖決這是在暗表忠心呢，不過向予安不在乎這個。

向予安皺起了眉頭，「老爺看來是支持三皇子的，這樣對公子真的沒有影響嗎？」

蕭靖決沒半晌沒有說話，向予安不由得看了他一眼，卻對上了他含笑的目光。

「開始會關心我了？」蕭靖決的聲音就透著一股曖昧旖旎之意，「是個很好的改變不是嗎？」

向予安瞪了他一眼：「公子，我和你說正經的呢。」

蕭靖決一臉無奈：「別人家的姑娘，都是願意跟自己的夫君談情說愛，妳倒好，卻是談這些枯燥的朝政。」頓了頓，他漫不經心地說道：「現在皇后是繼后，咱們家老爺不就是喜歡這種劍走偏鋒的路子嗎？」

「那，三皇子若是真的成了太子，那老爺豈不是更得意了？那公子……」向予安擔憂地看著他。

如果是這樣，蕭靖決怎麼對付蕭元堂？她還怎麼報仇？現在她的目的，就是借著蕭靖決的手，除掉蕭元堂。可是現在卻演變成了皇子間的儲位之爭，這是向予安都沒有想到的。

「放心吧，那還有二皇子呢。」蕭靖決說道：「二皇子能在繼后手下平平安安長大，而且發展到如今勢頭，可不容小覷。禁衛軍林家是元后的娘家，對皇上忠心耿耿。有林家撐腰，這鹿死誰手還不一定呢。」

向予安不禁若有所思，二皇子和三皇子相爭，就看最後誰能笑到最後了。

不過，向予安看向了蕭靖決，高興地說道：「三皇子有老爺相幫，二皇子有公子相幫，如此一來，二皇子一定會贏的。」

依蕭靖決的手段和敏銳，不會不知道，皇上如今是日薄西山，應該會再找一個靠山才對。這一點連蕭元堂都能想到，他不可能想不到。

蕭元堂選擇了三皇子，那麼蕭靖決一定是選擇支持二皇子的。

向予安心裡嘆了一口氣，這一對父子，似乎天生就是對立的。

蕭靖決微微一笑，有什麼比心愛的女子信賴自己更開心的事情呢？

他輕輕地握住了她的手，低聲問道：「對我這麼有信心？」

向予安想要抽回自己的手，卻沒有抽回來。

她認真地說道：「對付壞人，我對你一直有信心，你比壞人還厲害。」

比壞人還厲害的人是什麼人？她這分明是在擠對他！蕭靖決心裡覺得好笑，卻並不生氣。

「也就只有妳敢這麼跟我說話了。」蕭靖決睨了她一眼說道：「換了別人誰敢啊？」

向予安咕噥著說道：「說真話是需要勇氣的。」

蕭靖決失笑不已，他喜歡向予安現在對他無話不說的樣子。這說明她已經在接納他了，只有對他不設防，才會如此肆無忌憚。

如果這是偏愛，那麼他願意縱容她有恃無恐。

蕭靖決握住了她的手，「過來，正好我最近新得了一副字帖，妳來寫寫看。」

向予安一臉抗拒，「這個就不用了吧？我覺得我字挺好看的，不用練的。」

蕭靖決笑著看著她：「那妳陪著我練。」

他認真地練字，她就站在一邊研磨。他不時地抬起頭，看到她站在他的身邊，心頭全是滿足。

第七十四章　誰能成為第二個向予安

蕭靖決放下了筆，笑著看著她道：「我在郊外的莊子裡還有一處宅子，過幾日得了空，我帶妳去那玩吧。秋天了，那邊的魚鮮美極了，到時候我烤魚給妳吃。」

向予安詫異了一下：「公子還會烤魚？」

蕭靖決有多嬌貴，那規矩大的，平時吃飯的時候都是好幾個丫鬟伺候著。這樣的大少爺，居然會烤魚？

蕭靖決凝視她道：「妳不知道的還多著呢，等以後妳慢慢都會發現。」

向予安眼神閃了閃，她看得出來蕭靖決在討好她。似乎真的是為了讓她接受他，所以才會如此費勁心思做這些事。

可是，她這麼做，只不過是權宜之計……向予安心情有些複雜。蕭靖決就算不是她的仇人，也是仇人之子，她不應該對他心軟。可是面對一個真心對自己好的人，無視他的付出，也是一種艱難。

向予安感慨了一瞬，便道：「你明天是不是要去衙門？」

蕭靖決點了點頭：「杜光等人都要定罪，我還要盯著點。等我忙完這段時間，就能好好陪妳了。」

向予安立刻說道：「那我明天想出去轉轉可以嗎？」頓了頓，她有些不安地望著他道：「我、我好久沒出去轉轉了。」

蕭靖決眼神裡盛滿了笑意，上前一步，將她攬入懷裡。

「要等我不在的時候才出去？嗯？」蕭靖決含笑地問道：「妳想去便去吧，去帳房那支點銀子，喜歡什麼就買回來，不用省著花。」

向予安心裡不禁感嘆，財大氣粗的人就是不一樣，當年她爹都沒讓她這麼花過錢。她也明白，蕭靖決如此大度，讓她出門，是因為他絕對會派人盯著她，根本不怕她跑了。

向予安也沒打算跑，不過從這件事就能看出來此人的心性。他一定是有十足的把握，知道她逃脫不了，所以聽她要出府，根本沒有任何阻攔。

向予安幽幽嘆息：「原來這就是暴富的感覺。」

蕭靖決眼神裡閃過了一抹笑意，自從向予安說要跟他好好接觸之後，他的心情就一直很好。他輕輕地刮了刮她的鼻尖，「說得妳多缺錢一樣？以前妳父親不是也很疼愛妳，怎麼會讓妳沒銀子花？」

向予安頓了頓，輕嘆了一口氣：「不成親的女兒，是沒有資格花銀子的。」

蕭靖決皺起了眉頭：「妳才多大？他就捨得讓妳嫁出去？」頓了頓，他臉色難看：「他可是有什麼目標？」

向予安瞥了他一眼，「就是沒有目標啊，總是挑三揀四的，然後還嫌棄我不早點嫁出去。」

蕭靖決緩和了臉色，笑著說道：「那妳說，如果他見到了我，可否會滿意？」

向予安神色倏地一變，她抿了抿唇，低聲說道：「我去帳房問問，看看我能拿多少銀子。」

向予安轉身走了出去，蕭靖決隱隱皺了皺眉頭，卻沒有叫住她。

蕭靖決心裡有些後悔，他覺得自己說錯話了。剛剛他不應該提起她的父親，讓她一下就變了臉色。

向予安第二天就出了府，她知道一定是有人會跟著她，所以大大方方地直奔團團圓而去。只要她理直氣壯，就不怕人發現，反正她就是去買點心的！

向予安第一站就去團團圓，買了兩匣子的點心，老闆深深地看了她一眼。向予安交完銀子，若無其事地轉身離開了。

向予安吃著點心嘆了一口氣，做戲要做全套，她還要好好地逛下去。

向予安花蕭靖決的銀子心安理得，還真的買了不少的東西，太陽快下山了這才回了蕭府。

向予安一回到院子裡，萍蘭就拿著蕭靖決的私庫帳本和鑰匙過來了。

萍蘭看到向予安就露出了一個笑容：「予安，如今妳馬上就是公子房的人了，公子的這些東西理應交給妳。之前妳不適應，我代為保管了一陣子，如今也該物歸原主了。」

向予安看著她臉上的笑容，心中只覺得諷刺好笑。現在萍蘭是看出了蕭靖決對向予安的偏愛，所以這是已經認清楚事實，所以來向她低頭了。

向予安含笑著說道：「姐姐以前跟我可沒有這麼客套，如今倒是生分了。」

萍蘭心頭一動，向予安這話似乎意有所指。她再看去，向予安依舊是那副好脾氣笑瞇瞇的樣子。

萍蘭笑著說道：「怎麼會？我可是把妳當成親妹妹的。」頓了頓，她說道：「對了，如今妳身分不同了，原本的活也該分給其他人，這院子裡的人手就不夠了。所以我讓管家再去尋幾個丫鬟，等有了人選，妳再去挑挑。」

最後再挑第二個「向予安」回來，看她還能如何囂張！萍蘭在心裡暗道。

當初就是天一閣裡缺個丫鬟，歲蓮讓蕭管家去找個丫鬟回來，結果找來了向予安。

估計歲蓮也不會想到，那個當日在她看來本分規矩的丫鬟，最後卻取代了她在天一閣的位置。

現在向予安暫且得意去吧，看她能找回來個什麼樣的丫鬟出來。風水輪流轉，她倒是想看看向予安的下場！

向予安不甚在意地點了點頭，「我知道了。」

萍蘭故意說道：「予安，妳可要小心點，別弄了一個不安分的進來，到時候天一閣雞飛狗跳不說，說不定還會成為妳的威脅。」頓了頓，她輕嘆了一口氣：「如今妳跟公子感情正濃，雖說以後肯定會有少夫人進門。可妳現在開心一日便是一日，可千萬別弄了個狐狸進來礙眼啊。」

向予安笑了笑，點了點頭：「多謝萍蘭姐姐的提醒，我會注意的。」

萍蘭看著她不以為然的樣子，心裡冷笑了一聲。等日後真的有新人進了門，她就知道厲害了。

向予安真的沒把這當回事，蕭靖決還不至於讓她患得患失。如果蕭靖決因此而厭棄了她，倒也是件好事。

第七十五章　新來的丫鬟

第二天，管家來問向予安丫鬟的事，她不甚在意地讓管家自己看著辦，並沒有當回事。

現在的管家也是蕭元堂的人，自從蕭靖決透過以前的蕭管家接手了蕭元堂在江南的人脈之後，蕭元堂對蕭家抓得就更嚴了。像管家這麼重要的位置，他肯定是要換上自己的人。

沒過幾日，管家就把人給送了過來。

管家送人過來的時候，蕭靖決正好在家。

向予安送了一杯茶到書房，現在但凡蕭靖決在家，除了向予安，他都不要其他人在身邊伺候。

蕭靖決看到她走進來，清冷的眉眼頓時變得柔和起來：「予安，妳來。」

向予安走了過去，發現蕭靖決正在畫畫。而且看輪廓，畫的就是她。

向予安有些詫異，「公子還會畫畫？」

因為書房裡並沒有字畫，她還以為蕭靖決不喜歡這些。

蕭靖決瞥了她一眼，不滿地說道：「我在妳眼裡這麼沒用？會畫畫有什麼好大驚小怪的！」說著，他輕彈了一下她的額頭：「妳家公子琴棋書畫，無一不精！」

向予安看著他一副「快來誇獎我」的樣子，敷衍誇獎：「是是是，公子英明神武，才華橫溢！」頓了頓，她看著這幅畫：「公子怎麼會想要畫我？」

「過幾日便是妳的生辰了，我讓人給妳準備了很多禮物。可是我總覺得差了些心意，便想著親自為妳做幅畫。」蕭靖決說著，望著她的目光溫柔繾綣，他輕聲說道：「我從未給任何人畫過畫像，我只給妳畫。」

向予安心頭一動，抬起頭就對上了他含笑的眼神。他望著她的時候，似乎總是帶著笑的。

自從兩人定下了半年之約之後，蕭靖決對她的態度就截然不同。蕭靖決的態度很積極，他在努力地對她好。可是她知道，這場約定只是權宜之計。

他想的是她會接受他，可是她算計的，只是報仇。

向予安眼神複雜地望著蕭靖決。

蕭靖決不禁皺起了眉頭：「怎麼？妳不喜歡？」

向予安看了一眼畫像，她站在院子裡的桃樹下，抬著頭望著桃花，嘴角噙著一抹淺淡的笑意。

蕭靖決的畫工十分了得，將她的神韻表現得淋漓盡致。

看得出來，蕭靖決很認真地畫了這幅畫，也是很了解她，所以才能抓住她的每一個表情細節。

向予安輕輕地點了點頭：「喜歡，多謝公子。」

蕭靖決彎了彎唇角，攬住了她的腰身。

「我就知道妳一定會喜歡的！」蕭靖決柔聲說道：「本來想著妳生辰那日再送給妳的，可是我迫不及待地想拿出來。」

蕭靖決說著，別有深意地看著她道：「我這麼用心給妳準備禮物，有沒有獎勵？」

他的意圖太明顯，向予安咬著唇，半晌都沒動。他也不催，很有耐心地，就那麼望著她。

向予安正騎虎難下，就聽到外面傳來了敲門聲：「公子，小人帶了丫鬟來給公子和予安姑娘見禮。」

蕭靖泱眉頭一皺，這麼不開眼？敢在這個時候來敲門？正要怒聲斥責，向予安卻已經搶先了一步。

「進來吧。」向予安說著，退出了蕭靖泱的懷抱。

蕭靖泱有些不滿地看了她一眼，最後還是忍耐下來。

新來的管家是蕭元堂奶娘的姪子，是個老練油滑的人。

管家一看到蕭靖泱的表情就知道蕭靖泱不高興了，連忙說道：「打擾公子和予安姑娘了？是小的的不是，主要是給天一閣選的丫鬟到了，所以才帶來給予安姑娘見見。」

向予安急忙說道：「是我跟管家說的，如果找到人就送過來，你、你不要怪他。」

蕭靖泱看了她一眼，輕哼一聲，低頭去喝茶了，終究是沒有說話。

管家一看，心中頓時了然了幾分，對向予安的態度也更恭敬了。反正不管他心裡怎麼想，至少面子是給得足足的。

管家指著身後一直低著頭的姑娘說道：「這是佩玲，入府已經快一個月了，規矩學得最好，人也機靈。也是書香門第出來的，小的想著，這樣的人才該送到天一閣呢。」

向予安看著他身後的姑娘，臉色頓時一僵。

管家似乎並沒有發現向予安的表情，他招呼著李佩玲：「佩玲，快來，給公子和予安姑娘請安。」

相貌秀美的姑娘，氣質溫雅，她上前了一步，眼神飛快地在蕭靖泱的臉上一閃而過，眼帶嬌羞。

「奴婢佩玲，見過公子……見過予安姑娘。」最後一句話，李佩玲說得意味深長。

向予安沒有錯過李佩玲臉上意味深長的表情，緊緊地蹙起了眉頭。

第七十六章　入府舊事

蕭靖決當然不會在意一個丫鬟，他不耐地說道：「以後好好當差，要聽予安姑娘的話。但凡是不敬予安姑娘，這天一閣就容不下妳。」

李佩玲神色一暗，低下頭柔聲應道：「是，奴婢謹遵公子教誨。」

蕭靖決對她的態度還算滿意，轉過頭卻看到向予安臉色難看。

蕭靖決不由得說道：「怎麼了？不舒服？若是妳不喜歡她，我就讓她走。」

李佩玲大驚失色。

向予安搖了搖頭，淡淡地說道：「沒什麼喜不喜歡的，既然管家把她送來了，那就留著吧。」

蕭靖決又深深地看了她一眼，這才點點頭：「既然妳說要留著，那就留著吧。」頓了頓，他看向了管家：「你還有什麼事嗎？」

這就是在下逐客令了。

管家連忙說道：「沒有事了，小的告退了。」

李佩玲也很識相地行了一禮就退下了。

蕭靖決握住了向予安的手，皺起眉頭：「手怎麼這麼冷？」頓了頓，他道：「我在郊外正好還有一處莊子，那裡面有一個溫泉眼，等過幾日，我帶妳去那邊玩玩。」

向予安點了點頭，有些心不在焉地樣子。

向予安說道：「來了新人，我去叮囑她幾句。」

蕭靖決笑著打趣道：「好，妳現在越來越有氣勢了。」

蕭靖決很願意幫著向予安立威，每次他訓斥人，只要向予安開口求情，他都不會追究。就是為了讓向予安在天一閣裡樹立威信，他自然不會攔著她。

就像向予安以前說過的，對蕭靖決來說，如果他想要對一個人好，可以做到天衣無縫，滴水不漏。

向予安走出書房，剛要去找李佩玲，在走廊拐角處就看到了正等著她的李佩玲。

向予安停住了腳步，李佩玲冷笑地看著她道：「妳沒想到吧？當初妳買通徐婆子頂替了我入府的名額，肯定沒想到有朝一日我會回來吧？」

向予安望著她淡淡地說道：「我不知道妳在說什麼。」

「妳以後就知道了！」李佩玲傲然地說道：「向予安，妳以後最好給我小心一點。妳現在的寵愛原本都應該是屬於我的！我一定會跟妳討回來！」

向予安笑了，眼神冰冷至極：「該小心的人是妳吧？現在我在天一閣說一不二，妳想進這個院子都要我點頭！我一句話，妳就得給我收拾包袱走人！還要我小心點？是誰給妳的自信?!」

李佩玲的臉色倏地一變，眼神裡也滿是怨毒之色。

「那妳為什麼不趕我走？還讓我進來？」李佩玲說著，嘴角勾起了一抹得意的笑容：「因為我手裡有妳的把柄！因為妳處心積慮進蕭府，圖謀不軌！妳敢讓公子知道嗎?!」

向予安沒有說話，李佩玲的氣焰就更加囂張：「妳不敢！所以我警告妳，妳最好不要得罪我，否則我可不知道會去公子面前說什麼！」

李佩玲說完，輕哼了一聲，扭著腰肢，得意洋洋地走了。

向予安看著她的背影瞇了瞇眼，她剛剛沒有反駁李佩玲並不是因為心虛。她只是在想，是誰找來的李佩玲？

是來對付她的嗎？

當初向予安進蕭府並不順利，來蕭府當丫鬟也不是誰都能來的。當日蕭管家想要找幾個丫鬟，其中之一就是來天一閣裡當差。

蕭管家找到了徐婆子挑的幾個小丫鬟，李佩玲的祖父曾是縣令，後來家道中落，被繼母賣了出去。

蕭管家選定的人就是李佩玲，可是李佩玲自詡是書香門第，身上帶著讀書人的清高，又仗著自己是蕭管家親自選定的人選，便對徐婆子頗為不敬。

當時徐婆子暗示李佩玲想要她的金簪，那簪子是李佩玲母親的遺物，自然不給。徐婆子十分不高興，而向予安則是要進蕭府當丫鬟，所以她給了徐婆子一枚玉鐲，成功取代李佩玲進了蕭府當丫鬟。

當時向予安以為不會再見到李佩玲了，沒想到幾個月之後，李佩玲居然又出現在了蕭府。

這就有點麻煩，當時她的那條玉鐲價格不菲，若是被查出來會很麻煩。蕭靖決一定會懷疑她進蕭府的目的，雖說她有理由解釋過去，但終究是節外生枝。

她今日將李佩玲留在了天一閣，也是想把人放在眼皮底下，看看她到底是想要幹什麼。

不過向予安和李佩玲都沒想到，蕭靖決沒有給她們耍心機的機會。蕭靖決帶著向予安去莊子裡泡溫泉去了。

關於這件事，向予安覺得蕭靖決不懷好意。

第七十七章　別莊遊玩

向予安一臉抗拒糾結的模樣，讓蕭靖決覺得有些好笑。

「怎麼？怕我呀？」蕭靖決含笑著問道。

向予安努力維持著嚴肅的表情：「誰、誰怕了？我才不怕！」她大聲地說道，給自己壯膽。

蕭靖決煞有其事地點了點頭，「哦，不怕就好，那我們就走吧，正好在那邊給妳過生辰。」頓了頓，他握住了她的手：「這可是我陪妳過的第一個生辰。」

後來，向予安才知道，為了挪開時間，蕭靖決忙了整整十多天，每天都早出晚歸的。

但，到底是值得的。

蕭靖決帶著向予安去了莊子。

雖說是莊子，可是修建得十分有蕭公子的個人特色。莊子修繕得精緻典雅，景致極好。

向予安不得不承認，蕭靖決十分會享受。

莊子裡有一個特別大的池溏，是從莊子外引進來的活水，向予安不禁感嘆，一個莊子蕭靖決就如此用心，可見他有多嬌貴！

蕭靖決牽著向予安的手，向予安想要甩開沒甩開。關於這方面，蕭靖決十分霸道。

哪怕他現在很縱容向予安，對她幾乎是有求必應。可是如果他要牽她的手，他是絕對不會容許她拒絕的。

她就明白了，蕭靖決暫時收起了自己的鋒芒，不過是為了更好地誘惑獵物。但其實他的本質，還是那個強硬霸道，不許人拒絕的人。

蕭靖決握著向予安的手，心情極好，「這池子裡的魚都是精心餵養的，莊子裡還有一個專門做全魚宴的。今天晚上我給妳烤魚吃，明天再吃全魚宴。」

向予安點了點頭，「多謝公子。」

蕭靖決瞥了她一眼，輕飄飄地說道：「真沒有誠意，就這樣謝我啊？」

向予安翻了個白眼，忍無可忍地說道：「公子！請你不要太過分！一點小恩小惠的，就要人感激！你是公子啊，不能這麼小氣的。」

向予安說完，率先越過他走了進去。

樂山聽到這話，跑到了蕭靖決的身邊，說向予安的小話。

「公子，你看看她，簡直太過分了！」樂山憤怒地指責道：「她這是恃寵而驕吧？公子待她這麼好，還要烤魚給她吃，她還說公子小氣，公子，你還不教訓她？」

蕭靖決斜睨了他一眼，冷笑著說道：「你都知道公子寵她，她才恃寵而驕，你還在背後挑撥？我看你是太閒了吧？」頓了頓，他道：「那就罰你去抓魚，抓到魚了，再收拾乾淨，等著我晚上去烤。」

蕭靖決說完便追向予安去了，樂山留在原地，又委屈又生氣。

公子，這也太偏心了。

不知道是不是錯覺，向予安覺得來到莊子上之後，連時間都慢了起來。這裡沒有丫鬟們的爭吵，沒有勾心鬥角，只有鳥語花香。

向予安放鬆下來，透過窗子，看著外面的池溏，輕輕地露出了笑容。

莊子上的小女孩兒送過來一碟子話梅，有些討好又有些怯懦地看著向予安。

「姐姐，給妳吃。」

向予安愣了一下，接過來，露出了笑容，「謝謝。」

小女孩很快就被母親拉走了，向予安拿起一顆梅子，味道還不錯。

蕭靖決走過來說道：「就說妳人見人愛，誰都喜歡妳，以前我過來的時候，可沒有人給我吃這些。」

向予安拿起一顆話梅送到了他的嘴邊，蕭靖決愣了一下，張嘴吃下。

向予安說道：「多大的人了，還吃這個醋？不就是一盤話梅嗎？」

蕭靖決咬著話梅，說話有些含糊：「妳怎麼知道我是吃什麼醋？」

向予安愣了一下，臉色頓時一紅。

蕭靖決吃了話梅，拉著向予安說道：「走，我帶妳去莊子裡轉轉。」

他拉著她，像是招待來家裡做客的小主人，盡心盡力地拿出各種他心愛的零食和玩具，與小夥伴分享。

向予安也玩得很開心，她很少有這樣放鬆的時候，在這裡，能讓她暫時忘掉仇恨。

兩個人去釣魚、划船，蕭靖決為了跟向予安在一起，居然親自划船。

可是無所不能的蕭公子只會風花雪月的東西，這種粗活實在是有些不適合他。船到中央的時候就開始打圈兒了，向予安撐著下頜，目光落在蕭靖決的臉上。

那彷若看好戲的模樣，讓蕭靖決有些惱怒：「我、我行的，我很快就能弄明白了。」

向予安點了點頭：「嗯，我相信公子一定行。」頓了頓，她說道：「如果不行，那就叫樂山嘛。」

蕭靖決板著臉，男人怎麼能說不行？

蕭靖決正色說道：「順著水流借力而行，我只要順水而行，很快我們就能離開了。」

向予安點了點頭，讚許地說道：「公子所言甚是。」

蕭靖決說得很輕鬆，他也覺得這事不難，就是船一直沒有動過有些尷尬。

樂山在岸邊看著，覺得自己表現的機會來了，大聲喊道：「公子，要不要小的過去幫忙?!小的可會划船了！」

蕭靖決瞪了岸邊的樂山一眼，可惜距離太遠，殺傷力銳減。

「你給我閉嘴！」蕭靖決怒聲喝道，頓了頓：「你給我轉過去，不許看！」

樂山一臉委屈，他再也不是公子最信任的得力小廝了！

向予安沒忍住輕笑了一聲，她站了起來，蕭靖決看得憂心忡忡，「妳別動啊，我來就好，小心掉進去。」

向予安如履平地地走到他身邊，與他換了位置：「我來吧，不然我們今天晚上只能在船上過夜了。」

蕭靖決有些不服氣，卻還是將船槳交給了她。

向予安兩三下，原本靜止的船就動了，蕭靖決氣得無可奈何。強大到無所不能的蕭公子，對小小的一艘船束手無策，這是他絕對不能忍的！

蕭靖決很快就放下了面子，含笑地望著坐在他面前的向予安。

第七十八章　無所不能的蕭公子

「這樣也好，在一座小木屋旁邊，打魚織網，過著平凡的生活。」蕭靖決說道。

向予安的動作微微一顫，淡淡地說道：「這樣的生活對公子，偶爾是樂趣，卻不能長久。你的世界在廟堂，在天下，這裡不屬於你。」

「說的也有道理，只要妳在我身邊，我在哪裡都可以。」蕭靖決突然說道。

向予安愣了一下，看了他一眼，卻只對上他認真的目光。

俊美強大的男子，那麼專注的眼神，彷彿她在他的世界裡最重要。這樣奇妙的感覺，就算是向予安也不得不覺得動心。

兩人遊著船，蕭靖決給向予安泡了一杯茶，親自餵給她喝，細緻周到。

向予安說道：「平日裡都是我照顧公子，今日倒是讓公子動手了。」頓了頓，她意猶未盡地說道：「滋味甚是微妙，微妙啊！」

蕭靖決哭笑不得，他對她那麼多的例外與偏愛，她卻只在意一盞茶。

兩人遊船累了，上了岸。岸邊的樂山還背靠著兩人，聽到腳步聲，才回過頭來。

樂山一臉委屈地看著蕭靖決：「公子，我是不是有點多餘？」

以退為進，公子見他這麼說，一定會否認的，然後還要強調他很重要！

「嗯，是有點。以前我一直都沒說，真難得你有自知之明。要不你自己先回府？過幾日再來接我們？」蕭靖決毫不猶豫地說道。

樂山：「……」

樂山眼神顫抖得就跟地震了似的。

蕭靖決才懶得搭理他，拉著向予安就走了。

向予安不由得回過頭看了樂山一眼，樂山爭寵不太行啊。

樂山急忙追了上去：「公子，我會釣魚，我還會抓魚，我很行的！」

入了夜，樂山點了一個火堆，幾個人就坐在池溏旁邊烤魚。白色的大理石上就點著火堆，向予安都覺得心疼。

蕭靖決真的親自幫向予安烤魚，他將衣袖挽了起來，露出小臂，動作還很熟練。

向予安想要幫忙，蕭靖決急道：「妳就坐著，交給我來就好。」

向予安看著他被火映紅的面孔，有些恍惚。她怎麼都沒不會想到，有一天蕭靖決會坐在這裡給她烤魚吃。

這事，怎麼那麼夢幻呢？

蕭靖決烤好了魚，遞給了向予安：「嘗嘗看，好不好吃？」

向予安接了過來，蕭大公子烤的魚，絕對不能說不好吃啊。

可是一入口，向予安卻發現這魚烤得確實很好吃，她眼睛一亮，點了點頭：「好吃！公子，怎麼會烤魚的？」

蕭靖決的神色閃了閃，向予安收起臉上的笑：「我、我是不是不該問？」

「也沒什麼不能說的，前幾年，我有一次陪著姐姐上山祈福的時候碰到了刺客。我一個人掉在了山下，命大，被掛在了樹上。山底下沒有吃的，什麼都得自己動手，就學會了。」蕭靖決輕描淡寫地說道。

向予安愣了一下，頓時就明白了幾分。幾年前，那一定是蕭靖決以一己之力對抗東瀛智者，一戰成名的時候了。大概是薛姨娘見蕭靖決成了威脅，所以才派人對付他的。

在她調查過的蕭靖決的過往裡，是沒有這些的。他能好好的長大，不知道經歷了多少艱辛。

向予安竟有些心疼，握住了他的手。

蕭靖決彎了彎唇角，「心疼我嗎？」頓了頓，他笑著說道：「不用的，那些害過我的人，我都會讓他們付出代價。」

向予安眼神閃了閃，是的，面前的這個男人，不需要同情，也不需要憐惜。他現在強大到可以影響這個國家未來的命運，他沒那麼輕易打敗。

「可是，妳會心疼我，我還是很高興的。」蕭靖決小聲地說道。

向予安有些不自在地收回了手，假裝去吃魚肉。蕭靖決是真的很喜歡她，她現在正利用這份感情來完成自己的復仇。

可是現在，她突然有點害怕傷害到他。

向予安低著頭默默吃魚，就算他對她再好，她也不能忘了霍家的滅門之仇。不管是誰，都不能讓她放棄報仇，無論是誰都不行。

蕭靖決察覺到向予安的情緒一下變得低落，他覺得有些奇怪，但並沒有多想。

蕭靖決看了樂山一眼，給他使了個眼色。

樂山立刻就反應過來了，連忙道：「光吃魚，怎麼能不喝酒呢？我特意從府裡帶來了幾罈子好酒，來，予安姑娘，喝一點。」

蕭靖決輕咳了一聲：「你別胡鬧，讓予安喝酒。」

向予安說道：「沒事，那就喝點吧。」

樂山頓時給了蕭靖決一個得意的眼神，這差事他辦得不錯吧?!

樂山當即就遞給了向予安一壇酒，他的意思是想讓向予安拿一下，他好拿酒杯分酒喝。

誰想到，向予安解開酒罈子，仰頭就是一口，動作豪邁爽快，樂山看得一愣一愣的。

第七十九章　蕭靖決的告白

「妳、妳都是這麼喝酒的啊？」樂山呆呆地說道。

向予安不解地看了他一眼：「不然要怎麼喝酒？跟個娘兒們似的拿著酒盅一小口一小口地抿啊？一點都不大氣！」說完，一臉嫌棄的樣子。

蕭靖決、樂山：「……」

蕭靖決沉默了片刻，想要讓向予安喝醉的計畫似乎並不怎麼行得通。

蕭靖決眼神亮晶晶地看著向予安豪氣干雲的模樣，嘴角還噙著笑：「我從來都不知道妳酒量這麼好。」

向予安說道：「我爹說了，姑娘家就得會喝酒，不然容易吃虧的。所以從小他就讓我練酒量，習慣了。」

蕭靖決又沉默了片刻，「令尊可真是高瞻遠矚。」

很少有人能讓蕭靖決心甘情願地誇讚，但是對於向予安的父親，蕭靖決說這話是真心實意的。

向予安拿著酒罈子的手一頓，默默地喝了一口酒，沒有說話。

蕭靖決也打開了一罈子酒，沒好意思用酒杯，他含笑望著向予安說道：「予安，祝妳生辰快樂。我會讓妳一生順遂，無憂無慮。」

這是蕭靖決給向予安的祝福，同時也是他的承諾。他自認能給向予安這樣的生活，讓她一輩子都像現在快樂。

向予安臉上露出了一絲複雜之色，她笑著望向蕭靖決點了點頭，「多謝公子。」

向予安跟他碰了一下酒罈子，仰頭喝了一口。

三個人坐在火堆旁邊，說起了以前的趣事。蕭靖決今天很開心，說了很多話，他說起兒時讀書時的事情，過目不忘，舉一反三，讓向予安羨慕不已。

蕭靖決說了很多，向予安一直在聽。

「一直都是我說，妳也說說妳小時候是什麼樣的？」蕭靖決問道。

向予安眼神閃了閃，然後說道：「小時候因為我是女兒，很多人都替我爹遺憾，還希望我爹再生一個。那個時候我就很生氣，就會跟……就會偷跑出去玩。」

蕭靖決握住了她的手，她繼續說道：「他每次都能找到我，然後把我帶回去。」

其實她小時候一直覺得是葉淮出賣了她，可是葉淮從來沒有承認過。

小時候的父親，在她眼裡是無所不能的。長大以後，她不過離家一次，卻再也找不到他了。

這個世上再不會有人記得他曾經做過什麼，可是她不能忘記，她一定要為他報仇。

向予安想到這，眼睛微紅，默默地喝了一口酒。

蕭靖決看出她情緒低落，便站了起來，衝著她伸出了手，「走，我帶妳去看樣東西。」

向予安看著他伸過來的手，眼神一閃，他已經率先抓住她的手，將她拽了起來。

回到了向予安住的院子裡，蕭靖決十分神祕地攔住了她，讓她站在門前。

向予安笑著問道：「你給我準備了什麼東西，要這麼神祕？是堆滿了整個院子嗎？」

向予安的話音剛落，蕭靖決就推開了門。
只見滿院子裡都是花燈，當真堆滿了整個院子。
從門前到臥室的走廊上，都是花燈。
向予安眨了眨眼，不由自主地走了進去。
只見每個燈籠下面還掛著字條，「予安是個很聰明的姑娘，可是我有時候希望她不要那麼聰明，也許她會更依賴我。」
「她平時總是笑著，可是我總覺得她心裡有一道傷疤，希望我能癒合它。」
向予安一步一步走過去，「我一直以為我無所不能，可是每次面對她，我都束手無策。」
「我知道我用的手段太強硬，她不喜歡，可是能不能看在我一片真心的份兒上，不要生氣？」
「她總說我算無遺策，卻不知道我算不出她的心。」
「予安，我心悅妳。」
向予安一張一張字條看過去，忍不住紅了眼睛。
沒有人面對這樣的告白還能無動於衷，就連向予安都不行。
蕭靖決走了過來，站在她的身側，「我知道，妳一直沒有原諒我，心裡還在怪我。我不知道該怎麼讓妳消氣，就只能把我心裡想對妳說的話寫出來。」
說著，他牽起她的手，放在了他心口的位置上。
「這裡的每一個字都是我親手所寫，都代表著我的一片真心。」蕭靖決認真地說道。
向予安眼神複雜地望著他，最後低下了頭。

「怎麼了？不喜歡嗎？」蕭靖決忍不住說道。

向予安搖了搖頭：「我是太感動了，沒想到公子會準備這些。」

蕭靖決微微一笑，將她攬入懷抱裡，這一次向予安並沒有拒絕。

這讓他加深了嘴角的弧度，輕輕地說道：「妳開心，一切就都值得。予安，以後我會陪妳度過未來的每一個生辰。」

向予安心頭一顫，不由得抓緊了他的衣袖。

突然，天空中綻放出了絢爛的煙花。向予安嚇了一跳，不由得抬起頭來。

這煙花色彩絢爛，造型奇特，一看便不是普通的煙花。

蕭靖決說道：「妳喜歡嗎？」

向予安點了點頭，很認真地說道：「我很喜歡。」

後來向予安才知道，蕭靖決是把給皇上壽誕準備的煙花給搶了過來，然後又讓匠人急忙趕製了一批給皇上補上的。

其實，從一開始，蕭靖決算計那麼多，唯有對她最真心。

蕭靖決伸手抱住了她，嘴角帶著滿足的笑容。向予安靠在他的胸前，眼神卻很冷靜。

第八十章　著急作死

兩人在莊子上玩了兩天，關係也融洽了許多。現在蕭靖決看著向予安的眼神溫柔得都要掐出水來，向予安卻是十分著急。

她要儘快找到蕭元堂陷害霍家的證據，她已經不想再在蕭府待下去了。

向予安趁著蕭靖決高興，還旁敲側擊地打聽了關於霍家的事。

「我一直都覺得奇怪，明明是公子助老爺當上了首輔，為何老爺對公子卻如此不公。」向予安不服氣地說道：「怎麼看都是公子更能幹啊。」

蕭靖決笑了笑：「心疼我了？」頓了頓，他眼神閃了閃：「我父親這個人，他志大才疏，偏偏還是個官迷。當初，他為了當上這個首輔，可是用了不少的手段。」

向予安好奇地看著他道：「他能想出什麼好辦法來？還不是要靠著公子幫忙謀算？」

蕭靖決的眼神閃了閃：「自然是天大的功勞了。」

向予安覺得手指都開始發涼，她不甚在意地說道：「不就是霍將軍被皇上治罪了嗎？」

蕭靖決的神色一凜，冷然的目光看向了她，厲聲問道：「是誰告訴妳的?!」

蕭靖決從來沒有用這樣凌厲的態度對向予安，更不要說這段時間，他向來對她溫柔體貼。

向予安表情有些錯愕，「我、我說錯了嗎？其實，是以前我聽孟公子抱怨過。孟大人一直很不甘心，本來以為首輔之位肯定是他的，最後卻變成了老爺。孟公子和孟大人分析過後，猜測可能跟霍家獲罪有關。」頓了頓，她不安地說道：「而且，民間也有很多傳言啊。」

蕭靖決的臉色緩和了不少，可依舊皺著眉頭。

向予安怯生生地看著他道：「不是這樣嗎？我不能說這個嗎？」

蕭靖決看到她一副受到驚嚇的樣子，握住了她的手：「沒有，沒什麼不能說的。」

向予安點了點頭，她的聲音很清冷：「那麼，老爺當上首輔是不是因為這件事？外面的百姓可有不少人都在談論這件事，說老爺當上首輔，都是因為算計了霍將軍。」說著，她試探地看向了他：「我覺得空穴不來風，也不知道是不是真的。」

蕭靖決想了想，輕輕地點了點頭：「確實是這樣。」

向予安的神色一凜，渾身控制不住地輕輕顫抖了起來。

竟然是真的！

向予安用盡全身的力氣才能抑制自己的恨意，蕭靖決說道：「皇上忌憚霍家，霍驍還一個勁兒地打勝仗。他看準了這一點，便投其所好，先毀了霍家，龍心大悅，自然沒有什麼是不可能的。」

向予安啞聲說道：「可是霍家滿門忠烈，世代忠良啊。」

蕭靖決輕笑一聲，說了一句意味深長的話：「皇上覺得是忠良，他才是。皇上覺得他是亂臣賊子，那就要除掉。」

向予安緊緊地握住了拳頭，蕭靖決見她神色怪異，握住了她的手：「是在為霍家不平嗎？」頓了頓，他嘆了一口氣：「好了，別想那麼多了，這些跟妳沒有關係，我不會讓任何人傷害妳的。」

向予安閉著眼睛，靠著這個她已經開始習慣的擁抱。可是她心裡從未這樣清醒過，她跟蕭靖決是不可能的，他們兩人之間隔著霍家的血海深仇。

蕭靖決微微側過頭，向予安提起霍家的時候，語氣有些不一樣。這讓他心裡有些不安，可是他不明白為什麼會這樣。

最後他安慰自己，國朝的人都十分推崇感激霍驍，這也是皇上對他忌憚的原因。大概向予安也是如此，所以聽到霍家的事，才會如此失態吧。

兩個人回到天一閣，一進門，向予安就感受到了一道怨毒的視線。她抬頭看了過去，是李佩玲。

她淡淡地掃了李佩玲一眼，就轉過頭去，直接回了房間。

蕭靖決一回來就變得十分忙碌，積攢了許多的公務要處理，接連幾天都早出晚歸的。

向予安去了一趟團團圓，收到了葉淮的信。葉淮已經到了軍中，以他的本事已經得到寧宣王的看重。

向予安看完了信之後，便將信給燒掉了。

剛燒了信，突然有煙雨閣的丫鬟來見向予安，說是蕭雪致要見她。

平日裡蕭雪致也經常讓向予安過去說話，向予安沒有多想，換了衣服就準備過去。

可是剛要走到煙雨閣，就看到蕭靖安帶著人堵住了去路。

向予安皺起眉頭，看了一眼傳話的丫鬟。

蕭靖安說道：「沒妳的事了，下去領賞吧。」

傳話的丫鬟低著頭，轉身急匆匆地走了。

向予安頓時明白了，蕭靖安這是衝著她來的。

向予安警惕地盯著蕭靖安，冷冷地說道：「上一次也有人在這裡堵我，大少爺猜那人怎麼樣了？」

蕭靖安神色頓時一變，向予安面無表情地說道：「那是蕭管家的獨子，最後他和蕭管家都被趕了出去。」頓了頓，她又看向了蕭靖安：「大少爺可知，蕭管家被趕出去之後又有什麼後果？」

蕭靖安眼神頓時變得銳利了起來，蕭靖決掌控了蕭管家，借此接手了蕭元堂在江南的人手。

蕭靖安勾起了唇角：「看來我那個好弟弟確實十分疼愛妳，連這事妳都知道。那正好，我就讓他嘗一嘗失去心愛之人的滋味！」

原本蕭元堂看上了芳菲郡主，要為他說親。結果蕭靖決賑災回來，皇上對他讚許有加，蕭靖決不過在外表露了一兩分對蕭靖安的不滿，榮王府那邊就迫不及待地跟他撇清了關係，這分明是瞧不起他！

蕭靖安本來是想借著這樁婚事翻身的，現在婚事黃了，他的指望落空，更恨上了蕭靖決。

原本蕭靖決除了蕭雪致不在乎任何人，他不敢去動蕭雪致，因為蕭雪致身邊全都是蕭靖決安排的人。可向予安不過是一個小小的丫鬟，就算動了，蕭靖決也不能拿他怎麼樣！

向予安眼神裡閃過了一抹殺意。

第八十一章　羊入虎口

自從知道霍家的事是蕭元堂謀劃的，她心裡就堵了一口氣，這口氣讓她沒有一日安寧。她痛苦找不到報復蕭元堂的方法，蕭靖安就送上門來了。

那就先讓蕭靖安付出一點代價！

想到這，向予安並沒有抵抗，任由蕭靖安的人把自己帶走了。

蕭靖安帶著她走了偏門，一路上還避著人。

向予安冷笑了一聲：「大少爺在自己的家裡還要如此小心翼翼，看來大少爺也不是那麼毫無畏懼，反而是從心底裡畏懼我們公子啊。」

蕭靖安惱怒斥道：「妳給我閉嘴！現在還在嘴硬，一會有妳哭的時候！」

向予安冷冷地一笑，並沒有反駁。

她覺得很可笑，蕭家人所有的頭腦似乎都生在了蕭靖泱的身上。她被蕭靖安綁了，一路上不哭不鬧不叫，蕭靖安居然都沒察覺不對勁兒，簡直蠢到無可救藥！

向予安一走就是一下午，還是九茉覺得有些不對勁兒。

她跑去找了萍蘭。

「予安走了這麼久都沒有回來，會不會出什麼事啊？」九茉擔憂地說道。

萍蘭的眼神閃了閃：「她能出什麼事？現在誰不知道她是公子的心頭肉，誰敢這麼不開眼地去惹她？

妳還是多操心自己吧。」

九茉看了她一眼沒有說話，她知道因為蕭靖決對向予安的偏愛，讓所有人對向予安的態度都發生了變化。可是以前她們明明都很喜歡向予安的，向予安性格爽直隨和，對誰都是笑呵呵的，而且從來不在背後說人的小話。

就因為蕭靖決喜歡她，她一下成了所有人針對的對象。

九茉覺得這對向予安很不公平，是蕭靖決喜歡她，向予安可從來沒有有意接近過蕭靖決。

而且在她看來，就算向予安得到了蕭靖決的寵愛，對她們的態度也沒有因此而發生變化，還是和以前一樣。

可是她不敢說，就連萍蘭姐姐都開始針對向予安了。

九茉皺起了眉頭，她心裡有些不安，找了個理由急匆匆地跑去煙雨閣。

九茉到了煙雨閣，見到了蕭雪致，卻沒見到向予安。

蕭雪致聽說向予安來找自己也詫異呢，「我沒讓她來啊。」

「那、那予安去了哪裡？來的確實是煙雨閣的丫鬟呀。」九茉愕然地說道。

蕭雪致神色凝重，轉過頭吩咐蝶香：「妳去衙門找公子，告訴他予安可能出事了。」頓了頓，她又對著九茉說道：「讓人在府裡先找人，不管怎麼樣，先把人找到再說。」

大家分頭行動，開始尋找向予安。

蝶香去找到了樂山，樂山聽說是向予安不見了，差點跳起來。

「公子進宮面聖了，也不知道什麼時候能出來呢。」樂山焦急地說道：「這樣，我先讓公子的侍衛去找人，如果人是在府裡丟的，肯定能找到！」

此時的向予安被蕭靖安帶到了一處宅子，並關進了房間裡，蕭靖安從外面走了進來。

「你們都下去。」蕭靖安吩咐道，他的目光落在向予安的臉上，露出了一個笑容：「我真想知道，我那個好弟弟知道，他喜歡的女人成為了我的女人之後，會是什麼表情。」

向予安平靜地看了一眼窗戶：「天色還早，大少爺要不要拉上窗簾？」

蕭靖安愣了一下，沒想到向予安這麼配合，「那敢情好，聽妳的，就拉上吧！」

蕭靖安拉上了窗簾，轉過身，突然之間摔倒在地。

蕭靖安愕然地低下頭想去看是什麼絆倒了自己，是窗戶旁邊的桌子？可他是怎麼撞到的？

向予安收回手，走到了蕭靖安的面前：「大少爺可要小心點，要不要我扶你起來？」

蕭靖安沒多想，就握住了向予安的手，向予安一用力，蕭靖安是站起來，卻用力過猛撞到了身後的牆。

不過短短片刻，蕭靖安就又是摔跤又是撞牆，他都蒙了。

第八十二章　無根之人

蕭靖安揉著頭，向予安便已經湊了過來，聲音溫柔地說道：「大少爺，你怎麼了？要不要我扶你休息一下？」

蕭靖安有些頭暈，他還沒意識到這些事跟向予安有關，趾高氣揚地伸出手。

向予安握住了他的手，牽引他走到一邊的椅子旁。蕭靖安沒有設防地坐下去，結果卻坐了一個空。

他直接坐到了地上，屁股跟地面親密接觸，這一下可是真的疼得他變了臉色。

「啊！」蕭靖安發出了一聲尖叫聲。

外面的護衛聽到動靜，神色變了變，不由得走遠了一些。

蕭靖安疼得臉色都變了，向予安蹲下身，看著他的表情，「大少爺真是不小心，怎麼連坐都不會坐了呢？」

蕭靖安突然反應過來，他指著向予安說道：「是妳，是妳在搞鬼！」

向予安嘴角露出了一個冷笑，現在知道未免太晚了點？

向予安說道：「大少爺在說什麼？我怎麼聽不懂呢？」頓了頓，她站了起來，居高臨下地望著蕭靖安。

蕭靖安不由得後退了一步，「妳、妳要幹什麼？妳要幹什麼？我告訴妳，我可是大少爺。」

向予安忍不住心裡翻湧的恨意，她隨手團了一個手絹塞到他的嘴裡。

「是大少爺帶我過來的，大少爺反而問我幹什麼？」向予安柔聲問道，說著她抓住了蕭靖安的頭髮，「你說我想對你做什麼?!」

向予安的語氣裡毫不掩飾森然的冷意，蕭靖安不由得打了個寒顫。

他想要推開向予安，向予安握著他的肩膀，直接卸了他的兩條手臂！

蕭靖安疼得大喊一聲，可是他嘴裡還塞著手絹，只能發出嗚嗚的哀鳴聲。

向予安面無表地看著他，「你就是學不乖，居然敢來招惹我！」頓了頓，她抽出了一把匕首，抵在蕭靖安的臉頰上：「你臉皮這麼厚，這張臉就不要了好不好？」

匕首的刀尖抵著他的臉頰，蕭靖安嚇得渾身發抖。

他哀求地看向向予安，他有些發蒙，這不對啊，是他要威脅向予安的，怎麼事情演變道這個地步了呢？

到底是怎麼發生的？

向予安的匕首從他的臉頰一路向下，最後落到了他兩腿之間的位置。

「你想要對我做什麼?你想要怎麼不放過我？不如你跟我說說？」向予安溫聲問道，「對了，我忘了，你嘴說不出話來。那我放開你的嘴，你不要叫好不好？」

蕭靖安連連點頭。

向予安皺起了眉頭：「不對，你這麼無恥狡詐。如果我鬆開了你的嘴，你反悔了怎麼辦？外面那麼多人，我可打不過！」頓了頓，她突然說道：「可是我手裡有刀啊，如果你敢叫一聲，我這把刀刺到哪裡去就不一定了！」

向予安說著，把匕首定在他兩腿之間的位置，蕭靖安嚇得攏起了腿。很快，一股尿騷味傳來，蕭靖安嚇得失禁了。

向予安厭惡地皺起了眉頭：「真噁心。」

向予安一把拽起了蕭靖安，把他扔到了床上。

她冷冷地看著蕭靖安。就是蕭元堂，是他害了霍家滿門，如果他看到自己最心愛的兒子的屍體，會是什麼表情？是否也會悲痛欲絕？說實話，她真的迫不及待想見到了呢。

她不能就這麼殺了蕭靖安，如此一來，蕭元堂無論如何也不會放過她。她不怕死，可是她還沒能為霍家報仇。

蕭靖安眼神驚恐地看著她，向予安就坐在床邊，手裡把玩著匕首。

「前年的柳月，去年的蘇蘇和含香，這府裡被你糟蹋過的丫鬟只怕不只這幾個吧。」向予安淡淡地問道。

「那，都是那些賤人勾引我的，不是我願意的，是她們自甘下賤引誘、引誘我的！」蕭靖安瑟縮地說道。

向予安眼神裡閃過了一抹冷芒，她想到了一個很好的辦法。

向予安冷笑了一聲：「那我讓她們以後再也不能勾引你了，好不好？」

說著，她緩緩地湊近了蕭靖安。

蕭靖安看著她越來越近的臉孔，心頭陡然一跳。原本他還打算出去的時候好好報復她，一定讓她求生不能求死不得。

可是他有一種預感，他似乎沒有這樣的機會了。

向予安臉上露出了憐憫的神色，他不信，這個女人居然會憐憫他？不過下一刻，他來不及多想，向予安伸手打在了他的脖頸上，他眼前一黑就暈倒了。

向予安遲疑了半晌，終於解開了蕭靖安的腰帶。

蕭靖安是被疼醒的，他只感覺到一陣從未有過的劇烈疼痛。他想要喊，可是嘴裡堵著手絹，連喊叫都發不出聲音來。

他疼得渾身冒出冷汗，抬起頭，就看到向予安收起了刀子。他突然似有所悟，轉過頭，看到旁邊桌子上的盒子裡裝的竟是他的那處！

蕭靖安一瞬間幾乎忘了所有疼痛，他瞪大了眼睛，低下頭向自己雙腿看去。

向予安，居然閹了他！他成了無根之人！

蕭靖安覺得這可能是個夢，可是疼痛是那樣的真實，讓他根本無法欺騙自己。

他兩腿之間還在流血，向予安皺著眉頭一臉不耐地拿出一個瓷罐，給他的傷口處上了藥。

這可是軍中止血的好藥，平日裡金貴的很，倒是便宜這個人渣了。

向予安冷笑著看著他道：「如此一來，哪個姑娘可都勾引不了你了，大少爺可還滿意。」

蕭靖安萬念俱灰，用一雙仇恨的眼瞪著她，恨不得將她千刀萬剮。

第八十三章　有苦難言

向予安看著他眼神，臉色一沉，一巴掌就打了過去。

「你那是什麼眼神？對我不滿？嗯？」向予安用匕首抬起他的手，「本姑娘肯碰你這骯髒的身體，已經很委屈我了，你還敢嫌棄？」

蕭靖安想要破口大罵，可是他的嘴上還堵著手絹，根本說不出一句話來。

此時此刻，他心裡恨極，他一定要弄死向予安！一定要將她千刀萬剮！

向予安冷笑著說道：「心裡想著怎麼報復我吧？」頓了頓，她不屑地說道：「我勸你最好歇了這份心思，別想太多。如今你廢人一個，你以為老爺會為一個廢人兒子報仇嗎？別忘了，我們公子精絕倫，哪不比你這個廢物強？如今你連傳宗接代都做不到，老爺還會像以前那樣對你嗎？」

蕭靖安疼得臉色煞白，可是他還是聽進去了向予安的話。他不得不承認向予安說的有道理，可是讓他咽下這口氣，他怎麼甘心？

「所以，就算回去了，你最好管好你的嘴，什麼該說，什麼不該說你心裡知道吧？」向予安冷眼看著他：「你也可以不在意，不管不顧地告訴老爺，是我閹了你，讓老爺替你報仇。」

「可是，你應該知道，公子現在有多疼愛我。公子跟老爺向來不和，這次的事還是你綁架我，公子會護著我。」向予安接著說道：「你也該看明白了，老爺是強硬不過我家公子的。到最後，你只會被老爺厭棄，成為整個上京的笑柄。而我，依舊是公子最疼愛的丫鬟。」

向予安冷笑了一聲，跟著說道：「你這個人，雖然蠢得無可救藥，可是應該也明白，到底怎麼選擇才對你最有利。」頓了頓，她憐憫地看了他一眼：「你以前都鬥不過我，現在不過是廢人一個，就別想著報仇了。」

向予安說著，親自拿出了塞在他嘴裡的手絹。

「我說的話，聽明白了嗎？」向予安盯著他的眼睛問道。

蕭靖安渾身縮成蝦米一樣，只用一雙仇視的眼神瞪著她。他想喊，可是他沒有力氣了，他實在太疼了，他喘著粗氣，說不出話來。

而且，他也不敢。

他的大腦無法思考，可是他聽進去了向予安說的話。向予安說的十分有道理，他不能讓別人知道他被閹了！

他根本丟不起這個臉！他也不能失去父親的疼愛，可如果他成了無根之人，父親和祖母都會放棄他了！

他只要想一想，就覺得毛骨悚然。

他只能按照向予安說的，不能讓任何人發現這件事。他當然不會這麼輕易放過向予安，他到底在身分上占了好處，向予安不能在他手裡討到便宜。

他只能暫且安撫住向予安，然後徐徐圖之。

蕭靖安覺得自己十分忍辱負重，在這樣的情況下還能想的如此周到，誰說他不聰明？他完全忘了，這都是向予安給他想好的理由。

向予安坐到了一邊，她一靠近，蕭靖安就瑟縮了一下。

「你放心，我不會殺了你的。」向予安淡淡地說道：「你的傷口我也上過藥了，這是剩下的藥，等回去之後，你自己再上藥吧。」

向予安說完，便將小瓷瓶扔到了蕭靖安的身邊。

蕭靖安動了動，他的手臂被向予安給卸了，向予安皺起眉頭，滿臉不耐地幫他安好了手臂。

這次蕭靖安連眉頭都沒皺一下，他現在所有的痛覺都集中到了一處，以至於別的地方痛感都不再明顯了。

蕭靖安氣喘吁吁地說道：「我們什麼時候回去？」他一刻都不想待在這個地方了，他還能聞到空氣裡的血腥味。

向予安看白痴一樣看了他一眼：「我現在被你挾持了，你有那麼好心會放我回去嗎？當然是等公子來救我了！」

她說得理直氣壯，蕭靖安卻是一陣氣急。就這樣的姑娘，還需要讓人救?!他有苦說不出，說實話，他現在覺得蕭武的下場還算是好的，至少保住了命根子。

想到這，他心裡更加發苦，他不後悔抓了向予安。他只後悔，抓到向予安的時候沒第一時間弄死她！

向予安支著下頜，突然，她倏地睜開了眼。

蕭靖決一出宮就聽樂山說向予安被蕭靖安帶走了，此時樂山的人已經找到蕭靖安藏在哪裡。

蕭靖決臉色陰沉說道：「既然找到了人，為什麼不去救人！予安出什麼事怎麼辦?!」

樂山有些遲疑，在他看來，向予安被帶走已經大半天了，就算要出什麼事，也已經出完了。如果向予安真的被蕭靖安輕薄了，那她就已經是不潔之人，蕭靖決還能心無罣礙地接受她嗎？

為了一個會被蕭靖決厭棄的丫鬟跟蕭靖安發生衝突，樂山自然多了幾分顧忌。他是蕭靖決的人，時刻將蕭靖決的利益放在首位。

不過蕭靖決顯然沒有那麼多顧慮，他翻身上馬，怒聲說道：「予安在哪裡？帶路！」

樂山不敢遲疑連忙在前面帶路，蕭靖決是真的沒想到這一點嗎？不可能，以他家公子的算無遺策，只怕是知道消息的第一時間就已經權衡好了一切。

那麼，他就是不在意。不在意蕭靖安和向予安之間會發生什麼，他也要救回她。

看來蕭靖決比他想像中的還要在乎向予安。

第八十四章　我帶妳回家

蕭靖決率領著人馬闖進了院子裡，護衛一看到是蕭靖決，還沒等拔出武器，就被蕭靖決的人控制住了。

蕭靖決面無表情地下令：「所有人一個不留，都給我殺了。」

蕭靖決說完，立刻大步地向正房走去。到了門口，他腳步一頓，然後才推開了房門。

預想中不堪的畫面並沒有出現，他看到的是蕭靖安縮在床上瑟瑟發抖的樣子，向予安則是安然地坐在旁邊。

向予安抬起頭，詫異地看著蕭靖決，然後眼神就紅了。

向予安狠狠地掐了自己的大腿一把，這才逼出眼淚。

蕭靖決大步地走了進去，一把將她攬入懷抱裡。

「予安，對不起，對不起，都是我的錯。」蕭靖決緊緊地抱住她：「讓妳受苦了。」

向予安又狠狠地掐了自己一把，聲音帶上哭腔，哽咽著說道：「你怎麼才來啊？我都要怕死了，他要欺負我，他……」

蕭靖決鬆開了她，伸手按住了她的唇，阻止她繼續說下去。

「我知道，我不會放過他的。誰欺負了妳，我都不會放過的。」蕭靖決柔聲說道。

他聲音溫柔地安撫著向予安，可是蕭靖安卻打了個寒顫。

蕭靖安感受到蕭靖決落在他身上的，那種包含殺意的眼神。他心裡發苦，他絕對不能讓他爹知道他被閹了，沒有蕭元堂的維護，蕭靖決絕對會弄死他的！

他怎麼都沒想到，蕭靖決會這麼在意向予安這個丫鬟。

向予安點了點頭，手卻在揉著自己掐疼的地方。

這件事讓向予安明白了一個道理，不能做壞事，看她為了圓謊，受了多大的苦楚？

蕭靖安一動不動，一是疼得，二也是嚇得。他現在只想回家，想他娘，想……還是不想爹了。

蕭靖決鬆開了向予安，眼神裡有些緊張地問道：「妳，沒事吧？他有沒有對妳怎麼樣？」

向予安沒有說話，而是給蕭靖安使了個眼色。

蕭靖安立刻說道：「沒有！我連她的手都沒碰到！你這是什麼丫鬟啊？那麼強悍！一腳差點把我命根子給踹掉了！」

蕭靖安是不可能為向予安說謊的，他應該是那種就算沒做什麼，也該挑釁蕭靖決的人。現在蕭靖安說沒事，可見是真的吃了不少苦頭，不敢招惹向予安了。

蕭靖決心裡鬆了一口氣，冷笑著說道：「大哥單獨帶我的丫鬟出來，我倒是想問問你，你到底想要做什麼？看來你還是太閒了！」

蕭靖安渾身一僵，「你、你要幹什麼？」

蕭靖決還沒有說話，得到消息的蕭元堂急匆匆地趕過來。

蕭靖安是他的心頭肉，但委實蠢了點，尤其是跟蕭靖決一對比，那簡直是沒眼看。

可到底是他從小疼愛到大的孩子，蕭元堂一聽說兩人對上了，不用問，吃虧的肯定是蕭靖安，便急忙過來護著寶貝兒子了。

「靖安？靖安啊，你怎麼了？你怎麼了？」蕭元堂一看到蕭靖安臉色發白的樣子，焦急不已地說道。

蕭靖決淡淡地瞥了二人一眼便收回了目光，他低下頭對向予安說道：「我帶妳回家。」

向予安懨懨地點了點頭，一副受到驚嚇的樣子。

蕭靖安愕然地看著向予安一副受害者的樣子，他以前為什麼會覺得這個丫鬟好欺負?!可是他明白這個道理時已經太晚了。

蕭元堂不知道蕭靖安傷到哪裡，但他知道兒子受了大苦。

「站住！是這個丫頭傷了靖安？她好大的膽子，一個小丫鬟，居然敢傷了主子！」蕭元堂怒聲喝道。

向予安瑟縮了一下，然後躲到了蕭靖決的懷抱裡。

對付蕭元堂這種人，就得放蕭靖決。

蕭靖決心疼得不行，向予安什麼時候這麼依賴過他？她的反應，在蕭靖決看來，就是害怕。

蕭靖決冷笑著說道：「你該慶幸今日予安沒事，否則我絕對不會放過他！」

蕭元堂皺起了眉頭，「靖決，不管如何，他都是你大哥，你為了一個丫鬟，居然這麼對你大哥?!」

蕭靖決看了蕭靖安一眼：「我認他是蕭家的大少爺，但我不認他是我大哥，他連我的丫鬟一根手指都比不上！」頓了頓，他冷冷地說道：「你願意寶貝他，就讓他安分守己，再敢動我的人，我不管他是誰，我都照收拾不誤！誰維護他，就別怪我不孝！」

第八十五章　不禁折騰

向予安渾身一震，神色複雜地看向了蕭靖決。她看過不少次蕭靖決跟蕭元堂發生衝突，可是就算蕭靖決說的話不客氣，態度還是恭敬的。雖然這份恭敬怎麼都透著幾分嘲諷，但也算是維護了父子兩人之間的顏面。

這還是蕭靖決第一次對蕭元堂撕破臉皮，正是為了她。

向予安低下頭，想到剛才蕭靖決大步走進來的時候，他第一眼看到她的眼神。她的心莫名地揪緊了。

蕭靖決攔腰將向予安抱起來，轉身大步地走了出去。

蕭元堂氣得不行，剛要追，蕭靖安就疼得叫了起來。

蕭元堂只好停住腳步，轉過頭瞪了他一眼：「不是跟你說了，讓你不要去招惹他。如今他正把那丫頭放在心尖上，你非要這個時候去惹她！」

蕭靖安眼神裡閃過了一抹陰鷙之色，他低聲說道：「爹，我想回家。」

「你還能走嗎？」

蕭靖安搖了搖頭。

蕭元堂看著他一副窩囊狼狽的樣子，更是氣不打一處來。他一個大少爺，浩浩蕩蕩地帶了這麼多護衛對付一個小丫鬟，沒成事不說，最後自己都走不了了。

這豈止是個廢物?!蕭元堂想到蕭靖決的聰慧能幹，更覺得一陣陣的失望。

他只有兩個兒子，這個情況，以後蕭家肯定是要交到蕭靖決手裡的。他如今做這麼多事，不過是為了大兒子以後打算，希望他死後，至少能給大兒子留一條生路。

可是蕭靖安實在是太不爭氣了。

蕭靖安看到蕭元堂臉上的失望，心裡也很憤憤不平。說什麼疼愛他，不還是覺得他比不上蕭靖決？向予安說的對，如果讓蕭元堂知道他沒有了命根子，只怕更會嫌棄他了。

他絕對不能讓蕭元堂知道！

蕭靖決抱著向予安上了馬車，那小心翼翼的樣子，就好像捧著易碎的瓷娃娃。

樂山看到這一幕就明白了，這次的事並沒有影響蕭靖決對向予安的態度。

馬車裡，向予安有些尷尬地靠著蕭靖決。她不好意思說自己沒事，可是蕭靖決如此小題大做的樣子，倒是讓她有些心虛了。

「妳是怎麼逃過去的？」蕭靖決低聲問道。

「他看我是個女子，就生了輕視之心。我趁著他不注意，就狠狠地踢了他一腳。我擔心他會叫外面的護衛，我就把他的嘴給堵上了。」向予安解釋道：「我也不敢出去，怕驚動了外面的護衛。」

「那妳打算怎麼辦？」蕭靖決不由得問道。

向予安抬起頭望著他道：「我等你來救我啊，我知道你一定會來救我的。」頓了頓，她問道：「你一定會來救我的，對不對？」

她語氣裡的依賴和信任，讓蕭靖決的心頭一蕩。

他低下頭吻了吻她的額角，「對，我一定會去救妳的。」頓了頓，他說道：「這次的事是我疏忽了，我沒想到蕭靖安敢對妳下手。」

因為向予安是個丫鬟，在很多人眼裡就是個小人物。就算有人要對付向蕭靖決，也不可能從一個丫鬟入手。

畢竟在外人眼裡，她只是一個丫鬟，誰會被一個丫鬟所脅迫呢？

蕭靖安就是那個意外，因為他沒有大本事，也就只敢找找丫鬟的麻煩了。

沒想到，這還翻車了，蕭靖決還真的就為了一個丫鬟大動干戈。

向予安說道：「不怪你，都是蕭靖安的錯。」

「妳放心，這次的事，我一定讓妳出氣。」蕭靖決說著，眼神裡閃過了一抹冷意。

向予安有些遲疑，倒也不必了吧。她不是心軟，也不是想要原諒蕭靖安。她就是覺得，以蕭靖安現在的身體，好像有點不禁折騰。

「其實，也可以過段時間。」向予安遲疑地說道。

蕭靖決看了她一眼。

向予安一臉為難地說道：「你現在對付大少爺，不就都知道是為了我嗎？這外人該說，你們兄弟為一個女子不和。弄得好像我的錯一樣。」她咕噥著。

蕭靖決眼神裡閃過了一抹笑意，他輕輕地點了點她的額頭：「這是擔心別人說妳紅顏禍水？」

向予安摸了摸自己的臉，很有自知之明：「我還沒到紅顏禍水這個等級吧？」

「嗯，確實是。我也不能讓別人說，我為了這麼個丫鬟衝冠一怒。」蕭靖決好整以暇地說道。

向予安氣得！那他還一副非她不行？

蕭靖決緊緊地抱住她，額頭抵住她的，「可是任由別的禍水再美再漂亮，我也不喜歡，我只喜歡這一個。」

向予安有些不自在地轉過頭去。

第八十六章　大小姐是個好人！

馬車停住，是到了家。

蕭靖決還要抱著她下來，向予安拒絕了。雖然現在已經晚了，她還是希望盡量低調點。

蕭靖決也沒有強求她，只是握著她的手，兩人一起回了天一閣。

一進院門，就看到院子裡跪著一個丫鬟。正是今日傳話的，蕭雪致身邊的那個小丫鬟。

向予安詫異地看向了蕭靖決。

蕭靖決淡淡地說道：「蕭靖安給了她賣身契，安排她離開上京。」頓了頓，他冷笑著說道：「做了這樣的事，還想走？」

向予安看向了那個小丫鬟，那丫鬟被綁著手腳，嘴也堵著，一雙眼哀求地看著向予安。

向予安沒有心軟，任何人，和獲罪的霍家相比，都沒那麼慘。更何況，這還是一個要害她的人。

蕭靖決低聲說道：「走吧，先回去吃點東西，妳一定嚇壞了。」

可不是嗎？鬧了蕭靖安可費了不少力氣呢，她都累壞了。

蕭靖決牽著向予安回到書房，就讓人去準備了不少吃食。

九茉送飯食進來，向予安叫住了她，「九茉，是妳告訴了大小姐，讓人救我的。謝謝妳，如果不是妳，說不定我就要出事了。」

蕭靖決也跟著說道：「是啊，這次多虧了她，我已經讓人好好賞她了。」

九茉握住了向予安的手，認真地說道：「予安姐姐，妳平日裡有什麼事都想著我，我都知道的。不過是舉手之勞，當不得的。」頓了頓，她抿唇而笑：「可是如果有賞賜，那也很好呀。謝謝公子，謝謝予安姐姐。」

這是真的，九茉喜歡吃，向予安每次出門都會給她帶各種新奇的小玩意。

向予安感動得不行，握著她的手，鄭重保證：「以後有好吃的都給妳留著。」

九茉頓時開心了，「那就這麼說定了！」

九茉開開心心地走了出去，向予安這才坐下來。

此時外面傳來了丫鬟的叫聲：「大小姐，求求大小姐救救奴婢吧！」

向予安端著湯勺的手就是一頓，蕭靖決頓時皺起了眉頭，沉聲道：「樂山！」

樂山應了一聲，轉身離去，很快外面就沒有了動靜。

蕭雪致走了進來，她腳步匆匆，看到向予安卻大大地鬆了一口氣。

「予安，多虧妳沒事，都是我識人不清，才讓人鑽了空子。妳如果有什麼事，我……我這輩子都不會安心的！」她可真不知道該怎麼跟葉淮解釋了。

本來葉淮就對她有莫名的敵意了，這次給向予安傳話的還是她的丫鬟。如果向予安這要是真的出了什麼事，她也沒臉再去見葉淮了。

向予安不知道蕭雪致顧慮的是葉淮，看到蕭雪致如此擔心她，當真十分感動。

向予安動容地說道：「姑娘，沒想到妳這麼擔心我，我真的是太感動了。妳不要自責，這不是妳的錯，我不是沒事嗎？」頓了頓，她看了蕭靖決一眼：「如果不是這次的事，我也不知道公子會這樣在乎我。」

蕭靖決露出了一個笑容，他就覺得他家予安就是會說話，極其地會說話，說的每句話都在他的心坎兒上。

蕭雪致更感動了，明明是她的丫鬟讓她涉險，她卻這樣大度。

蕭雪致轉過頭對著蕭靖決怒道：「靖決，這丫頭雖是我身邊伺候的人，可是她竟如此膽大妄為，我是留不下她的。她就交給你處置，一定要給予安一個交代！」

蕭靖決勾起了唇角，只是這笑意有些冷：「姐姐放心，這件事，我絕對會追究到底！」

蕭靖安居然敢動他的人，他除了擔心向予安之外，還有就是憤怒。蕭靖安那個蠢貨，居然敢算計到向予安的頭上，這在他看來簡直不能忍受！

蕭雪致這才放心地點了點頭：「予安妳放心，靖決不會讓妳白白吃虧的。」

向予安一臉糾結，她要怎麼告訴他們，其實她已經為自己報過仇了？她輕嘆了一口氣，蕭靖安惹上他們，可真是倒楣到家了。

向予安吃過飯，蕭靖決就讓人去把蕭元堂給請過來。

蕭元堂正忙得焦頭爛額，蕭靖安昏迷了，他叫來大夫診治。可是蕭靖安突然醒了過來，叫罵著把大夫趕了出去，說什麼都不讓大夫近身。

薛姨娘急得不行，就差求他了。可是蕭靖安就是不肯讓人診治，連把脈都不行。

蕭元堂心疼兒子也心疼愛妾，焦頭爛額呢，蕭靖決就派人來了。

來的是蕭靖決的侍衛，十分不客氣地表示：「請大少爺跟小的去天一閣跟公子說清楚今日之事。」

「我才不去呢！娘！」

薛姨娘看著不爭氣的兒子也十分礙眼，她轉過頭哀戚地看著蕭元堂：「老爺，靖安剛受了驚嚇，這個樣子，怎麼能去嘛？」說著，她抹著眼淚說道：「若是為了旁的事，我絕不偏袒靖安。可是為了一個丫鬟，讓兄弟反目，我們蕭家的顏面何在呢？」

蕭元堂臉色變了變，怒聲說道：「他哥哥病著呢！去不了，他要是有什麼事，讓他來這說！」

侍衛竟也不強求，點了點頭，轉身退下了。

薛姨娘的眼神裡閃過了一抹得意之色。

可是沒過一會，外面傳來一陣女子的哭喊聲，薛姨娘一愣，也顧不上哭了，急忙跑了出去。

第八十七章　一場鬧劇

薛姨娘一出來，就看到一個丫鬟跪在院子裡，正磕頭呢。「求大少爺救救奴婢，求大少爺救奴婢一命！奴婢給大少爺磕頭了！」

在丫鬟的身後，站著一排侍衛，正緊緊地盯著那丫鬟。

薛姨娘柔弱的表情維持不住，竟有幾分猙獰，「妳們、妳們這是幹什麼？這是大少爺的院子，豈容妳們喧嘩？」

丫鬟抬起頭，對著薛姨娘哀求地說道：「求姨娘讓奴婢見見大少爺，讓大少爺救奴婢一命。都是他支使奴婢，讓奴婢去引出予安姑娘，求大少爺救救奴婢！」

薛姨娘臉色頓時一變，抓著丫鬟就要趕出去：「妳給我走，妳要求去天一閣，別在這哭喪！」

丫鬟身後的幾個護衛頓時拔出了刀，擋在了薛姨娘的面前。

薛姨娘嚇了一跳，立刻後退了一步，氣道：「你們幹什麼？你們竟然敢對我拔刀?!」

「公子有令，誰都不得阻擋她求情！違者殺無赦！」侍衛冷冷地說道，頓了頓，侍衛又道：「公子說了，謹遵老爺吩咐，讓人來找大少爺說清楚。」

這些侍衛都是蕭靖決一手培養，只聽命於蕭靖決一人。

丫鬟磕了一個頭：「奴婢所言句句屬實，不敢欺瞞公子，都是大少爺指示我的。」

侍衛們十分滿意，將她護在中間，保護得密不透風。

丫鬟又開始磕頭賠罪了，薛姨娘氣得渾身發抖，轉過頭去搬救兵。

「老爺，你快去看看吧。蕭靖決的人圍了靖安的院子，」薛姨娘說著，就哭了起來，「他太過分了，就算我們靖安千般錯萬般錯，可到底是他哥哥啊！他為了一個丫鬟，竟半分臉面都不給靖安留，這傳出去，我們蕭家還有什麼體面？」

蕭靖安一聽蕭靖決派人圍了他的院子，眼前一陣陣地發黑，恨不得再昏過去。可是他不敢，他怕大夫給他驗身。

蕭元堂怒聲說道：「什麼?!他還敢讓人過來？不過是個丫鬟！就算是打死了也不值當什麼！」

薛姨娘眼睛一紅，淚珠就在眼眶裡打轉，她哀哀地說道：「老爺，他、他讓人圍了院子。還說這是謹遵老爺的吩咐，不是分明在打老爺的臉嗎？根本就沒將老爺看在眼裡呀！」頓了頓，她哭著說道：「都是我的錯，都是我不好。可是，有什麼怨恨，他衝我來，為何要讓如此老爺難堪？您是他的親爹啊！」

蕭元堂頓時心疼得握住了她的手，怒聲說道：「走，我倒要看看，他們想怎麼圍靖安的院子！」

蕭元堂說著轉身便走了出去，薛姨娘捏著手絹急忙跟了出去。

蕭元堂走出去，就看到外面跪著的丫鬟。

丫鬟還在磕頭：「求大少爺救救奴婢，奴婢是奉了大少爺的命令才引予安姑娘出門的，都是大少爺吩咐的，奴婢只是聽命行事啊。」

「住口，妳這個賤婢！」蕭元堂怒聲說道：「還不快把人給我綁了，還讓她在這放肆？我蕭家的規矩呢？」

一邊的侍衛上前了一步，恭敬地說道：「公子說，蕭家的規矩暫且不論，他的規矩是冤有頭債有主，誰犯的事，誰來扛。」頓了頓，他又說道：「公子吩咐了，若是老爺出來阻攔，要讓小的代公子問一句『老爺可是要替大少爺扛了』？」

蕭元堂氣得渾身發抖，一個小小的侍衛居然敢這樣對他說話！他可是堂堂首輔！

薛姨娘怒氣衝衝地說道：「你放肆！我們老爺是一品大臣，更是他的父親，他怎麼敢這麼說話?!」她氣得臉色通紅：「我倒要去問問他，他要置我們老爺於何處？」

蕭元堂連連點頭，沒錯，薛姨娘說得對。

不得不說，薛姨娘這麼多年榮寵不衰，是有原因的。

侍衛點了點頭：「我們公子自然是十分敬重老爺的，更也『記得』老爺是堂堂首輔。可這次做錯事的是大少爺，並非是老爺。當然了，若是老爺執意要包庇大少爺，他也只能大義滅親，『忍痛』放下父子之情了。」

蕭元堂氣得指著那侍衛說不出話來。

薛姨娘轉過頭瞪著那個丫鬟說道：「妳不要信口雌黃，自己犯下大錯，還敢編排主子？是誰教出來這樣的奴才？把她的家人都給我綁來，讓他們看看自己教養出來的好女兒！」

都是家生子，一家子都在府裡當差，就不怕這丫頭不害怕。

丫鬟的哭聲果然一頓，然後哭得更大聲了：「求大少爺救救奴婢，奴婢可都是為大少爺辦差事啊，大少爺不能不管奴婢啊！」頓了頓，她大聲叫道：「奴婢一心一意為大少爺辦差，對大少爺忠心耿耿，沒想到大少爺竟不救奴婢，奴婢心裡好苦啊！」

薛姨娘一驚，當即就要去捂她的嘴，這以後誰還敢為他們母子辦差？

「妳這個小賤蹄子，還不快給我堵住她的嘴！」薛姨娘也裝不下柔弱了，怒聲喝道。

薛姨娘在府裡也是有不少心腹的，聞言立刻上前。蕭靖決的侍衛就去阻攔，雙方推搡吵鬧，院子裡一陣雞飛狗跳，還有丫鬟在鬧。

蕭元堂臉色鐵青地看著這一幕，他覺得極其荒唐。他堂堂當朝首輔，居然牽扯進這種內院之爭，簡直可笑！

第八十八章　壞，是真壞

「都給我閉嘴！」蕭元堂怒聲喊道。

原本喧囂吵鬧的院子頓時安靜了下來。

蕭元堂轉過頭吩咐道：「把這個賤婢給我拉出去杖斃，她的家眷一律攆出府去！你們都回天一閣，不要再來這！」頓了頓，他冷冷地說道：「蕭靖決如果有不滿，讓他來找我！」

幾個侍衛對視了一眼，並沒有過多糾纏，行了一禮，就轉身離開了。

薛姨娘有些得意地勾起了唇角，她膩在蕭元堂的身邊，溫言軟語道：「多虧有老爺在，若不是老爺，我們就要被欺負死了。老爺當真是威武霸氣，有老爺在，他們哪裡敢放肆？」

蕭元堂卻是推開了她，語氣冷淡地說道：「行了，妳好好看著靖安，別讓他一天到晚惹是生非。他年紀也不小了，還沒個正經事。妳如果管不好他，就給他娶個厲害的媳婦兒，讓他收收心。」

薛姨娘臉色一僵，心裡暗道，她給蕭靖安選的媳婦兒，還不都讓蕭靖決給攪黃了？

可是她不敢說，只低低地應了一聲：「是。」

蕭元堂也沒有再去探望蕭靖安，而是轉身離開了。

薛姨娘沒想到蕭元堂就這麼走了，不由得跺了跺腳。

「壞，真壞。」

書房裡，向予安聽完蕭靖決的吩咐，真心地感嘆。

這麼一來，薛姨娘和蕭靖安的臉面等於被踩在地上。再加上她還閹了蕭靖安，心頭的恨意，這才稍稍宣洩了一些。

蕭靖決望著她冷然的目光，突然握住了她的手：「我保證我絕對不會傷害妳，妳不用怕我。」

向予安愣了愣，望入他深邃的眸中，心頭陡然一跳。

蕭靖決毫無保留對人好的樣子，沒有任何人能承受得住。

突然，腳步聲傳來，向予安下意識地抽回了手。

是李佩玲來送茶，她看到蕭靖決握著向予安的手，眼神裡閃過了一抹嫉恨之色。

蕭靖決冷眼望了過去：「沒學過規矩？自己去領罰。」

李佩玲連忙跪在了地上：「求公子饒奴婢一次吧，奴婢也是擔心予安姑娘。奴婢跟予安姑娘是舊相識，聽聞她這次出了事，心裡實在是掛念，這才想著倒茶來見見她。失了規矩，求公子恕罪。」

蕭靖決的臉色頓時就好了許多，他看向向予安：「妳認識的？」

向予安點了點頭：「以前進府之前曾在一處過。」

蕭靖決是多聰慧絕倫之人，頓時就明白了。他有些心疼向予安以前的遭遇，便說道：「既然如此，看在予安的份兒上，這次就算了，妳下去吧。」

李佩玲鬆了一口氣，只是心裡對向予安更加嫉恨了。

向予安沒把李佩玲的心思放在心上，她現在心裡只有一個念頭，她要儘早離開蕭府。

她怕自己走不了了。

可是向予安現在也沒有頭緒，到底要怎麼樣才能為霍家報仇。除了讓蕭元堂付出代價之外，她更希望是為霍家洗脫罪名。

霍家滿門忠烈，最後卻是以通敵叛國的罪名獲罪的，怎麼想都覺得諷刺。

第二天，向予安趁著打掃書房的機會，翻找了一遍書房。她找到了一份蕭家屬下的清單，和這些人擅長的領域。

有一個叫沈遠的人引起了向予安的注意，因為沈遠的特長寫的是善仿筆跡。她記得，在霍驍獲罪的證據裡，就有一封寫給韃靼君主的信，正是霍驍的筆跡和口吻。

這封信不可能是憑空冒出來的，一定是有人寫了這封信。

那麼她就要知道，這個沈遠在哪裡。

以蕭靖決現在對向予安的重視，她想要查蕭家的下屬，簡直輕而易舉。都不用驚動蕭靖決，向予安就打聽出了沈遠。

讓向予安意外的是，這個沈遠居然就住在府裡。只不過他住的地方十分偏遠，在蕭府最角落的位置上，平日裡他也不出院子，只有一個小廝給他送飯菜。

向予安找藉口去了一趟沈遠的院子，讓她意外的是，沈遠是個六十來歲，頭髮花白的老頭兒。而且因為酗酒，他的手指已經開始發抖。

而且看他的反應，他的手指應該是抖了很長時間。向予安並沒有驚動他，而是悄悄地離開了。

回去之後，向予安跟蕭靖決提起了沈遠。

第八十九章　臨摹高手

蕭靖決聽到沈遠的名字，眉頭微微一蹙，又放開：「妳怎麼想到問這個人了？」

向予安不甚在意地說道：「我今天在府裡看到他的院子，所以就打聽了一下。」

「好端端的，妳怎麼去那了？」蕭靖決失笑地問道。

向予安面不改色地說道：「還不是被堵怕了？都兩次了，下次再碰到這樣的事，我就跑了。總要弄清楚府裡的路吧？這府實在太大了。」

蕭靖決頓時心軟了，急忙握住她的手說道：「我不會讓這樣的事情再發生。」

向予安不甚在意地點了點頭：「那個老頭是誰啊？我看他門前的字好像是陳鳳翔的字？」

蕭靖決笑著說道：「妳還真是識貨，認得出是陳鳳翔的字。那其實是幅贗品，是他臨摹的。」

向予安一臉驚詫地說道：「臨摹的？我早就聽說有人可以臨摹別人的字體，還是第一次見到如此以假亂真的。」頓了頓，她望著蕭靖決說道：「好厲害，我能不能跟他去學學？」

蕭靖決笑了笑：「他這個人，年輕時十分有才華，就是喜歡喝酒。所以現在落了個手抖的毛病，一身本事也廢了，妳學不到什麼的。」

「我想去。」向予安說道：「這麼厲害的高人，就算學不到什麼，認識一下也好啊。」

蕭靖決突然伸手將她拽到了自己的腿上，挑眉說道：「怎麼沒見過妳如此推崇我？倒是對一個老頭子這麼推崇？」

向予安心裡翻了個白眼，蕭靖決這個人什麼都好，就是動不動愛拈酸吃醋這一點，十分婆婆媽媽。

不過向予安現在已經有了經驗，應付起來很是得心應手。

「公子這樣文韜武略、英明神武、才高八斗又相貌英俊之人，豈是凡夫俗子能比的？」向予安都不吃螺絲地說出了一串恭維的話。

向予安已經摸準了蕭靖決的脈搏，就是喜歡聽好話，極其幼稚。

其實她心裡十分悲憤，她爹教導她要做一個靠本事立足之人，油嘴滑舌、諂媚討好最是要不得的。這些年來她也一直是這麼做的，練功習武都很刻苦，萬萬沒想到，有朝一日要靠嘴皮子討生活。

可誰讓蕭靖決就吃這一套呢？

「就知道會哄我開心。」蕭靖決含笑著說道：「那我這麼好，我們的半年之約，可不可以提前一點？」

「不行！」向予安一邊說著，一邊從他身上站了起來，「答應好的事情，怎麼能反悔呢？蕭公子，請你言而有信！」

蕭靖決輕嘆了一口氣，「就妳敢拒絕我吧。」

向予安不在意這個，「那我明天能去拜訪他嗎？」

「去吧去吧，我說過，會讓妳自由自在。」蕭靖決無奈地說道。

向予安的眼神一亮，又有些不好意思地看著他，附贈了一個大大的笑容。

「妳又想怎麼樣啊？我告訴妳，半年之約延期不可能啊。」蕭靖決說道。

向予安道：「我看庫房裡還有一罈子二十年的竹葉青，我們上次沒喝的，能不能送給我啊？」

「妳個小沒良心的，討好別人的時候這麼機靈，怎麼沒見妳討好討好我。」蕭靖決這下是真的吃醋了。

向予安正色地說道：「我仗著公子疼我唄。」

蕭靖決那雙漂亮的眸子裡就染上了喜色，他點了點頭：「拿去吧，只要是妳喜歡的東西，我什麼都能給妳。」

向予安敷衍地點了點頭，心思已經飛到了那個小院子裡。

拿著二十年的竹葉青，向予安果然敲開了小院子的門。

沈遠的鼻子湊到了向予安身邊，仔細地聞著：「好酒，好酒。」

向予安看著他，微微一笑。

接下來的時間裡，向予安幾乎搬空了蕭靖決的酒庫。成果也十分見效，沈遠已經對向予安不設防了。聽說向予安是要來學字，毫不藏私的將自己以前的墨寶拿出來贈給了向予安。

沈遠的小院有個大大的書房，裡面堆的都是他寫的字，凌亂地散落在桌子上、地上。他也不讓人去收拾，就越堆越多。

向予安欽佩地說道：「沈叔，你可真厲害。我都看不出這兩幅字有什麼區別了，簡直一模一樣。」

沈遠輕哼了一聲：「這算什麼？破綻大著呢，糊弄妳這小孩兒玩的。」

向予安眼神閃了閃，「沈叔，我現在寫一幅字，您臨摹一下，看看我能不能分得清楚？」

沈遠的動作一頓，「不行了，手早就不好使了，抖了好幾年，廢人一個了。」

向予安愣了一下：「沈叔，您這是什麼病？那好幾年前您就不能寫字了？」

沈遠點了點頭，又喝了一口酒：「還是酒好，今宵有酒今宵醉啊！」

向予安皺起了眉頭，難道不是沈遠？可是除了沈遠還能有誰？而且沈遠還住在蕭府裡，這分明是要把人放在眼皮底下才安心。

向予安皺起了眉頭，又問道：「沈叔，您收徒嗎？要不您教教我吧？怎麼樣？」

沈遠愣了一下，連酒都不喝了，「妳？妳不行，年紀太大了，已經練不好了。」

向予安：「……」

要不是為了報仇，她絕對不留在這受這個鳥氣！

誰年紀大了？說誰呢！他一個半截身子入土的人，還嫌棄她年紀大?!

還有沒有天理？

向予安氣得不行，還是耐著性子繼續套話：「沈叔，那你們臨摹都需要什麼啊？」

「當然是需要真跡了，妳要把自己想像成寫字的人，揣摩他的心境，這樣寫出來的字才最真。」沈遠咕噥著說道：「妳看看，屋子裡那些都是我留下來的真跡。」

向予安愣了一下，轉身就去屋子裡尋找。如果那封信真的是沈遠臨摹的，那麼他一定有父親的真跡。那一封信，肯定要收集很多父親的書信筆跡才對。

向予安又想到，葉淮曾經說過，父親的身邊似乎是出了奸細。那麼一切就都說得通了，父親的書信就是被奸細給偷出來的。

依蕭元堂的為人這些真跡只怕是早就被毀，不會留存下來了。

向予安當然沒找到什麼，她沉默地走了出去，看著沈遠坐在院子裡。

第九十章　潛入書房

向予安不死心地問道：「沈叔，那您要是多臨摹出幾幅陳鳳翔的真跡，豈不是要發達了？」

沈遠瞥了她一眼：「妳以為臨摹作品是買大白菜啊？那是需要練習的！一幅成功的作品，是要經過無數次的反覆試驗才能完美地臨摹出來。」

向予安當即問道：「那您這麼厲害，您知道這一輩子臨摹了多少作品嗎？」

「一千七百二十一件。」沈遠閉著眼睛，因為酗酒不清醒的頭腦卻給出了一個準確的答案。

「您、您都記得？」向予安意外地說道。

沈遠又喝了一口酒，他今天喝的有點多了，他咕噥著說道：「當然記得，每一幅作品，我都會留一個殘次品當作紀念啊。」

向予安眼睛倏地一亮，如果沈遠臨摹兩封作品，那麼她找到他留下來的那封殘次品，也能說明問題！

畢竟，霍驍不可能寫兩封一模一樣的信。

向予安本想再問，可是沈遠卻閉著眼睛睡著了。向予安沒忍心再吵醒他，而是轉身離開了。

可是向予安沒想到，這是她見到沈遠的最後一面。

當天晚上，沈遠的院子裡突發大火，沈遠被燒死在了院子裡。

向予安趕到沈遠的院子前，漫天的大火還沒有熄滅，映紅了她的臉，和滿眼的不敢置信。

她沒見到霍家被抄家的樣子，卻見到了沈遠是怎麼被燒死的。
有人從身後抱住了她，捂住她的眼睛。
是蕭靖決，他緊緊地抱住她，在她耳邊低聲說道：「別看了，予安，別看了。」
向予安緊緊地握住了拳頭，眼睛乾澀得很。如果她沒有來找沈遠，沈遠是不是就不會死？
大火熄滅之後，找到了裡面被燒焦的沈遠。
蕭靖決沒讓向予安看到屍體，而是讓人安葬好沈遠之後，便帶著向予安回到了天一閣。
「妳別多想，這是個意外。」蕭靖決溫聲說道：「多虧了這幾日妳陪著他，讓他在最後的日子裡也能過得不那麼孤單。」
向予安低著頭沒有說話，她只是在想，沈遠的屍體會被送到哪裡去。
向予安終於抬起頭：「我沒事，我先回去睡了。」
蕭靖決拉著她道：「要不要我陪妳？」
向予安看了他一眼，蕭靖決也不鬧她，只道：「如果有事就來找我，多晚都可以。」
向予安點了點頭，轉身回到了房間。
蕭靖決一直望著她的背影，直到看到她熄了燈。
樂山此時走了過來，低聲說道：「公子，應該是老爺那邊動的手。」
蕭靖決蹙了蹙眉頭，嘴角露出了一抹冷笑：「知道了。」
第二天，蕭靖決對外宣布，是因為書房忘記吹滅蠟燭，蠟燭點著了火，引起的火災。
府裡沒有人在意一個酒鬼的死活，蕭靖決讓人安葬了沈遠，此事再無人提起。

向予安不相信，她覺得沈遠是被人害死的。

在沈遠死後幾天，向予安找機會去了一趟沈遠的院子裡。她翻遍了整個屋子，都沒有找到任何線索。

沈遠意識到自己會被滅口嗎？他會留下線索嗎？

如果沈遠真的留下了第二封臨摹的信，那麼這封信會在蕭元堂手上嗎？殺了他的人，是蕭元堂嗎？

這個答案只有蕭元堂一個人知道。

向予安做了一個大膽的決定，她要夜探蕭元堂的書房！

之前她為了幫萍蘭，還引開了府裡的守衛。那個時候她就對府裡的巡邏很了解了，而且她現在是蕭靖決身邊的大丫鬟，對府裡的情況更是瞭若指掌。

向予安避開了巡邏的侍衛，悄悄地進到了蕭元堂的書房裡。

蕭元堂的書房很整潔，不過裡面的東西卻都極其奢華，每一樣東西都是並非凡品。

向予安看到了一個只是珍品的花瓶，在眾多昂貴擺飾中顯得有些格格不入。

她悄悄地移動花瓶，果然書架後出現了一個暗室。

向予安走進暗室，在裡面果然看到了整整一箱子的臨摹作品，都是沈遠臨摹的！

真的是蕭元堂做的?!

向予安急忙翻找起來，沈遠臨摹的是一封信，這樣的東西並不多。可是向予安找了半天，都沒有找到那封信。

蕭元堂不可能拿走，否則他早就把這些臨摹殘次品都銷毀了，不會留下證據來。

那麼，那封信到底在哪裡？或者，真的有那封信的存在嗎？

向予安找到了沈遠留下的東西，可是她心裡的疑惑更大了。

向予安不死心又翻找了一遍，還是沒有找到。她本來想再看看暗室裡的其他東西，可是時間不早了，天如果亮了，她就不回不去了。

向予安只好將一切恢復原樣之後，悄悄地離開了，打算下次再去。

可是向予安沒想到，她潛入蕭元堂書房的事，第二天就被揭露了。

第九十一章　李佩玲的指認

第二天一早，蕭元堂沒有去衙門，連蕭靖決都被他留在了府裡。

蕭元堂說丟了東西，府裡所有人都要查。

而天一閣就是第一個被查的地方，蕭元堂氣勢洶洶地帶著人來了。

蕭靖決走出來，正好看到蕭元堂進了院子。

「府裡鬧了賊，我那裡丟了東西。靖決，你這裡也都是朝廷密件，可得好好查一查，丟了什麼東西沒有。」蕭元堂冷聲說道。

蕭靖決不耐地皺起了眉頭：「我這裡沒有丟東西，天一閣的護衛很森嚴，父親不必擔心。」

蕭元堂挑了挑眉頭：「既然你沒丟東西，那就讓人查一查，是不是有賊進了天一閣！」

蕭靖決臉色頓時一沉：「父親這是何意？」

蕭元堂盯著蕭靖決半晌，然後率先走進了書房。

「你們誰都不准進來！」蕭元堂怒聲喝道。

其他人都站在門外面面相覷，蕭元堂說丟了東西，卻又不說丟了什麼東西，如此大動干戈。

不過一刻鐘，蕭靖決和蕭元堂就出來了。蕭靖決答應了讓人搜院子，且所有人都要說明昨天晚上在哪裡。

這一幕有點熟悉，向予安沒想到蕭元堂這麼敏銳，居然發現有人進過他的書房。

就在管家一個一個盤問的時候，李佩玲突然跑了出來，跪倒在蕭元堂面前。

「老爺、公子，奴婢要舉報。昨天深夜，奴婢親眼看到向予安穿著黑色夜行衣離開房間，不知道去了哪裡。奴婢心裡正疑惑，想要稟告公子，老爺就來了。奴婢不知道向予安是不是那個賊，但奴婢想著，向予安此舉實在是怪異反常！」李佩玲指著向予安說道。

一句話，所有人的目光都落在了向予安的身上。

向予安被這麼多人看著，也不慌張，她挑了挑眉頭：「妳大晚上不睡覺，就盯著我的房門看？妳暗戀我？」

「撲哧。」有人忍不住笑了出來，緊張的氣氛一下子就輕鬆了起來。

李佩玲恨恨地瞪了向予安一眼，她恭敬地磕了一個頭，然後說道：「老爺、公子，奴婢有話要說。」頓了頓，她看向向予安：「她進蕭府是不懷好意！」

向予安神色未變，眾人卻偷偷地看向了蕭靖決。蕭靖決一直都沒有開口，而所有人都知道，蕭靖決的態度，決定了向予安的命運。

李佩玲飛快地說道：「當日向予安進府的名額本來是奴婢的，奴婢是蕭管家親自選的人，要進蕭府的。可是向予安用計，挑撥奴婢跟牙婆徐婆子的關係，讓徐婆子對奴婢心生不滿，最後由她頂替。她如此處心積慮進蕭府，一定是別有用心。」

九茉忍不住說道：「我們蕭府那是人都要搶著頭進來的，這算什麼居心叵測？」

李佩玲點了點頭：「九茉妹妹說得不錯，可是她為了進蕭府，曾經用一枚玉鐲賄賂徐婆子。奴婢以前也算是有些見識，那枚玉鐲並非凡品，成色水頭十足，價值連城。她手裡有這樣的東西，為何還要進府當一個丫鬟？那枚玉鐲，就能讓她一輩子衣食無憂了！」

向予安輕嘆了一口氣，那是因為當時她手裡已經沒有別的東西了啊。

所有人的眼神都落在向予安的身上，向予安望著李佩玲，淡淡地說道：「妳自己存了攀龍附鳳的心思，就不許別人和妳的心思一樣了？」

所有人都愣住了，蕭靖泱嘴角彎了彎。

向予安正色地說道：「我家裡以前是經商的，雖說家道中落，可我手裡有那麼一兩件寶貝又有什麼稀奇的？以前我家中雖是有錢，卻被官府迫害。我一個弱女子，手裡拿著這麼多錢財，又怎能安然度日？我進蕭府，公子也是知道我的志向的。」

所有人又都看向了蕭靖泱，蕭元堂問道：「她的志向是什麼？」

蕭靖泱勾了勾唇角，望著向予安的眼神溫柔寵溺：「做我的大丫鬟，借著我的勢狐假虎威，讓所有人都不敢欺負她。」

眾人：「……」

真的是好崇高的理想。

向予安理直氣壯地說道：「做大丫鬟是我給自己的人生目標，公子這麼厲害，我身為他的大丫鬟，自然沒有人敢欺負我啊。」頓了頓，她看了蕭靖泱一眼，嘆了一口氣：「事情到這個地步，也是出乎我的預料。」

誰知道一不小心有點太成功了。

此話一出，萍蘭等人皆是一臉憤慨地瞪著她。這也太不要臉了！

蕭靖決嘴角已經帶了笑意。

李佩玲沒想到，都這樣了，向予安還能安然無恙。

李佩玲大聲地說道：「公子、老爺，奴婢所言句句屬實。向予安分明是別有用心才潛入蕭府，昨天晚上的賊分明就是她！公子您不要被她蒙蔽了，她不知道懷有什麼目的，但肯定是對公子不利的啊！」

蕭靖決眉頭頓時一沉：「夠了！」他目光凌厲地看向了李佩玲：「她若是要對我不利，也是我親手遞的刀子。」

李佩玲渾身一震，滿臉愕然地看著蕭靖決。

蕭靖決淡淡地說道：「我看在妳與予安是舊識的份兒上，已經對妳容忍再三，沒想到妳今日竟敢反咬予安一口。我天一閣容不下妳，來人，將她帶下去。」

李佩玲膝行了兩步，走到了蕭靖決的面前，哀求著說道：「公子，奴婢真的沒有說謊，奴婢說的都是真的。奴婢真的看到她穿著夜行衣離開了院子，分明是她不懷好意。公子，我一心一意對公子，公子為何不肯信我？」

蕭靖決皺了皺眉頭，下意識地避開，還輕彈了一下衣擺。

蕭靖決轉過頭沉聲說道：「還愣著幹什麼？還不把她給我帶下去。」

「慢著！」蕭元堂沉聲喝道：「既然她看到了向予安出去，也該讓她解釋清楚，昨晚去了哪裡才是。」

第九十二章　黯然退場

向予安挑了挑眉頭，冷笑著說道：「解釋？我有什麼好解釋的？分明是她嫉恨我得寵，借著這次刺客的事所以陷害我。她三更半夜的不睡覺，怎麼就那麼巧能看到我出門？」頓了頓，她又說道：「我倒是想問問，她大半夜為何還要看著我？像是特意知道我要出門一樣？」

蕭元堂瞇了瞇眼，「有沒有查過就知道了。」頓了頓，他沉聲說道：「我的書房裡擦了一層無色無味的粉末，這種粉末平日裡極難被察覺。但若是遇火就會點燃，既然不是妳，那就去妳房間檢查一下吧。」

向予安的心頭頓時一顫，這次的事是她大意了。

李佩玲立刻高興地說道：「去查，公子可以去查，一定能查得到的。」

向予安冷笑著說道：「妳說昨天看到我出去了？為何不及時稟告公子和老爺？卻還要默不作聲，我看真正可疑的人是妳才對！」頓了頓，她看向了蕭元堂：「老爺既然要查，那麼我要求一視同仁，她也要查！」

蕭元堂不甚在意地點了點頭：「要查，整個天一閣的人都要查。」

蕭靖泱沒有說話。

向予安又道：「我還有一個要求。」

蕭元堂冷笑著說道：「妳一個丫鬟，主子要查，竟還有這麼多話說。可見平日裡恃寵而驕，不是個好的！」頓了頓，他看了蕭靖泱一眼：「過幾日讓你姨娘多給你選幾個聽話乖巧的過來，看你這院子裡都亂成什麼樣了?」

蕭靖決冷冷地說道:「父親這是要管到我後院裡來了?」

哪有父親操心兒子後院之事的?蕭元堂頓時一噎,他心裡憋屈極了,怎麼就沒見蕭靖決對向予安態度這麼強硬過?

向予安盯著蕭靖決說道:「我願意讓老爺去檢查,若是真查出來我是刺客,任憑老爺處置,我無話可說。可若是沒查出什麼,我希望公子放我離開蕭府。」頓了頓,她加重了語氣:「你我之約,自然也作廢!」

從頭到尾都淡然自若的蕭靖決一下就變了臉色,他眼神一凛,「為什麼?這跟妳我之約有什麼關係?」

向予安淡淡地說道:「我已經在府裡待不下去了。」頓了頓,她看向了蕭元堂:「請老爺儘快查完。」

蕭靖決頓時上前了一步,擋在了她的面前,「我不同意!」

蕭元堂沒想到,向予安一句話就讓蕭靖決改變了態度。

蕭元堂怒不可遏:「你知不知道你在做什麼?你不知道這件事的嚴重性嗎?居然為了一個女子如此色令智昏?!」

蕭靖決看向蕭元堂,面無表情地說道:「這是我的院子,我自會負責。父親應該想的是如何加強書房的警戒,左右也不是什麼重要的事。」

蕭元堂不敢置信地看著他,他居然這麼維護向予安?!

蕭元堂不同意:「不行,我今日一定要查。」

蕭靖決冷笑了一聲：「在我的院子裡，除了我，沒有什麼是一定的！」

蕭靖決的話音剛落，院子裡的侍衛就衝了進來。

蕭元堂不由得瞪大了眼睛，他指著蕭靖決說不出話來。

蕭靖決擋在向予安的面前，表情淡漠，目光卻毫不避諱地望著蕭元堂。

向予安眼神裡閃過了一抹複雜之色，這已經是她第二次利用蕭靖決的感情，來為自己掩護了。

她覺得自己很卑鄙。

兩人對視了良久，最後還是蕭元堂最先妥協。

他淡淡地說道：「你一直是個聰明理智的孩子，別讓感情蒙蔽了你的雙眼。」

蕭元堂說完，轉身離開了。

蕭靖決說得對，他這次確實沒丟什麼東西，不過他確定肯定有人進過他的書房。

這一場鬧劇終於結束，除了再一次刷新了蕭靖決對向予安的重視之外，似乎什麼都沒有影響到。

哦，除了李佩玲。蕭靖決轉過頭就吩咐：「我不想再見到這個吃裡扒外的東西。」

他的一句話，立刻就有人進來把李佩玲給拉了出去。

李佩玲不敢置信，她大聲喊道：「公子，奴婢是冤枉的，奴婢真的看到了啊。公子，奴婢對公子一片真心啊……」

她喊得撕心裂肺，她不明白，她真的看到了，為什麼蕭靖決不肯相信她。就像她不明白，這院子裡，對蕭靖決一片真心的人還少嗎？

李佩玲本來雄心壯志，以為是為復仇而來。她可以報復向予安的頂替之仇，她甚至認為自己可以取代向予安，得到蕭靖決的寵愛與信任。

她躊躇滿志，最後卻黯然離場。

她甚至沒有在這個院子裡留下一絲痕跡，歲蓮好歹還是蕭靖決第一個通房丫頭，而她只是一個想要上位卻失敗的普通丫鬟。和那些做著飛上枝頭變鳳凰美夢的丫鬟一樣，甚至沒有人記得她的名字。

Instagram　　Plurk

國家圖書館出版品預行編目資料

繁華錦年 , 予我心安 (一) / 何兮 著 . -- 第一版 .
-- 臺北市 : 未境原創事業有限公司 , 2025.02
面 ;　公分
ISBN 978-626-99199-7-0(第 1 冊 : 平裝). --
857.7　　114000820

繁華錦年，予我心安（一）

作　　者：何兮
發 行 人：林緻筠
出 版 者：未境原創事業有限公司
發 行 者：未境原創事業有限公司
E-mail：unknownrealm2024@gmail.com
地　　址：台北市中正區重慶南路一段 61 號 8 樓
8F., No.61, Sec. 1, Chongqing S. Rd., Zhongzheng Dist., Taipei City 100, Taiwan
電　　話：(02) 2370-3310　　傳　　真：(02) 2388-1990
印　　刷：京峯數位服務有限公司
律師顧問：廣華律師事務所 張珮琦律師
總 經 銷：聯合發行股份有限公司
地　　址：新北市新店區寶橋路 235 巷 6 弄 6 號 2 樓
電　　話：(02)2917-8022

定　　價：350 元
發行日期：2025 年 02 月第一版